INKED EXPRESSIONS - TATTOOS UND ZUSAMMENHALT

Montgomery Ink Reihe, Buch 7

CARRIE ANN RYAN

Inked Expressions - Tattoos und Zusammenhalt

MONTGOMERY INK REIHE, BUCH 7

von
Carrie Ann Ryan

eBook:
ISBN: 978-1-63695-142-3

Taschenbuch:
ISBN: 978-1-63695-143-0

Besuchen Sie Carrie Ann im Netz!
carrieannryan.com/country/germany/
www.facebook.com/CarrieAnnRyandeutsch/
twitter.com/CarrieAnnRyan
www.instagram.com/carrieannryanauthor/

Ebenfalls von Carrie Ann Ryan

Love Restored – Geheilte Liebe (Buch 1)
Passion Restored – Geheilte Leidenschaft (Buch 2)
Hope Restored – Geheilte Hoffnung (Buch 3)

Inked Expressions - Tattoos und Zusammenhalt

Die »Montgomery Ink Reihe« von *New York Times* Bestsellerautorin Carrie Ann Ryan wird mit dem Bruder fortgesetzt, der seine Geheimnisse bewahrt, und der einen Frau, die er nicht wollen sollte.

Everly Law hat die Liebe ihres Lebens geheiratet, verlor sie jedoch kurz vor der Geburt ihrer Zwillinge bei einem tragischen Unfall. Nun ist sie eine alleinerziehende Mutter, die versucht, ihren Söhnen ein schönes Leben zu bieten, indem sie sich in ihrem eigenen Buchladen abrackert. Ihr Leben ist schon geschäftig genug, auch ohne dass sie mit einem Montgomery ausgeht. Als alte Geheimnisse ans Tageslicht kommen, braucht sie Storm mehr denn je – selbst wenn es ihr nicht klar ist.

Storm Montgomery hat sein bisheriges Leben damit verbracht, für Sünden zu büßen, von denen nur wenige wissen. Als er seinen besten Freund verlor, schwor er sich selbst, dass er immer für sie da sein würde – selbst als sie nichts mit ihm zu tun haben wollte. Doch als eine einzige Berührung eine Leidenschaft entfacht, die beide bisher verleugnet haben, wird er sich daran erinnern müssen, wen er im Arm hält. Dieses Risiko könnte gefährlicher sein, als beiden bewusst ist.

Kapitel Eins

DAMALS

Die Babys traten mit ihren Füßchen und sandten Wellen des Schmerzes durch Everlys Blase. Sie zuckte zusammen, rieb sich den gewölbten Bauch und versuchte, sich zu erinnern, wann sie zum letzten Mal ihre Füße hatte sehen können.

»Storm?«, rief sie, wobei sie sich nun mit einer Hand den Rücken rieb, denn auch der schmerzte. Im achten Monat mit Zwillingen schwanger zu sein war keine leichte Aufgabe.

»Ja?«, rief der beste Freund ihres Mannes, der sich gerade hinter dem Haus aufhielt. »Brauchst du mich?«

Dieser Mann, dachte sie lächelnd. Immer kamen für ihn alle anderen an erster Stelle. Da hing er nun an seinem freien Abend bei ihr zu Hause herum und sorgte dafür, dass alles für die neugeborenen Babys bereit war, und beendete die Arbeiten an der hinteren Veranda, wozu Jackson nicht gekommen war. Sie wusste ehrlich nicht, warum der Mann Single war. Irgendeine Frau hätte ihn sich schon vor Jahren schnappen sollen.

»Du musst mir nur sagen, ob meine Schuhe zu meiner Kleidung passen«, schrie sie zurück.

Er lachte leise vor sich hin, während er das Wohnzimmer betrat, in dem sie stand und die Post durchging. »Deine Schuhe sehen gut dazu aus, Ev. Ich hätte es dir gesagt, wenn es nicht so wäre.«

Sie verdrehte die Augen. »Das sagst du so, aber ich kann mich noch an die Zeit erinnern, als du Jackson mit an seinen Hosenboden gehefteten Klopapier auf dem Campus hast herumlaufen lassen.«

Da sie ein paar Jahre jünger war als Jackson und Storm, war sie an der Universität von Denver noch im Grundstudium gewesen, während die beiden Männer bereits ihre Abschlüsse erwarben – Storm den Master in Architektur und Jackson den Doktor in Anthropologie. Seit dem Augenblick, in dem sie vor über einem Jahrzehnt begonnen hatte, sich mit Jackson zu verabreden, gehörte Storm zu ihrem Leben. Da die beiden Männer seit ihrer Kindheit miteinander befreundet waren, hatte sich auch zwischen ihr und Storm eine Freundschaft entwickelt, die allerdings mit dem, was die beiden Männer miteinander verband, nicht zu vergleichen war.

Storm fuhr mit der Hand über ihren Bauch – er war der einzige Mensch außer Jackson, dem sie das erlaubte – und lächelte. »Das geschah Jackson recht. An jenem Morgen war ich sauer auf ihn.« Er zuckte mit den

Schultern. Die dunklen Haare fielen ihm in die Stirn. Der Mann hatte einen Haarschnitt bitter nötig, doch es schien ihm zu gefallen, wenn seine Haare auf dem Scheitel länger waren als an den Seiten. »Ich kann mich nicht einmal daran erinnern, was er getan hatte, aber ich weiß noch, dass ich es als angemessene Rache empfand, ihm nicht zu sagen, was er am Hintern trug. Aber dir würde ich so etwas nie antun.« Er zwinkerte und seine blauen Augen glitzerten. »Nicht weil ich ein netter Kerl bin, sondern weil ich mir ziemlich sicher bin, dass du es mit mir aufnehmen kannst.«

Sie drohte ihm mit der Faust. Ihre Finger waren so geschwollen, dass sie nicht einmal ihren Ehering tragen konnte. »Und vergiss das nicht, Storm Montgomery.«

Er stieß den Atem aus und strich ihr noch einmal über den Bauch. Die Babys wanden sich unter Onkel Storms Berührung, offensichtlich genossen sie es, da sie in diesem Moment nicht mehr gegen die Blase ihrer Mutter traten. »Deine Schuhe passen gut zu deiner Kleidung. Und außerdem trägst du eine Hose. Aber wie wäre es, wenn du mir meinen Stress nimmst und dich auf die Couch setzt, um die Post durchzugehen? Der Geburtstermin ist in einigen Tagen und du beginnst, mich wahnsinnig zu machen.«

Sie ließ sich von ihm zur Couch führen, denn sie hätte ihn verärgert, wenn sie sich geweigert hätte. Allerdings waren ihre Fußgelenke ebenso angeschwollen wie ihre Hände, also vielleicht hatte er nicht allzu unrecht mit seiner Forderung, sie müsse sich hinsetzen.

»Ich habe noch ein paar Wochen, Storm, nicht

Tage«, widersprach sie, sobald er es ihr auf der Couch zwischen ein paar Kissen bequem gemacht hatte.

»Du bekommst Zwillinge und die lassen sich normalerweise nicht so viel Zeit. Glaub mir, ich weiß es. Ich bin ein Zwilling.« Wieder zwinkerte er und sie schnaufte.

»Deine arme Mutter«, neckte Everly ihn. »Sie hat nicht nur dich und deinen Zwillingsbruder Wes, sondern insgesamt acht Kinder. Ich habe keine Ahnung, wie sie das geschafft hat.« Sie rieb sich den Bauch und spürte die vertraute Spannung in ihrem Körper. »Ich weiß nicht, wie ich das schaffen werde.«

Storm runzelte die Stirn und setzte sich an den Tisch ihr gegenüber. »Du wirst eine großartige Mutter sein, Ev. Du kümmerst dich bereits um Jackson und mich. Da kommt es doch auf ein weiteres Paar Jungs nicht an, oder?«

Sie lachte, trotz der bösen Vorahnung, die sie verspürte. Heute Abend würde etwas geschehen, sie fühlte es, doch sie hoffte, es wären nur ihre Nerven wegen der bevorstehenden Wehen und Geburt – und dann die Sache, Zwillingsbrüder aufzuziehen.

»Du kannst gut für dich selbst sorgen und Jackson ist auch nicht so schlimm.« Sie verdrehte die Augen, während sie sprach, und Storm grinste. »Ich meine es ernst«, sagte sie lachend, als Storm den Kopf schüttelte. »Jackson ist zwar immer in Gedanken vertieft, arbeitet und denkt gleichzeitig, aber er ist nicht unreif oder so. Ich kümmere mich aber gern um ihn, weil er manchmal die alltäglichsten Dinge vergisst.«

Storm verengte die Augen zu Schlitzen. »Und wer kümmert sich um dich?«

Du.

Sie blinzelte bei dem Gedanken und schob ihn bestimmt beiseite. »Jackson kümmert sich auch um mich. Und jetzt werden wir uns beide um die Babys kümmern.«

Storm nickte. »Und ich nehme an, er wird nicht mehr so viel unterwegs sein wie in letzter Zeit? Ich meine, dies ist bereits die fünfte oder sechste Konferenz, zu der er geflogen ist, seitdem ihr wisst, dass du Zwillinge erwartest. Ich hoffe, er hat sich das Reisen aus dem Kopf geschlagen, bis er nach Hause zurückkehrt und für eine Weile hierbleibt.«

Seine Stimme hatte einen Unterton, den Everly nicht einordnen konnte, doch sie war viel zu müde, um sich damit zu beschäftigen. Die Babys hatten sie die ganze Nacht wach gehalten und ehrlich gesagt hasste sie es, wenn die andere Seite des Bettes leer und Jackson nicht da war, um es zu wärmen.

»Er sagte, es würde besser, wenn die Babys geboren wären.« Obwohl Jackson nicht allzu glücklich geklungen hatte, nicht mehr so viele Gastlesungen und Konferenzen besuchen zu können, und das bereitete ihr ein wenig Sorgen. Everly gefiel es zwar, dass er eine solche Leidenschaft für seine Arbeit aufbrachte, aber andererseits war sie glücklich, dass er für längere Zeitabschnitte zu Hause bleiben würde, um ihr mit den Babys zu helfen. Sie wusste zwar, dass sie stark und fähig war, aber es verlangte sie nicht gerade danach, Zwillinge allein aufzuziehen.

»Ich hoffe es«, brummte Storm. »Ein Mann muss sich um seine Familie kümmern.«

Everly seufzte. »Und eine Frau ebenfalls. Wir kommen gut klar, Storm. Hör auf, dir Sorgen zu machen. Sonst wird deine wunderschöne Mähne eines Tages grau sein.«

Seine Wangen röteten sich und er stieß einen Fluch aus. »Jetzt bist du gemein, Ev. Schlichtweg gemein.«

»Das musste ich werden, um mit dir und Jackson mithalten zu können.« Sie runzelte die Stirn und blickte auf die Uhr. »Da wir gerade von Jackson reden, er müsste bereits gelandet sein, aber er hat mir noch keine SMS geschickt. Ich hoffe, sein Flug hat keine Verspätung.«

Storm erhob sich und rieb sich den Rücken. »Wahrscheinlich hat er es einfach vergessen. Du kennst doch Jackson.«

Allerdings, leider kannte sie ihn so. Es war nicht allzu überraschend, dass er weder eine SMS schickte noch anrief. Er war einfach so in Gedanken und seine Arbeit vertieft, dass er gelegentlich die Menschen um sich herum vergaß. Noch etwas, von dem sie hoffte, es würde sich mit der Geburt der Zwillinge ändern. Er schien so begeistert über die Babys zu sein, dass sie annahm, sie würden ihn zumindest für längere Zeitspannen aus seinen Gedanken reißen, länger als zurzeit.

»Danke, dass du dich um mich kümmerst, Storm«, bemerkte Everly nach einem Augenblick. »Und dafür, dass du dich heute Abend mit der hinteren Veranda beschäftigst, obwohl du nicht wirklich in der Stimmung warst, wie ich weiß.«

Er zuckte mit den Schultern. »Sie muss repariert werden, da die unterste Stufe verrottet ist. Jackson ist nicht gerade handwerklich begabt und ich besitze zufälligerweise die Hälfte eines Bauunternehmens. Das ist also irgendwie mein Ding.« Wieder rieb er sich den Rücken und Everly runzelte die Stirn.

»Was hast du? Hast du dich verletzt?« Sie versuchte, sich hochzuhieven, doch er reichte ihr die Hand.

»Alles gut, Ev. Steh nicht auf und rüttle die Babys durch. Ich habe nur ein wenig Rückenschmerzen. Das ist alles. Nichts, was ein paar Dehnübungen nicht beheben könnten.«

»Bist du dir sicher, dass du heute Abend an der Veranda arbeiten solltest?«, fragte sie besorgt. »Du bist der Architekt von Montgomery Inc., nicht der Handwerker, und ich weiß nicht, wie sehr du deinen Rücken normalerweise belastest, wenn du jetzt solche Schmerzen hast. Ich möchte nicht, dass du dir wehtust.«

Er ballte kurz die Hände zu Fäusten, bevor er sie in die Taschen schob. »Es geht mir gut, Ev. Hör auf, dir Sorgen zu machen. Bleib einfach hier sitzen und entspann dich. Und bevor du dichs versiehst, ist Jackson zu Hause und die Veranda wird repariert sein, sodass sogar du darauf stehen kannst.«

Sie stieß die Luft aus. »Falls das ein Witz über Dicke sein soll, werde ich mich von dieser Couch hieven und dir in den Hintern treten. Glaub nicht, dazu wäre ich nicht in der Lage.«

Er zog die Hände aus den Taschen und hielt sie in gespielter Unterwerfung in die Höhe. »Mein Gott, Frau. Ich würde niemals einen Dicken-Witz über eine Dame machen, geschweige denn eine schwangere. Ich habe drei Schwestern und eine Mutter, die mich so wie du fertigmachen können. Das weiß ich nur zu gut.«

Sie lächelte süffisant. »Ich bin froh, dass sie dir einiges beigebracht haben.«

Er ging vor sich hin murmelnd davon und Everly grinste. Sie fühlte sich ein wenig besser als zuvor, obwohl sie ihm nicht eingestanden hätte, dass es ihr geholfen hatte, sich hinzusetzen. Man durfte ihr Selbstbewusstsein nicht allzu sehr strapazieren.

Als es ein paar Minuten später an der Haustür klingelte, runzelte sie die Stirn. Sie konnte sich nicht vorstellen, wer das sein konnte. Allerdings wohnten Jacksons Eltern nur ein paar Kilometer entfernt und tauchten gern unangemeldet auf. Allein der Gedanke ließ sie mit den Zähnen knirschen, daher ignorierte sie ihn und hievte sich irgendwie von der Couch. Sie war sich nicht sicher, ob Storm von draußen die Klingel hören konnte, und da es immerhin ihr Haus war, konnte sie eigentlich selbst öffnen.

Everly watschelte also zur Haustür und öffnete sie. Sie blinzelte heftig, als sie erkannte, wer vor ihr stand. Die beiden Polizeibeamten lächelten sie traurig an und holten ein paarmal tief Luft. Ihre Hände zitterten, als sie sich mit einer Hand an den Türknauf und mit der anderen an den Rahmen klammerte.

»Wie kann ich Ihnen helfen?«

»Mrs. Law?«, fragte der ältere der beiden Beamten sanft. »Dürfen wir hereinkommen?«

Everlys Kehle wurde trocken und sie versuchte, die Vorahnung zu unterdrücken, die sie plötzlich befiel, doch es gelang ihr nicht. Und denken konnte sie auch nicht.

»Was ist los?«, ertönte Storms Stimme hinter ihr. Er legte ihr eine Hand auf die Schulter und stützte sie. Everlys Knie gaben nach und sie lehnte sich an ihn, denn sie wusste, sie konnte sich allein nicht aufrecht halten.

Die Männer blickten stirnrunzelnd zu Storm auf. »Wir müssen mit Mrs. Law reden. Dürfen wir eintreten?«

»Sie wird sich hinsetzen müssen«, fügte der Jüngere leise hinzu. Everlys Herz begann zu rasen.

Sie trat zurück und schob Storm sanft aus dem Weg. »Kommen Sie herein«, flüsterte sie mit hohl klingender Stimme.

Die beiden Beamten konnten aus den verschiedensten Gründen erschienen sein und doch wusste Everly es. Sie wusste, was auch immer als Nächstes geschehen mochte, ihr Leben würde sich für immer verändern.

Sobald die Beamten Platz genommen hatten, begannen sie zu reden. Storm ergriff Everlys Hand, doch sie konnte nichts klar hören. Es war, als befände sie sich in einem Vakuum und jeder Laut bräuchte länger als normal, bis er an ihr Ohr drang.

Ihr Ehemann war tot.

Er war von ihr gegangen, bevor sie auch nur einen Atemzug hatte tun können.

Das kleine Passagierflugzeug, in dem Jackson sich befunden hatte, war außerhalb von Boston abgestürzt. Es gab keine Überlebenden. Keine Hoffnung, ihren

Ehemann gesund und lebendig zu finden. Noch nicht einmal die Leiche, um ihn zur letzten Ruhe zu betten.

Wieder traten die Babys gegen ihre Blase und sie presste eine Hand auf ihren Bauch. Sie fühlte sich taub, doch sie wusste, dazu hatte sie im Augenblick kein Recht. Sie konnte nicht hier sitzen und zuhören, wie sie über Bestattungsinstitute und Leute sprachen, die in Kürze mit ihr Kontakt aufnähmen. Storm übernahm das Gespräch für sie und ihr war im Moment alles egal. Später würde sie sich mit all dem befassen.

Im Augenblick musste sie ihre Babys schützen.

Jacksons Babys.

Babys, die er nie sehen würde. Nie in den Armen halten würde. Niemals kennenlernen würde.

Da erhob sie sich und war sich lediglich bewusst, dass sie das Gespräch der Männer unterbrochen hatte, was immer sie gerade auch geredet haben mochten. »Ich muss pinkeln«, platzte sie heraus. Die Beamten warfen ihr einen befremdeten Blick zu, doch Storm hielt ihre Hand fest in der seinen.

»Everly.« Seine Stimme klang tief, beruhigend und ein wenig besorgt. Und doch konnte sie sich jetzt nicht darauf konzentrieren.

»Ich muss für die Babys sorgen«, ächzte sie. »Ich werde … ich werde gleich wieder da sein. Kannst du …« Sie schluckte heftig. »Kannst du … kannst du dich darum kümmern?«

Er nickte, dann ließ er ihre Hand los. Sie watschelte aus dem Wohnzimmer, ohne die Beamten eines Blickes zu würdigen, die auf ihrem weichen Zweiersofa saßen. Storm würde sich um sie kümmern und ihr sagen, was sie tun musste. Im Augenblick konnte sie sich auf nichts anderes als ihre Babys konzentrieren.

Sie waren das Wichtigste.

Die Tränen flossen ihr über die Wangen, als sie sich im Flur in der Toilette einschloss. Ihre Beine zitterten. Die Taubheit setzte wieder ein und als sie sich im Spiegel betrachtete, wunderte sie sich, wer sie dort anstarrte, denn das war nicht die Everly, die sie kannte.

Jackson ist tot, erinnerte sie sich.

Er ist nicht mehr da.

Und als ein scharfer Schmerz durch ihren Körper fuhr und sich eine Flüssigkeit um ihre Füße herum ausbreitete, wurde ihr wieder bewusst, dass nichts je wieder so sein würde, wie es gewesen war.

Die Babys kamen zur Welt, aber Jackson war nicht mehr da.

Er kehrte nie mehr zurück.

Everly begann zu weinen.

Heute

»Du musst einatmen, Baby«, sagte Everly leise, während sie Nathan an die Brust drückte. Der Dreijährige keuchte in das Inhalationsgerät. Sie versuchte, gegen die Taubheit anzukämpfen. Sie weigerte sich, sich wieder von ihr so einnehmen zu lassen wie früher schon einmal. Sie hatte zwar keine Zeit, die Panik zu ignorieren, die von ihr Besitz ergriff, doch sie konnte diese Panik nehmen und in die Konzentration umwandeln, die sie jetzt brauchte.

Nathan blickte mit angstvollen Augen zu ihr auf, ein Gefühl, das in ihr den Drang auslöste, mit ihm zu weinen. James, ihr anderer süßer, kleiner Junge stand neben dem Bett und klammerte sich an ihr Hemd. Die Tränen liefen ihm über das Gesicht.

Das haben wir doch alles schon einmal durchgemacht, dachte sie, doch heute Abend schien der Asthmaanfall weitaus heftiger zu sein als gewöhnlich. Sie unterdrückte einen Fluch und hüllte Nathan in ihren Armen in eine Decke.

»Okay, Nathan, wir werden zum Arzt fahren, nur um sicherzugehen, dass du okay bist.« Sie küsste sein kleines Gesicht, während ihr tausend Dinge durch den Kopf gingen, was alles getan werden musste.

»Onkel Storm«, ertönte James' Stimmchen. »Ich will Onkel Storm.«

Everly blickte auf James hinab, dann schaute sie in Nathans Gesicht, der unter seiner Maske nickte. Sie hätte Storm am liebsten nicht angerufen, denn das hatte sie während der letzten drei Jahre fast ständig getan, zumindest bis vor einem Monat. Doch heute Abend ging es nicht um sie. Es ging nur um ihre Jungs und die Tatsache, dass sie ehrlich gesagt Hilfe brauchte.

»Ich kann ihn vom Wagen aus anrufen. Und jetzt kommt, Babys. Lasst uns gehen.« Sie sammelte die beiden hastig ein und innerhalb von fünf Minuten hatte sie sie in ihren Wagen gepackt. Die Tatsache, dass sie wegen der gesundheitlichen Probleme der beiden Jungen eine solche Routine darin entwickelt hatte, ließ ihr Herz schmerzen, doch sie ignorierte es. Die Zwillinge kamen an erster Stelle.

Immer.

Und das bedeutete, wenn sie Storm noch einmal um Hilfe bitten musste, würde sie es tun.

Auch wenn es sie schmerzte.

Kapitel Zwei

STORM MONTGOMERY GRIFF STÖHNEND um die andere Person in seinem Bett herum nach seinem Telefon, das auf dem Nachttisch lag. Eine Steckdose gab es lediglich auf der einen Seite des Bettes und nun bereute er es ernsthaft, diesen Mangel noch nicht behoben zu haben.

»Ja?«, brummte er ins Telefon. Es war kurz nach drei Uhr morgens und Jillian und er waren erst vor ein paar Stunden zu Bett gegangen. Die Tatsache, dass sie die ganze Nacht aufgeblieben waren und keinen Sex miteinander hatten, war nichts Neues in ihrer Beziehung – falls man das überhaupt als Beziehung bezeichnen konnte.

Jillian rollte sich auf die andere Seite und rieb sich mit der Hand über das Gesicht. Sie warf ihm einen besorgten Blick zu.

»Storm?« In Everlys Stimme klang ein Hauch von Panik mit, aber gleichzeitig sprach sie in dem sachlichen

Tonfall, den er mit ihr verband, seitdem sie die Jungs hatte.

Hastig setzte er sich aufrecht hin und rieb sich die Augen, um zu versuchen, den Schlaf aus seinem Verstand zu vertreiben. »Was ist los, Ev?« Er blinzelte und ärgerte sich über sich selbst, dass er sie Ev genannt hatte. Das hatte er seit Jacksons Beerdigung nicht mehr getan. Ohne Jackson als Puffer zwischen ihnen verhielten sie sich etwas unbeholfen miteinander. Er hätte das seinem Schlafmangel zugeschrieben, aber zur Hölle, während der letzten Monate war ihr Umgang miteinander etwas schwierig gewesen.

»Es geht um Nathan. Ich bin auf dem Weg zur Notaufnahme.« Sie klang ruhig und im Hintergrund konnte er die Fahrgeräusche hören. Das Kind litt oft an schweren Asthmaanfällen und er hatte dies mit beiden bereits zuvor durchgemacht. James hatte zwar kein Asthma, war jedoch schon zweimal am Ohr operiert worden und ein weiterer, verdammt ernster Eingriff stand kurz bevor. Er hasste es, dass beide seiner Paten-kinder gesundheitliche Probleme hatten und dass Besuche der Notaufnahme nichts Seltenes waren.

Er warf die Decke beiseite und versuchte im Dunkeln, seine Jeans zu finden. Jillian murmelte etwas vor sich hin und schaltete die Lampe neben ihr ein, sodass sie etwas sehen konnten. Er nickte ihr dankend zu und versuchte, sich die Hose anzuziehen, ohne zu stolpern.

»Hast du den Lautsprecher eingeschaltet?«

»Ja«, erwiderte Everly gepresst. Zur Hölle, wie er es hasste, dass sie jetzt allein war! War sie während der letzten Jahre doch schon so oft allein gewesen und er hatte ihr nicht helfen können.

»Welches Krankenhaus?«, erkundigte er sich, während er sich ein Hemd überzog. Jillian kleidete sich neben ihm an. Er wusste nicht, ob sie vorhatte, ihn zu begleiten, oder ob sie nach Hause fahren wollte. Everly nannte ihm den Namen des Krankenhauses und er beendete das Gespräch, damit sie sich auf das Fahren und die Jungs konzentrieren konnte. Als er sich die Schuhe angezogen hatte, wandte er sich zu Jillian herum. »Willst du nach Hause fahren?«

Sie blickte ihn befremdet an. »Nein. Ich begleite dich. Ich kenne Everly auch. Und die Jungs. Ich konnte zwar nicht verstehen, was los ist, aber ich weiß, es ist nichts, was du gern gehört hast.«

Storm runzelte die Stirn, denn er wusste nicht, ob es Everly gefiele, dass er Jillian mitbrachte. Zur Hölle, er hatte nicht genügend Schlaf bekommen, um alles wirklich zu durchdenken, und wenn Jillian ihn unbedingt begleiten wollte, würde er sie nicht aufhalten. Das hätte er ohnehin nicht gekonnt.

»Nathan hat einen Asthmaanfall. Everly ist auf dem Weg zur Notaufnahme.«

»Dann hat sie also James dabei?«, fragte Jillian, während sie Seite an Seite zur Tür hinaus und zu seinem Pick-up liefen.

»Wo sollte er wohl sonst sein, Jillian? Sie hat niemand anderen.« Seine Stimme klang schärfer, als er es beabsichtigt hatte. Jillian starrte ihn an.

»Ich dachte, sie hätte vielleicht einen Nachbarn oder so. Um Gottes willen, Storm. Wirst du fahren können oder soll ich mich ans Steuer setzen? Ich weiß, diese Jungs sind wie deine eigenen.«

Storm warf ihr einen Blick zu, bevor er den Motor startete und ausparkte. »Sie sind Everlys und Jacksons Söhne. Ich bin nur ihr Patenonkel.«

Jillian hielt die Hände in die Höhe. »Weißt du was, ich bin einfach ein wenig zu müde und besorgt, um mich jetzt mit dir über dieses Chaos zu streiten, also fahr einfach.«

Schweigend fuhr er auf die Schnellstraße. Er umklammerte das Lenkrad so heftig, dass er wusste, morgen würden seine Hände schmerzen. Oder besser später an diesem Morgen. »Wirst du mir bitte erklären, was du damit gemeint hast?«

Jillian blickte ihn nicht an, sondern hielt ihre Aufmerksamkeit mit zusammengebissenen Zähnen auf die Straße gerichtet. »Nein. Dies ist kein guter Zeitpunkt und außerdem brauche ich noch viel mehr Kaffee, bevor ich mich auf irgendein Gespräch einlasse.«

Er stieß einen Fluch aus, sagte jedoch nichts dazu. Die beiden waren seit ein paar Jahren gute Freunde, und wann immer sie keinen Partner hatten – was in seinem Fall im Moment eher öfter als selten vorkam –, schliefen sie ab und zu miteinander. Sie hatten sich niemals wirklich zu einem Rendezvous verabredet und waren eher Freunde, die gern Sex hatten, als alles andere. Kein einziges Mal hatte er das Gefühl gehabt, Jillian und er erwarteten mehr von dieser Beziehung. Seine Brüder und Freunde mochten das vielleicht nicht verstehen, aber das mussten sie auch nicht. Die einzigen beiden Menschen, die ihre Beziehung wirklich verstehen mussten, waren er selbst und Jillian. Obwohl sie sich in den letzten Monaten − seitdem er sie dank eines Rohrleitungsproblems mit Everly bekannt gemacht hatte − weder gesehen noch allzu viel miteinander telefoniert hatten. Heute Abend waren sie zum ersten Mal in diesem Monat zusammen gewesen und sie hatten nicht einmal Sex gehabt, denn sie beide waren erschöpft und nicht in der Stimmung für irgendetwas anderes als Schlafen gewesen. Sie war wohl eher aus Gewohnheit in seinem Bett anstatt im Gästezimmer eingeschlafen.

Wenn er nicht so müde gewesen wäre, hätte er seine Gedanken wahrscheinlich nicht zu der Tatsache abschweifen lassen, dass er in eine gewisse Routine verfallen war, und Jillian erging es auch nicht besser. Er versuchte, nicht daran zu denken, dass er und sein Zwillingsbruder Wes die einzigen beiden Montgomerys in der engeren Familie waren, die sich noch nicht häuslich niedergelassen hatten. Sicher, die meisten seiner Cousins hatten auch noch nicht geheiratet, doch mit diesen pflegte er zurzeit zu wenig Kontakt, um sie mitzuzählen, wenn es darum ging, dass er sich ein wenig fühlte, als hinkte er den anderen hinterher.

Alle anderen hatten es also geschafft? Das war ärgerlich. Bald schon würde er vierzig Jahre auf dem Buckel haben und diesem Geburtstag wollte er wirklich nicht allein entgegensehen. Sicher, wenn das funktionieren sollte, musste er wahrscheinlich anfangen, sich mit einer anderen Frau als Jillian zu verabreden, wenn er das in ihrem Fall überhaupt als Verabreden bezeichnen konnte.

»Hier ist es«, bemerkte Jillian neben ihm. »Verpass die Ausfahrt nicht.«

Er fuhr von der Schnellstraße hinunter und nahm den kürzesten Weg zum Parkplatz der Notaufnahme. Glücklicherweise gelangte man ziemlich einfach zu dem Krankenhaus, das ihm und Everly am nächsten gelegen war. Er hoffte, sie wäre bereits da, was wahrscheinlich der Fall war, wenn er bedachte, dass er etwas Zeit gebraucht hatte, bis sie losgefahren waren.

Storm verdrängte alle Gedanken über sein eigenes Leben, als sie sich auf den Weg zum Warteraum der Notaufnahme machten. Sein Verstand arbeitete heute nicht auf allen Zylindern und zu viel nachzudenken hätte ihn wahrscheinlich nur sauer werden lassen.

»Ich möchte zu Everly und Nathan Law«, sagte er, sobald er vor dem Empfangstresen stand.

»Gehören Sie zur Familie?«, wollte die Bereitschaft habende Krankenschwester wissen. Storm fluchte. Nein, theoretisch gehörte er nicht zur Familie. Und jetzt würden sie kostbare Zeit verlieren, weil er dafür sorgen musste, dass er nach hinten durchgehen und die Kinder sehen durfte.

»Er gehört zu uns«, erklärte Everly von der Türschwelle. Ihre Augen wurden groß, als sie Jillian an seiner Seite entdeckte. »Sie gehören beide zu uns.«

Die Krankenschwester runzelte die Stirn. »Das sind zu viele Menschen für den Raum, Miss.«

»Ich werde im Warteraum bleiben«, sagte Jillian schnell. »Storm sollte dort hinten sein, um sich um James zu kümmern, richtig?«

»Richtig«, bestätigte Storm.

Die Krankenschwester ließ ihn gehen und er nickte Jillian zu, die Everly mit traurigem Gesicht zuwinkte.

»Richte ihm meine besten Wünsche aus«, sagte Jillian. »Beiden kleinen Jungs.«

»Das werde ich«, erwiderte Everly gepresst, bevor sie Storm anblickte. »Danke, dass du gekommen bist. Die Jungs wollten dich gern hierhaben.«

Die Jungs. Nicht sie. Das konnte er ihr allerdings nicht vorwerfen, da sie sich in jüngster Zeit nicht allzu freundlich gesinnt waren.

»Sicher, hier bin ich. Wie geht es ihm?«

Everly schlang sich die Arme um die Taille und blickte in den Raum, in dem Nathan in einem großen Bett schlief. Sein Körper wirkte viel zu klein.

»Gut. Er schläft. Sie haben ihn ziemlich schnell stabilisieren können. Und James schläft auf der Couch gleich hinter dem Vorhang. Du kannst seine kleinen Füße sehen, wenn du dich bückst.«

Storm ging in die Knie und fühlte sich wie ein Idiot, entspannte sich jedoch ein wenig, sobald er mit eigenen Augen gesehen hatte, dass beide Jungen da waren.

»Das ging schnell«, sagte er leise.

Everly spielte mit dem Saum ihres T-Shirts. »Sie haben uns gleich hereingelassen und offensichtlich hat das Inhalationsgerät, das ich zu Hause benutzt habe, gute Arbeit geleistet. Ich habe lediglich Panik bekommen.«

Storm blickte stirnrunzelnd auf sie hinab und bemühte sich, sie nicht zu berühren. Früher hatte er sie in den Arm nehmen oder sogar ihre Hand halten können, wenn sie gestresst gewesen war, doch in letzter

Zeit wies sie ihn ab. Es hätte ihn nicht stören sollen, da sie nur Freunde waren, und doch machte es ihm etwas aus.

»Du hast alles richtig gemacht, Everly. Sei nicht böse mit dir, nur weil du vorsichtig warst. Du konntest es nicht wissen.«

Everly blickte ihn nicht an, doch ihre Schultern entspannten sich ein wenig. »Ich wusste nicht, dass du Jillian mitbringen würdest«, stieß sie atemlos hervor. »Entschuldige. Es geht mich nichts an. Ich bin einfach nur müde.«

»Wir sind Freunde, Ev.« Verdammt. Er musste aufhören, sie so zu nennen. Das gab ihnen beiden ein unbehagliches Gefühl. »Sie wollte mitkommen. Sie hat die Jungs doch kennengelernt und sie mag sie.«

»Sie ist großartig mit ihnen umgegangen.« Everly drehte sich zu ihm herum. Sie zog eine Braue in die Höhe. »Und Storm, wenn eine Frau noch um drei Uhr morgens in deinem Haus zum Übernachten ist, ist sie nicht nur eine Freundin.«

Storm schob die Hände in die Taschen. »Wir haben nicht miteinander geschlafen. Wir sind tatsächlich Freunde.«

Everly schloss die Augen und kniff sich in den Nasenrücken. »Das geht mich nichts an.«

»Wenn du es sagst.«

Er war müde, verwirrt und machte sich immer noch Sorgen um die Jungen. Er wollte dieses Thema nicht besprechen, jetzt nicht und auch zu keinem anderen Zeitpunkt. »Ich werde mich in den Warteraum zurückziehen, damit die Krankenschwester mich nicht mehr so böse anstarrt.«

Everly lachte leise. »Sie mustert dich, sie starrt dich nicht an. Du hast einen Wuschelkopf, als wärst du gerade aus dem Bett gefallen.« Sie streckte die Hand aus, um sein Haar glatt zu streichen, doch dann erstarrte sie. Ihr Gesicht wurde bleich. Sie ließ den Arm sinken und räusperte sich. »Ich werde es dich wissen lassen, wenn die Jungs aufwachen, dann kannst du mit ihnen reden.«

»Okay«, stieß er hervor, drehte sich auf dem Absatz herum und ließ Everly allein im Flur zurück. Sobald er im Warteraum angelangt war, stand Jillian auf. Sie biss sich auf die Unterlippe.

»Nathan geht es gut«, sagte er hastig. »Everly wird bald herauskommen und uns mehr erzählen.«

Jillian musterte sein Gesicht, dann stieß sie den Atem aus. »Gut zu hören. Storm? Wir müssen reden.«

Zur Hölle, wie er diesen Satz hasste! Warum mussten Frauen immer diesen Satz benutzen, wenn etwas Unangenehmes bevorstand?

»Was?«, fragte er. »Möchtest du einen Kaffee? Ich kann mich ebenso gut mit ein wenig Koffein versorgen, wenn ich doch noch eine Weile auf den Beinen bleiben muss.«

»Nein. Aber Storm? Ich habe mir ein Taxi gerufen. Ich hätte nicht mitkommen sollen. Es war gegenüber dir und Everly nicht fair, hier aufzutauchen.«

Er runzelte die Stirn. »Worüber redest du?«

Jillian schüttelte mit einem traurigen Ausdruck in den

Augen den Kopf. »Du verstehst es jetzt noch nicht, doch eines Tages wirst du es verstehen. Und ich bin froh, dass dies schon bald sein wird. Aber Storm? Ich werde gehen und dich wahrscheinlich für eine Weile nicht anrufen. Aber schick mir bitte eine SMS, wie es den Jungen geht. Ich denke, es ist an der Zeit, dass wir mit dem hier aufhören.«

Er erstarrte. »Worüber redest du?«

Sie streckte die Hand aus und tätschelte ihm die Wange. »Ich liebe dich, Storm. Aber nicht so, wie ich sollte. Und ich weiß, du bringst mir die gleichen Gefühle entgegen.«

Sein Mund wurde trocken. »Jilly …«

Sie schüttelte den Kopf. »Du bist einer meiner besten Freunde und ich denke, mehr brauchen wir einander im Augenblick … und in Zukunft nicht zu sein. Was wir miteinander hatten, war der bequeme Weg, Komplikationen und all das zu vermeiden. Und ich denke … ich denke, ich will sehen, ob ich es besser machen kann. Und das solltest du auch, finde ich.«

Und damit drehte sie sich herum und verschwand durch die Schiebetüren. Storm blieb sprachlos zurück. Er fühlte sich, als hätte er einen Schlag in die Magengrube bekommen. Er liebte Jillian, aber nicht so, wie er sollte, damit hatte sie recht. Er hatte sich niemals in sie verliebt und er wusste, andersherum war es ebenso.

Sie war nicht die Eine für ihn, war es niemals gewesen. Er stieß den Atem aus. Und Jillian war nicht die einzige Frau in seinem Leben, über die er dies sagen konnte.

Damals nicht und ganz sicher nicht heute.

Kapitel Drei

EVERLY HÄTTE einen ganzen Eimer Kaffee gebrauchen können, aber das wäre wahrscheinlich ihrem unpässlichen Magen nicht gut bekommen. Sie strich über James' helles Haar. Wie sie es liebte, wenn er mit diesem entzückenden Lächeln eines kleinen Jungen zu ihr aufblickte!

»Dürfen wir später Pommes frites essen?«, fragte James, wobei sein Lächeln noch unwiderstehlicher wurde. So jung sie auch waren, so wussten ihre Jungen bereits genau, welches Lächeln sie aufsetzen mussten, um von ihr zu bekommen, was sie haben wollten. Ehrlich, wie konnte eine Mom angesichts dieses Lächelns Nein sagen?

Obwohl sie ihnen normalerweise nicht nachgegeben und ihnen Fast Food verweigert hätte, schienen fette Speisen heute genau das Richtige zu sein, um den Tag zu überstehen.

»Vielleicht«, antwortete sie und strich ihm die Haare glatt. James und Nathan hatten beide einen kleinen

Wirbel, der entzückend war, sich ihrem Willen aber ständig widersetzte.

»Ja! Vielleicht!«, kreischte Nathan von seinem Stuhl neben dem Untersuchungstisch. Er beschäftigte sich mit seinen Superhelden-Malbüchern und seinen Lieblings-stiften während James' Arztbesuches. Obwohl sie erst vor ein paar Tagen mit Nathan in der Notaufnahme gewesen waren, schien er keine Angst zu haben.

»Vielleicht!«, schrie auch James und klatschte in die Hände. Sie konnte nicht umhin zu lächeln, denn sie wusste, sie interpretierten ihr *Vielleicht* als ein *Ja*. Allerdings benutzte sie das Wort *vielleicht* nicht sehr oft. Doch wenn man zum zweiten Mal innerhalb weniger Tage mit seinen Kindern in einem Krankenhaus sein musste, erschienen einem dumme Sachen, wie Fast Food zu essen, eher als eine Belohnung denn als Teufelswerk.

Heute ging es nur um James. Dies war der letzte Termin vor der Operation, bei der ihm ein Cochlea-Implantat – eine Hörprothese – implantiert werden sollte. Er war auf dem linken Ohr beinahe vollkommen taub, während er auf dem rechten Ohr fast hundertprozentig hörte, das jedenfalls hatten die Unmengen von Tests ergeben, die sie im Laufe der vergangenen zwei Jahre durchgeführt hatten. Sie hatten es mit Hörgeräten versucht, die auch perfekt funktioniert hatten, obwohl James ständig versucht hatte, sie sich aus dem Ohr zu ziehen, als er noch jünger gewesen war. Die ganze Familie erlernte sogar die Zeichensprache und würde auch nach der Operation damit fortfahren. Denn dies war eine wichtige Fähigkeit, auch wenn ihr Kind nach der Operation mit beiden Ohren würde hören können.

Sie hatte die Vor- und Nachteile des Eingriffs immer und immer wieder gegeneinander abgewogen, seitdem die Möglichkeit aufgetaucht war, und schließlich hatte sie nachgegeben, nachdem sie mit zahlreichen anderen Eltern gesprochen hatte, die beide Meinungen vertraten. Ihrem Baby fehlte nichts, aber wenn dies ihm helfen würde, in dieser grausamen Welt, in der sie zumeist lebten, besser zu funktionieren, dann würde sie es tun. Sie hätte alles für ihn getan.

Und als ihre Versicherungsgesellschaft dann zugestimmt hatte, jeden Cent der Kosten zu tragen, wäre sie beinahe weinend auf die Knie gefallen. Mit James' Ohr und Nathans Asthma türmten sich bereits die Arztrechnungen auf ihrem Schreibtisch und es war nicht leicht, alle pünktlich zu bezahlen. Jacksons Lebensversicherung hatte sie schon früh für die Ausbildung der Jungen zurückgelegt, da sie wusste, dass ihre Kinder in relativem Komfort leben konnten, auch wenn sie sich bescheiden mussten. Sie mochte zwar nur Inhaberin eines kleinen Geschäftes sein, aber sie konnte sehr gut für sich sorgen.

Bei diesem Gedanken klopfte sie schnell an das hölzerne Regal neben ihr, um das Glück nicht herauszufordern. Sie hoffte, auch Sperrholz wäre gut genug für diesen Zweck.

Dr. Edelman trat ein und lächelte sie sanft an, gerade als sie ihre Hand vom Regal zurückzog. »Nun, da wäre ich. Ich muss heute doppelt sehen.« Die Jungen lachten wie immer, wenn Dr. Edelman diesen Witz von sich gab. Sie konnte nicht anders, sie musste lächeln, obwohl sie mit den Nerven am Ende war.

»Nun, dann wollen wir mal anfangen, oder?«, fragte der Arzt mit freundlichem Lächeln.

Everly schluckte heftig und nickte. »Sicher.« Sie griff nach der Mappe mit ihren Notizen und Recherchen und stieß die Luft aus. Bücher hatten sie in der Vergangenheit gerettet und sie hoffte, dass alles, was sie gelesen hatte, bezüglich James und der Operation zur richtigen Entscheidung geführt hatte.

Als alleinerziehende Mutter war sie ständig mit Sorgen überhäuft und musste sich einer harten Entscheidung nach der anderen stellen. Sie betete, dass sie keinen weiteren Fehler begehen würde. Andere mochten sich vielleicht so viele Fehltritte leisten können, wie sie wollten, doch sie hatte niemanden, auf den sie sich verlassen konnte, um die Folgen mit ihr zu tragen.

Sie hatte nur sich selbst.

Wie immer.

»Also ist heute alles gut gelaufen?«, fragte Tabby, die auf der anderen Seite des Tisches saß. Die Frau sah besorgt aus, was man aber ihrem Tonfall nicht anmerkte, und das schätzte Everly sehr.

Nach dem Arzttermin hatte Everly die Jungen zu ihrem Lieblings-Burgerimbiss gefahren. Dann hatte sie Tabby und Alex angerufen, um sie einzuladen, sich ihnen anzuschließen. Tabby und sie waren seit Jahren befreundet und Everly hatte miterlebt, wie ihre Freundin sich nicht nur in einen guten Mann, sondern auch in eine wunderbare Familie verliebt hatte. Die Tatsache, dass Alex Storms Bruder war, ließ die Welt nur noch ein wenig kleiner erscheinen.

Everly hatte Storm über Jackson und das College kennengelernt und hatte erst kürzlich einen anderen Montgomery getroffen – Storms Zwillingsbruder Wes. Außerhalb ihrer Beziehung mit Jackson hatte sie nicht in denselben Kreisen verkehrt wie Storm, daher war es vollkommen logisch, dass sie den Rest seiner riesigen Familie noch nicht kennengelernt hatte. Tabby andererseits arbeitete bei Montgomery Inc., dem Bauunternehmen der Familie, das Storm und Wes gehörte. Sie hatte wirklich keine Ahnung, warum sie Tabby gegenüber niemals erwähnt hatte, dass sie Storm kannte, bevor der Kreis sich vor ein paar Monaten geschlossen hatte, aber offensichtlich hatte sie daraus ein Geheimnis gemacht, ohne es zu wollen. Nein, das stimmte nicht. Sie hatte gewusst, dass Tabby jahrelang eine Schwäche für Alex gehabt hatte, doch sie hatte es Storm gegenüber nicht erwähnt, da es sie nichts anging. Während der letzten drei Jahre hatte sie sich bemüht, ihre Beziehung zu Storm so locker wie möglich zu halten, denn sie hasste es, von jemandem abhängig zu sein, und deshalb hatte sie ihn unabsichtlich vor Tabby und den anderen geheim gehalten.

Am Ende war sie irgendwie in gewisser Hinsicht von den Montgomerys vereinnahmt worden, ohne zu wissen, wie das geschehen war. Sie waren wie die Borg in Star Trek – Widerstand war zwecklos. Die Familie wusste jetzt, dass Storm und sie einander kannten, und hatte keine große Sache daraus gemacht. Immerhin war Denver eine große Stadt und es war nicht so, als sprächen alle tagaus, tagein über eine bestimmte Person, die sie kannten.

Sie fühlte sich manchmal nur etwas merkwürdig bei der ganzen Geschichte und daher hatte sie sich entschieden, es zu ignorieren. Sie hatte weit Wichtigeres in ihrem Leben zu tun, als sich darüber Gedanken zu machen, wer wen kannte und wie alle miteinander verbunden waren.

Tabby und Alex waren durch die Hölle gegangen, um einander zu finden, und Everly war dankbar, dass sie sich am Ende ineinander verliebt und sich dann verlobt hatten. Sie verspürte nicht den kleinsten Stich der Eifersucht, dass die beiden ihr gegenüber nur Augen füreinander hatten. Sie war verheiratet gewesen. Sie hatte geliebt. Sie hatte ihre Liebe verloren.

Das würde sie nicht noch einmal durchmachen.

Und bei diesem seltsamen Gedanken schüttelte sie den Kopf und gab Tabby endlich eine Antwort. »Der Besuch ist gut verlaufen«, berichtete sie langsam, während sie den Blick zum Zentrum der U-förmigen Sitzgruppe wandern ließ, wo ihre Jungen in Hochstühlen saßen und Pommes frites verschlangen, während sie sich mit Alex unterhielten. Sie liebten Alex und wollten stets Zeit mit ihm verbringen. Doch ihren Onkel Storm liebten sie mehr als die anderen, auch wenn alle Männer der Montgomerys sich sehr ähnlich sahen.

Und warum dachte sie immer wieder an Storm? Das ergab keinen Sinn.

Tabby langte über den Tisch und ergriff ihre Hand. »Ich bin froh, das zu hören. Nur zur Erinnerung, du bist nicht allein mit dieser Sache, Everly. Ich weiß, dass du mit allem allein klarkommen willst, aber wir sind für dich da. Wir lieben dich, Süße.«

Everly blinzelte die Tränen zurück. Sie war definitiv zu müde für dieses Gespräch. Als Jackson gestorben war, hatte sie sich gefühlt, als hätte sie einen Teil ihrer selbst verloren, war jedoch nicht in der Lage gewesen, sich darauf zu konzentrieren. Hatten doch an jenem schrecklichen Abend die Wehen eingesetzt und sie hatte lernen müssen, eine alleinerziehende Mutter zu sein, während sie zuvor ihr Leben um Jackson herum geplant hatte. Alle gemeinsamen Freunde hatten sich mit der Zeit zurückgezogen, denn sie waren nicht in der Lage gewesen, sie zu sehen und nicht an den Mann zu denken, dem sie so nahe gewesen waren. Sie hatten nicht mehr gewusst, wie sie mit ihr umgehen, wie sie ihr hätten helfen können, während sie nicht einmal selbst gewusst hatte, wobei sie Hilfe hätte gebrauchen können.

Tabby jedoch war immer für sie da gewesen, wahrscheinlich deshalb, weil sie Everlys und nicht Jacksons Freundin gewesen war.

Auch Storm war immer da. Und ist es noch immer.

Sie hätte sich am liebsten selbst in den Hintern getreten, dass sie schon wieder an ihn dachte. Sie schwor sich, noch mehr Kaffee zu trinken, sobald sie nach dem Mittagessen im Buchladen angekommen wäre. Sie war im Moment einfach zu müde, um normal denken zu können.

»Ich liebe dich auch«, sagte Everly schließlich mit belegter Stimme. »Und danke, dass ihr euch hier mit mir zum Mittagessen getroffen habt, anstatt ins Taboo zu gehen.« Das Taboo war eins der Stammlokale der

Montgomerys und war direkt neben Montgomery Ink gelegen, dem Tattoostudio der Familie. Sie gingen oft dorthin, da das Café einer ihrer gemeinsamen Freundinnen gehörte, aber heute ging es um die Jungen, nicht um sie. »Ich habe den Jungs Pommes frites versprochen, und obwohl es die im Taboo auch gibt, waren es nicht die, an die die Jungs gedacht haben.«

Tabby grinste. »Eine Erklärung ist überflüssig. An manchen Tagen braucht man eben einen fetten Burger und Pommes.« Sie schielte auf Alex' Hühnersandwich und schüttelte den Kopf. »Nun ja, zumindest einige von uns.«

In diesem Moment blickte Alex seine Verlobte an und stahl ihr eine ihrer Pommes frites. »Mein Sandwich ist alles andere als gesund, Tabitha. Keine Sorge. Ich bin schon ganz fettig für dich.«

Sie blies ihm eine Kusshand zu. »Du bist so romantisch.«

»Ich weiß.«

Everly schüttelte nur den Kopf. Sie musste wirklich nicht wissen, worüber die beiden sprachen, sie war sich ohnehin sicher, dass die beiden sich anbeteten. Sie versuchte, sich zu erinnern, ob Jackson und sie früher auch so gewesen waren, doch ihr Gedächtnis war wie gewöhnlich ein wenig bruchstückhaft. Mit der Zeit glitt ihr die Vergangenheit mit Jackson durch die Finger. Sie war sich weder sicher, was sie davon halten sollte, noch, was sie dagegen tun konnte. Sie hatte ihn so sehr geliebt, dass es ihr manchmal wehtat, wenn sie sich an ihn erinnerte, doch sie tat es für die Jungen. James und Nathan wussten von ihrem Daddy und würden noch mehr erfahren, wenn sie einmal älter wären. Sie würde sie nicht in dem Glauben erziehen, sie hätten keinen Vater, auch wenn sie ohne einen aufwuchsen.

Tragödien geschahen eben und auch andere mussten damit leben. Doch sie hatte das Gefühl, durch Sand zu wandern auf der Suche nach der Heilung, von der so viele Menschen sprachen.

Everly stocherte in ihrem Burger herum. Sie war nicht mehr in der Stimmung zu essen. Ihr Magen hatte sich seit dem Arztbesuch immer noch nicht beruhigt und ehrlich gesagt spürte sie ihn schon seit der Nacht, als sie mit Nathan die Notaufnahme hatte aufsuchen müssen. Sie stieß den Atem aus und versuchte, innerlich ruhig zu bleiben. Sie durfte vor ihren Kindern nicht ausflippen, obwohl sie im Moment nichts lieber getan hätte.

»Dürfen wir spielen gehen?«, fragte Nathan und riss sie so aus ihren Gedanken.

Everly drehte sich zu ihm herum und unterdrückte ein Stirnrunzeln. Spielplätze zogen Bakterien magnetisch an und angesichts Nathans überstandenem Asthmaanfall und James' Operation, die in Kürze bevorstand, war sie sich nicht sicher, ob sie die Kinder in dem Unglück verheißenden Bällebad spielen lassen wollte.

Alex musste es ihr angesehen haben. Er lächelte sie an. »Ich habe einen Fußball in meinem Pick-up, mit dem ich mit den Kindern meines Bruders gespielt habe. Warum gehen wir nicht nach draußen auf das Feld hinter dem Gebäude und spielen?«

Sie warf ihm einen zweifelnden Blick zu. »Glaubst

du nicht, der Fußball ist ebenso groß wie sie?« Ihre Jungen mochten vielleicht über ihr Alter hinaus vernünftig erscheinen, doch sie waren immerhin erst drei Jahre alt.

»Damit kommen wir klar, Mommy«, versicherte James lächelnd.

»Ja, klar«, fügte Nathan hinzu.

Sie schnaufte, lächelte jedoch. »Seid vorsichtig. Und übertreibt es nicht bei der Wärme draußen.«

»Es wird alles gut gehen.« Alex blickte Everly an. »Ich werde sie zuerst in den Waschraum bringen, damit sie sich die Hände waschen und die Toilette benutzen können. Ist das in Ordnung?«

Sie nickte. Ihre Kehle wurde eng. »Perfekt.« Ihre Jungen wurden älter und es wurde von Tag zu Tag peinlicher, sie in die Damentoilette mitzunehmen. Es war ihr zwar eigentlich gleichgültig, was andere dachten, doch auf die bedeutungsvollen Blicke, mit denen manch egoistische Frauen ihre Jungs bedachten, konnte sie gut verzichten. Was hätte sie an einem öffentlichen Ort anderes tun können? Sie in die Herrentoilette begleiten oder sie allein gehen lassen? Sie waren drei Jahre alt, um Himmels willen. Endlich – Gott sei Dank – hatten sie sich daran gewöhnt, das Töpfchen zu benutzen, waren aber dennoch Jahre davon entfernt, allein eine öffentliche Toilette aufzusuchen.

Tabby und Everly glitten von der Bank, sodass die Jungs an ihnen vorbeikonnten. Die Zwillinge plapperten munter drauflos und Alex nickte dazu. Er behielt sie ständig im Auge, auch als er Tabby auf die Wange küsste und Everly zuwinkte. Sie griff in ihre Tasche und reichte Alex Nathans Inhalationsgerät, nur für den Fall. Alex steckte es ein und ließ es so aussehen, als wäre es das Normalste auf der Welt, als wäre nichts falsch daran, ab und zu ein wenig Hilfe zu benötigen.

Sie vertraute nicht vielen Menschen hinsichtlich der Sicherheit ihrer Kinder, doch Alex und dem Rest der Montgomerys vertraute sie mit ganzem Herzen.

»Alexander wird nicht zulassen, dass sie es übertreiben«, versicherte Tabby leise. »Und so musst du dir keine Sorgen wegen der Bakterien in dem Spielhaus hinter uns machen.«

Everly schauderte gespielt. »So viele Bakterien und Kinder mit ungewaschenen Händen und Gott weiß, was noch alles.«

Tabby zog eine Grimasse. »Angesichts dieses unappetitlichen Gedankens lass uns den Tisch abräumen. Ich glaube, ich werde diese Pommes frites nicht aufessen.«

Everly lachte mit ihrer Freundin, während sie die Reste abräumten, um den Tisch danach wieder zu besetzen, denn um diese Uhrzeit herrschte nicht viel Betrieb.

»Nathan geht es also wieder gut nach seinem Asthmaanfall?«, erkundigte Tabby sich sanft. »Dies muss eine schreckliche Woche für dich sein.«

Everly seufzte und spielte mit dem Strohhalm in ihrem Getränk. »Er atmet leichter und ich weiß, Alex wird ihm nicht erlauben, sich dort draußen zu übernehmen. Ich bin lediglich erschöpft, denke ich. Ich musste zu viele Nächte hintereinander aufbleiben und mich um meine Jungs sorgen. Wenn Storm mir in jener Nacht in der Notaufnahme nicht beigestanden hätte, wüsste ich nicht, was ich getan hätte. Sie mussten Nathan für einen weiteren Test in einen der hinteren Räume bringen und Storm war da, um sich um James zu kümmern, sodass ich ihn nicht aufwecken musste.«

Tabbys Augen weiteten sich. »Storm war mit dir in der Notaufnahme?«

Everly zuckte zusammen. Sie hatte das eigentlich nicht erwähnen wollen, weil es ihr zur Gewohnheit geworden war, alles, was sich um Storm drehte, für sich zu behalten. Aber offensichtlich war sie zu müde. Und später würde sie darüber nachdenken müssen, warum sie Storm niemals erwähnte.

Obwohl sie über dieses Thema eigentlich nicht in Grübeleien versinken wollte.

»Die Jungs fragten nach ihm, also rief ich ihn an. Um drei Uhr morgens.«

Tabby stieß den Atem aus. »Ich bin so froh, dass er für dich dort aufgetaucht ist.«

»Das tut er immer«, flüsterte Everly. Tabby warf ihr einen scharfen Blick zu. »Er brachte Jillian mit«, platzte es aus ihr heraus.

Tabby zog eine Braue in die Höhe. »Wirklich? Ich wusste nicht, dass sie immer noch zusammen sind.«

Everly dachte an das Gespräch, das sie ungewollt mitgehört hatte. »Ich glaube nicht, dass sie noch zusammen sind. Nicht dass es mich etwas anginge.«

Tabby blickte sie zweifelnd an. »Nicht dass es dich etwas anginge?«

»Storm ist lediglich mein Freund. Besser gesagt, er war Jacksons Freund und er sorgt gern dafür, dass es den Jungs gut geht. Das ist alles, Tabby. Nicht mehr.«

Tabby warf ihr einen langen Blick zu, bevor sie nickte. »Okay.« Everly wusste, dass die andere Frau noch mehr sagen wollte, doch sie schwieg. Stattdessen unterhielten sie sich noch weitere zwanzig Minuten über die bevorstehende Hochzeit und andere Dinge, die in ihrem Leben geschahen. Dann piepste ihr Telefon und sie wusste, es war Zeit, zur Arbeit zu fahren.

»Ist es wirklich in Ordnung für dich, die Jungs mitzunehmen?«, fragte Everly, als sie zu ihren Wagen gingen, um die Kindersitze auszutauschen. »Ich kann sie ebenso gut zum Babysitter bringen.«

Alex hatte beide Kinder auf dem Arm. Er grinste breit. Mein Gott, wie gut die Montgomery-Männer doch aussahen. »Wir haben Spaß miteinander. Mach dir um uns keine Sorgen.«

Tabby umarmte Everly fest. »Wirklich. Wir üben.« Den letzten Teil flüsterte sie und Everly blinzelte die Tränen zurück. Sie freute sich, dass ihre Freundin so unverschämt glücklich war. Falls jemand ein *Glücklich bis ans Lebensende* verdiente, so war es Tabby.

»Also dann, okay. Wenn ihr euch so sicher seid.« Nachdem sie die Kindersitze installiert hatten, umarmte und küsste sie ihre Kinder zum Abschied und versprach ihnen, dass sie bald wieder bei ihnen wäre. Sie winkten ihr zu, als machte es ihnen nichts aus, von ihr getrennt zu werden, und sie ignorierte den aufkeimenden Selbstzweifel. Ihre Jungs waren glücklich und relativ gesund, und das war alles, was zählte.

Als sie schließlich in die Innenstadt fuhr und ihren Wagen auf dem kleinen Parkplatz hinter ihrer unabhängigen Buchhandlung *Beneath the Cover* – ein Name, der auf all die Geheimnisse und Abenteuer anspielte, die sich unter den Bucheinbänden verbargen − abstellte, waren ihre Nerven etwas weniger strapaziert als zuvor, aber immer noch nicht im Normalzustand.

Wie dem auch sei, sobald sie in ihren Laden trat, hob sich ihre Stimmung. Sie liebte ihre Buchhandlung von ganzem Herzen. Sie liebte es, wie der Duft der neuen und alten Bücher ihre Sinne erfüllte, sobald sie den Laden betrat. Sie liebte die verschiedenen Bereiche, die sie im Laufe der Zeit dekoriert hatte, um auf die verschiedenen Themenbereiche hinzuweisen. Sie liebte es, dass sie und ihre Mitarbeiterinnen dafür gesorgt hatten, dass alle Untergenres klar beschriftet und passend dekoriert waren. Sie liebte all die Sitzecken, die sie mit bequemen − teilweise antiken − Sesseln und Chaiselongues ausgestattet hatte, sodass die Kunden sich mit einem Buch und wenn sie es wünschten, mit einem mitgebrachten Kaffee dort niederlassen konnten. Ganz vorn in der Nähe des Schaufensters hatte sie einen größeren Sitzbereich eingerichtet, den sie für Gastlesungen, das Signieren von Büchern und Komödienabende nutzen konnte. Und im ersten Stock hatte sie sogar eine Abteilung für gebrauchte Bücher hinzugefügt, für Kunden, die Bücher suchten, die entweder nicht mehr gedruckt wurden oder für sie aus anderen Gründen einen besonderen Wert besaßen.

Die Buchhandlung war Teil ihrer Seele, genau wie ihre Jungs, und sie war über alle Maßen dankbar dafür, dass es sie in ihrem Leben gab. Jackson hatte nicht ganz verstanden, wie sie es hatte anstellen wollen, einen unabhängigen Buchladen in der Innenstadt von Denver ans Laufen zu bringen, da es dort bereits einige etablierte Indie-Buchhandlungen und auch Läden gab, die Ketten angehörten. Doch sie hatte einen Weg gefunden. Die erste Zeit hieß es Erfolg oder Untergang, doch mit der Zeit hatte sie ihren Stil gefunden, nachdem sie den Laden mit dem Erbe ihrer Eltern eröffnet und Blut, Schweiß und Tränen in das Projekt investiert hatte.

Über die Jahre waren im Einkaufszentrum in der 16ten Straße die verschiedensten Geschäfte eröffnet und wieder geschlossen worden, aber Läden wie das Taboo, Montgomery Ink und die neuere Boutique Eden – die zufällig einer Frau gehörte, die in die Familie der Montgomerys eingeheiratet hatte – hatten alle Krisen überstanden. Sie liebte einfach alles an ihrer Buchhandlung. Sogar die Rechnungen.

»Hi, Boss«, begrüßte Freddie sie, die hinter dem Tresen saß und die Kunden beobachtete. Vor ihr lag ein geöffnetes Buch. Sie war in den späten Vierzigern, groß, kurvig und einfach großartig. Sie hatte als Managerin im obersten Stockwerk einer der Wolkenkratzer gearbeitet, die in Denver in den Himmel ragten. Doch nachdem sie herausgefunden hatte, dass ihr Ehemann sie betrog, hatte sie sich entschlossen, den Beruf ihrer Leidenschaft zu erlernen.

Dass ihre Leidenschaft dem Medizinstudium galt, entlockte Evelyn ein Lächeln. Die Frau war voll ausgelastet, hatte drei erwachsene Kinder, die das College besuchten, und arbeitete Teilzeit im Beneath the Cover, um ein paar ihrer Rechnungen zu bezahlen, denn sie war gezwungen gewesen, dem dummen Idioten, den sie geheiratet hatte, Unterhalt zu zahlen.

Everly verstaute ihre Tasche unter dem Tresen und umarmte Freddie. »Hi, Süße. Alles in Ordnung hier?«

Freddie nickte, dann schlug sie ihr Buch über organische Chemie zu und begann einzupacken. »Ja. Etwas früher hatten wir viel Betrieb. Es ist gut gelaufen. Es gab ein paar telefonische Nachrichten für dich, die ich dir auf den Schreibtisch im Büro hinten gelegt habe. Oh, und ich bin wieder einmal auf der Treppe gestolpert, weil ich so ein Trampel bin. Ich habe jemanden angerufen, um die Stufe zu reparieren, da dies auf deiner Aufgabenliste stand. Ich weiß, dass du dich irgendwann selbst darum gekümmert hättest, aber ich wollte dir helfen.«

Everly zuckte zusammen. »Das tut mir leid. Hast du dich verletzt?«

Freddie schüttelte den Kopf, während sie bereits den Reißverschluss ihres Rucksacks zuzog. »Nein. Aber ich weiß, dass du nicht willst, dass jemand anderes sich verletzt. Ich kenne dich und wahrscheinlich hätten wir es behelfsmäßig selbst reparieren können, doch wir wissen beide auch, dass uns dazu einfach die Kenntnisse fehlen.«

Everly seufzte und rieb sich die Schultern. Im Moment gehörte die Spannung dort ständig zu ihrem Leben. »Wen hast du angerufen?«, fragte sie, obwohl sie die Antwort bereits kannte.

»Storm. Er sagte, er wäre bald hier, da er schon im Laden in der Innenstadt wäre.« Freddie zuckte mit den Schultern. »Ich nehme an, er meinte das Tattoostudio, aber ich habe nicht nachgefragt. Wie dem auch sei, ich mache mich jetzt auf den Weg zu meinem Labor.« Sie rümpfte die Nase. »Ich hasse Chemielabore am späten Abend. Sie sind der Fluch meines Lebens.«

Everly unterdrückte die Bedenken, die sie bis in ihr Innerstes erfüllten, dass sie Storm wieder einmal würde sehen müssen. Sie verstand einfach nicht, warum sie immer wieder so reagierte, wenn sie an ihn dachte. Es war doch nur Storm. »Du wirst mit einer Eins bestehen, wie immer. Dann wirst du meine Ärztin sein anstatt des groben Kerls, der jetzt mein Arzt ist, und wir werden alle glücklicher sein.«

Freddy zwinkerte ihr zu. »Wenn du es sagst. Ich wünsche dir einen guten Abend!« Gerade als die Frau die Buchhandlung verließ, betrat ein vertrautes Gesicht den Laden. Everlys Rücken versteifte sich.

»Hi«, begrüßte Storm sie, sobald er ihr gegenüberstand. Er trug eine Werkzeugkiste in einer Hand und ein Stirnrunzeln auf dem Gesicht. Seit Kurzem schien er sie ständig böse anzublicken und sie wusste nicht warum.

»Danke, dass du gekommen bist, obwohl ich mir sicher bin, dass ich es selbst hätte reparieren können.« Klang sie nicht wie eine undankbare Zicke? Sie musste den Stock loswerden, den sie verschluckt hatte, und mit dem zurechtkommen, was auch immer zwischen Storm und ihr laufen mochte, doch sie stieß ihn immer wieder vor den Kopf.

Storm warf ihr einen befremdeten Blick zu. »Da bin ich mir sicher, aber jetzt bin ich nun einmal hier. Nur weil du etwas selbst tun kannst, heißt das nicht, dass du es auch ständig selbst tun musst.«

Everly schluckte heftig. Es gefiel ihr nicht, dass er mehr zu sehen schien, als sie wollte.

»Ich gehe nach oben«, sagte er nach einem Moment. Dann hallte plötzlich ein lauter Knall durch das Geschäft und Storm machte einen Satz. Seine Augen weiteten sich und seine Haut wurde blass.

Everly streckte die Hand um den Tresen herum nach ihm aus. Sie fragte sich, was um Himmels willen gerade geschehen war. Niemand anderes im Laden schien es bemerkt zu haben, aber Storm ganz gewiss. »Es war nur die Fehlzündung eines Fahrzeugs. Ist alles in Ordnung mit dir?« Er sah so aus, als wäre er bereit, im nächsten Moment aus der Haut zu fahren, doch als er sie wieder anblickte, biss er die Zähne zusammen und auf seinen Wangenknochen erschien eine leichte Röte.

»Es geht mir gut.« Er stakste mit steifen Schultern davon und Everly ließ den Blick an seinem Rücken hinunterwandern, bis er schließlich auf seinem festen Hintern hängenblieb.

Hastig wirbelte sie herum. Sie hasste sich mehr, als sie es für möglich gehalten hätte. Gütiger Himmel! Was war los mit ihr? Sie hatte ihn nicht nur grob behandelt, sondern irgendetwas hatte offensichtlich im selben Augenblick auch noch Panik bei ihm hervorgerufen.

Und was hatte sie getan? Sie hatte seinen Hintern begafft.

Noch niemals war sie so dankbar dafür gewesen, einen Kunden abkassieren zu müssen. Mit aller Entschlossenheit schob sie alle Gedanken an Storm und sein knackiges Hinterteil beiseite.

Wirklich.

Kapitel Vier

AM NÄCHSTEN TAG WUSSTE STORM, wenn er nicht bald das Büro verließe, würde er seinem Zwillingsbruder den Hals umdrehen. Er liebte seine Familie und, zur Hölle, er wusste, Wes und er standen sich näher als nahe, doch manchmal war er einfach alles leid.

»Raymond hat es wieder vermasselt«, knurrte Wes, der quer durch das Büro stapfte. Im Hauptgebäude arbeiteten sie in einem Großraumbüro, wo Storm, Wes, Decker, Meghan, Harper und Tabby ihre eigenen Schreibtische hatten, aber einander sehen und leicht miteinander reden konnten, falls nötig. Da die meisten von ihnen sich größtenteils auf den Baustellen aufhielten, war dies für gewöhnlich bezüglich der Lärmbelästigung kein Problem. Im hinteren Teil gab es Büros für Kundengespräche und einen Arbeitsplatz für Storm als leitender Architekt des Unternehmens, doch an den meisten Tagen gingen in dem Hauptraum nur wenige Leute ein und aus.

Tabby hob einen Finger in die Höhe. Sie richtete die

Aufmerksamkeit gleichzeitig auf ihr Telefongespräch und den Computer. Storm schüttelte lediglich den Kopf, da er sich gerade auf die vor ihm ausgebreiteten Pläne und nicht auf seinen Bruder konzentrierte. Wes hatte schlechte Laune und Storm wollte sich nicht mit ihm abgeben. Darin lag das Problem, wenn man in einem Familienbetrieb arbeitete – man konnte sich nicht verstecken. Niemals.

»Hörst du mir überhaupt zu?«, fragte Wes und beugte sich über Storms Schreibtisch.

Storm seufzte und hob den Kopf. Er ärgerte sich über seine Rückenschmerzen. Er hatte zu lange gesessen, um an diesem einen Entwurf zu arbeiten, anstatt in den hinteren Teil zu gehen, wo sich sein Stehtisch befand. Er wurde langsam zu alt für solch lange Arbeitstage.

»Ja, ich höre dir zu«, erwiderte Storm, während er sich mit der Hand übers Gesicht fuhr. »Ich weiß nicht, warum du gerade so ausflippst. Wir wussten doch bereits zehn Minuten, nachdem wir ihn eingestellt hatten, dass er ein Versager ist, aber wir brauchten doch dringend einen Klempner für den Westcott-Job. Luc und der Rest des Teams haben ihn im Auge behalten, denn Raymond kann seinen Job machen, solange er sich konzentriert. Verdammt, wir haben den Mann nur für eine Probezeit von zwei Wochen eingestellt, weil er sagte, er hätte sein Leben unter Kontrolle, aber jetzt wissen wir, dass es nicht so ist.« Storm stieß den Atem aus und kniff sich in den Nasenrücken. »Was hat er angerichtet?«

Wes setzte sich auf die Kante von Storms Schreibtisch, was diesen maßlos ärgerte. Aber da Storm andersherum das Gleiche tat, ließ er es zu. Sein Bruder ging ihm im Moment immer mehr auf die Nerven und Storm wusste, er musste etwas zurückschrauben und durchatmen. Wes tat eigentlich nichts Schlimmes, er hörte lediglich nicht auf zu murren, bis Storm am liebsten geschrien hätte. Na ja, so war es eben unter Zwillingsbrüdern.

»Er ist überhaupt nicht aufgetaucht.« Wes fuhr sich mit der Hand übers Gesicht, genauso wie Storm es gerade getan hatte. Die beiden waren zweieiige Zwillinge, doch sie hatten die gleichen Angewohnheiten und Verhaltensweisen, die einander mehr ähnelten als die der anderen Familienangehörigen. Seine Familie nannte sie bereits seit so langer Zeit *die Zwillinge*, dass er auf diese Anrede ebenso reagierte wie auf seinen Namen. In der Familie Montgomery gab es noch ein weiteres Zwillingspaar – Cousins, die auch zweieiig waren. Er konnte nicht umhin, an ein anderes Zwillingspaar zu denken, das auch *die Zwillinge* genannt wurde. James und Nathan waren allerdings eineiig und verdammt süß – die reinsten Ebenbilder ihrer Mutter.

Schnell verdrängte Storm die Gedanken an Everly aus dem Kopf. In den letzten zwei Monaten – eigentlich sogar Jahren, wenn er ehrlich mit sich selbst war – war ihre Beziehung etwas merkwürdig geworden, und das hatte sich noch verstärkt, seitdem er Jillian das eine Mal mitgenommen hatte, um Everlys Spüle zu reparieren.

Storm setzte sich aufrechter hin, wohl wissend, dass er vielleicht einen Fehler beging, doch er hatte keine andere Wahl. »Ich kenne einen Klempner, der uns helfen kann.«

Wes' Augen wurden schmal. »Du hast ihn aber nicht zur Sprache gebracht, als wir Raymond eingestellt haben.«

»Damals hatte sie einen anderen Vertrag zu erfüllen, der aber letzte Woche endete.« Er zog sein Handy aus der Tasche. »Sie würde gut zu Montgomery Inc. passen.«

»Sie?« Wes' Stimme verriet einen Hauch von Vorahnung.

»Sag mir nicht, du glaubst, Frauen könnten keine Klempner sein«, mischte Tabby sich ein, die an ihrem Schreibtisch saß. »Denn es macht mir nichts aus, die Kampftechniken einzusetzen, die Alexander mir beigebracht hat, um dir zu zeigen, wo es langgeht.«

Wes hielt beide Hände in die Höhe. »Das meinte ich nicht. Ich glaube, dass mein Bruder mich gleich fragen wird, ob seine Ex-Freundin mit uns arbeiten kann.« Sein Tonfall besaß eine gewisse Schärfe, die Storm von seinem Stuhl hochfahren ließ.

»Erstens ist Jillian nicht meine Ex-Freundin.« Er hielt abwehrend beide Hände hoch. »Darauf werde ich nicht näher eingehen, weil wir hier nicht in der Highschool sind. Und zweitens ist sie ein verdammt guter lizensierter Klempner.«

Wes verengte die Augen zu Schlitzen. »Wenn sie so gut ist, warum ist sie dann jetzt verfügbar?«

»Jetzt wirst du aber wirklich gerade zum Arschloch«, stieß Storm hervor.

»Ich versuche nur, eine vollständige Antwort zu bekommen.«

»Okay, Jungs. Nehmt mal Abstand voneinander und

atmet tief durch.« Tabby kam zu ihnen hinüber und stellte sich zwischen die beiden. Dann warf sie beiden einen Blick zu.

Storm ließ den Kopf sinken. Er ärgerte sich über sich, dass er überhaupt so sauer geworden war. Nur weil Wes nicht mit der Stichelei aufhörte, bedeutete das nicht, dass er darauf reagieren musste. Und so, wie er Wes kannte, war diesem noch nicht einmal bewusst, wie er sich verhielt.

»Sie musste den Vertrag mit der anderen Firma erfüllen, und das zog sich endlos hin, weil sie sie pro Stunde und nicht pro Tag engagiert hatten. Sie hat auch für ein paar andere Unternehmen gearbeitet, in dem Versuch, ein für sie passendes zu finden, aber sie will keinen eigenen Betrieb gründen.«

»Das ist klug«, bemerkte Tabby. »Und soweit ich Jillian kenne, ist sie klug.«

Wes presste die Lippen zu einer dünnen Linie zusammen. »Ich weiß, Meghan und die anderen sind an unserem Geschäft beteiligt, aber du und ich, wir entscheiden, wen wir für solch eine Arbeit einstellen. Wenn du ihr also vertraust und glaubst, mit dem klarzukommen, was immer ihr beide auch miteinander haben mögt, dann bin ich einverstanden. Ich meine, da Luc und Meghan verheiratet sind und so viele von unserer Firma in unsere Familie eingeheiratet haben, sollte es keine Rolle mehr spielen.« Er machte eine Pause. »Aber es spielt eben doch eine Rolle.«

»Du magst sie einfach nicht«, stellte Storm nach einer Weile fest. Er wusste nicht warum, aber die beiden waren niemals miteinander ausgekommen, obwohl sie nicht allzu viel Zeit miteinander verbrachten.

»Das würde ich nicht sagen«, widersprach Wes langsam. »Aber ich möchte nicht, dass wir sie einstellen und am Ende dem Unternehmen damit schaden. Oder unserer Familie.«

Storm blickte seinem Zwillingsbruder in die Augen und hoffte, dieser sähe darin, was er sehen sollte. »Sie ist ein guter Mensch, Wes. Sie ist meine Freundin.« Er hoffte, dass das immer noch galt, denn er hatte sie seit der Nacht in der Notaufnahme nicht mehr gesehen. Doch das wollte er nicht erwähnen. »Außerdem ist sie ein fantastischer Klempner.«

Wes stieß die Luft aus. »Wir hätten bereits gestern jemanden für das Westcott-Projekt benötigt, also ja, engagiere sie. Ich hoffe nur, wir begehen keinen verdammt großen Fehler.«

Storm verdrehte die Augen. »Du hast ja wirklich wahres Vertrauen.«

»Ich mache mir eben Sorgen. Das ist mein Ding.«

»Und mein Ding ist es, dafür zu sorgen, dass du keinen Herzinfarkt wegen der Sache erleidest«, warf Tabby lächelnd ein, obwohl sie immer noch besorgt wirkte, als sie den Blick zwischen den beiden hin und her wandern ließ. »Und nun kehr an deinen Schreibtisch zurück und unterzeichne die Papiere, die ich dir geschickt habe. Und vergiss nicht, dass Decker heute Nachmittag beim Bailey-Projekt Hilfe braucht. Ich habe ihm versprochen, einen von euch beiden zu ihm zu schicken, aber ich habe nicht gesagt wen.«

Wes warf Storm einen Blick zu. »Sieht so aus, als

wäre ich es, richtig? Wann hast du zum letzten Mal auf einer Baustelle gearbeitet?« Sein Bruder blinzelte ihm zu und wollte Storm damit sagen, dass er nur herumalberte, wie sie es schon immer getan hatten, und ihn nicht verärgern wollte. Doch Storm fühlte sich, als hätte er einen Tritt gegen die Brust bekommen.

Es gab Gründe dafür, warum er nicht mehr so oft auf den Baustellen zu sehen war wie früher, doch die hatte er Wes nicht verraten. Er wusste nicht, ob er das konnte.

»Ich werde Decker helfen«, widersprach Storm mit vollkommen ruhiger Stimme. Wes öffnete schon den Mund, um etwas zu sagen, doch Storm winkte ab. »Geh und unterzeichne die Papiere, denn Tabby braucht dich. Ich werde Jillian anrufen und sehen, was sich machen lässt, bevor ich mich zu Decker auf den Weg mache.«

Er drehte sich herum und ging zu den Büros im hinteren Teil. Sein Rücken schmerzte und seine Schultern waren so verspannt, dass er wusste, dass dies sich nicht so bald bessern würde. Aber dies war nun einmal ein normaler Arbeitstag bei Montgomery Inc. Und er würde darüber hinwegkommen müssen. Mit der Zeit.

Storm warf Jillian einen abschätzenden Blick zu, als sie eine Stunde, nachdem er sie angerufen hatte, im Büro erschien. Sie hatte sofort zugestimmt, ihn im Büro aufzusuchen, um zu sehen, ob der Job etwas für sie war, doch er befürchtete immer noch, es wäre ein Fehler. Er hatte sie nicht mehr gesehen, seitdem sie ihn in der

Notaufnahme zurückgelassen hatte, nachdem sie erklärt hatte, was immer sie auch miteinander hätten, wäre vorbei. Und das Traurige daran war, dass er sich nicht allzu viel darüber grämte. Er sorgte sich mehr darum, dass er sie irgendwie verletzt haben könnte, als dass es ihn störte, dass sie nicht mehr miteinander schlafen würden. Jillian und er waren Freunde und er würde sich hassen, falls er ihr unabsichtlich wehgetan hatte.

Sie trug ihre normale Arbeitskleidung, Jeans und T-Shirt. Normalerweise hätte das Oberteil das Logo ihres Arbeitgebers auf der Vorderseite gezeigt, aber da sie nicht mehr für das Unternehmen arbeitete, hatte sie ein neutrales angezogen. Er wusste, dass sie früher weitere Kleidung bevorzugt hatte, um ihre Kurven zu verbergen, denn Männer konnten Arschlöcher sein und hatten mehr auf ihren Körper als auf ihre Arbeit gestarrt, doch in den vergangenen paar Jahren hatte sie getragen, was sie bequem fand, anstatt sich darum zu kümmern, was andere dachten.

Falls sie den Job bei Montgomery Inc. annehmen würde, wäre gut für sie gesorgt, wie er wusste. Jeder Mann und jede Frau, die anzüglich werden oder unhöfliche Dinge sagen würden, würden nicht mehr für sie oder mit ihnen arbeiten. Der Name der Montgomerys stand nicht für Ungehörigkeiten wie diese.

»Hey, ich bin froh, dass du so schnell kommen konntest«, begrüßte er sie, während er um seinen Schreibtisch herumging. Dabei nahm er schnell ein Notebook vom Tisch, um dem Drang zuvorzukommen, sie wie üblich zur Begrüßung zu umarmen. Seine Beziehung zu

Wes war bereits angespannt und Storm wollte nicht noch mehr Öl ins Feuer gießen.

Zum Gruß hob sie das Kinn. »Danke, dass du mich angerufen hast.« Es entstand eine peinliche Pause, die Storm mit jeder Faser seines Körpers hasste, bevor sie den Atem ausstieß und sich mit einer Hand durchs Haar fuhr. Offensichtlich hatte sie an diesem Morgen darauf verzichtet, es zu dem üblichen Pferdeschwanz zusammenzubinden. »Okay, dann lass uns mal zu Potte kommen, oder?«

»Ja«, sagte Wes, der gerade mit finsterer Miene den Raum betrat.

Storm betete um Geduld.

Jillian musterte Storms Zwillingsbruder, als wäre er ein Insekt, und schnaufte. »Storm und ich sind befreundet. Nicht mehr, heute nicht und vorher auch nicht viel mehr. Storm und ich sind alt genug, um zusammenzuarbeiten, denn wir sind Profis.« Sie warf Storm einen bedeutungsvollen Blick zu.

»Kein Problem meinerseits«, versicherte Storm schnell, während er ein Lächeln unterdrückte. Es gab einen Grund, warum Jillian einer seiner Lieblingsmenschen war. Sie kam auf den Punkt und hasste es, sich mit nicht ausgesprochenen Vorwürfen abgeben zu müssen. Doch gerade, als er das dachte, erinnerte er sich daran, wie vage sie sich im Krankenhaus benommen hatte. Doch das schob er schnell beiseite, denn angesichts dessen, wie Wes' Augen zuckten, war er sich ziemlich sicher, dass sein Bruder kurz vor einem Schlaganfall stand.

»Willst du damit sagen, ich wäre das Problem?«, fragte Wes durch zusammengebissene Zähne.

Jillian verschränkte die Arme vor der Brust. »Du hattest immer schon ein Problem mit mir, Wes. Versuch nicht, es zu leugnen. Ich kenne den Grund nicht und ich würde sagen, es wäre nicht mein Problem, aber wenn ich für euch arbeite, will ich mich nicht mit irgendeinem Schwachsinn abgeben, der nichts mit meiner Arbeit zu tun hat.«

Storm blickte an die Decke und stieß den Atem aus, bevor er den Kopf wieder senkte, um die beiden nacheinander anzuschauen. Sie standen sich wie zwei Kampfhähne gegenüber, die Schultern angespannt, und starrten einander böse an.

»Wir werden kein Problem haben. Richtig, Wes?«, fragte Storm verärgert. Sie waren hier doch nicht in der Highschool. Aber, zur Hölle, manchmal können zwei Menschen sich von Anfang an nicht leiden und die Situation kann eskalieren. »Ich bin nicht in der Stimmung, hier den Schiedsrichter im Ring zu spielen. Ich kann gut darauf verzichten, dass ihr beide ständig miteinander streitet. Wir brauchen einen Klempner und Jillian ist der Beste, den ich kenne. Sie ist endlich von ihrem Vertrag befreit und ist heute hierhergekommen, um mit Tabby, die sich gerade hinten in einer Telefonkonferenz befindet, den Papierkram zu erledigen.« Er blickte Wes an. »Wie du so gern betonst – und zwar oft –, bist du derjenige, der sich auf der Baustelle aufhält. Daher wirst du täglich mit Jillian zusammenarbeiten müssen. Wenn du das nicht kannst, werden wir Entscheidungen treffen müssen, aber ich halte uns alle für alt genug, um unsere Arbeit zu erledigen, ohne uns zu bekämpfen. Oder liege ich falsch?«

Jillian stieß den Atem aus und ihre Wangen röteten sich, als sie Wes anstarrte. »Es tut mir leid. Ich habe die schlechte Angewohnheit, sofort eine Verteidigungsposition einzunehmen, wenn ich das Gefühl habe, jemand würde mich verurteilen. Du hast meine Arbeit noch nicht gesehen und wir haben tatsächlich noch niemals zusammen auf einer Baustelle gearbeitet. Ich werde also über meinen Schatten springen und den Job annehmen in der Annahme, dass du mich aus persönlichen Gründen nicht magst. Das ist okay. Wir müssen keine Freunde sein, aber ich möchte nicht, dass das die Art beeinflusst, wie du mich bei der Arbeit behandelst.«

Wes' Kiefer spannte sich an, bevor er sprach, und Storm betete, dass er nicht allzu lange zwischen den beiden würde stehen müssen. Sie mussten ihre Unstimmigkeiten beilegen, sodass er sich wieder seinen eigenen Problemen und seinem vollen Terminkalender widmen konnte.

»Ich habe Großartiges über dich gehört, also lass mal sehen, ob du deinem Ruf gerecht wirst.«

Storm konnte sich kaum zurückhalten, nicht die Augen zu verdrehen.

»Wie großzügig von dir«, erwiderte Jillian süßlich.

»Sei einfach nur pünktlich, liefere gute Arbeit und lauf mir nicht über den Weg, dann werden wir miteinander auskommen«, sagte Wes, bevor er die Hand ausstreckte. »Willkommen bei Montgomery Inc.«

Jillian ergriff zögernd Wes' Hand. Storm hielt den

Atem an. »Danke. Ich habe nur Gutes über die Firma gehört.«

»Sicher«, entgegnete Storm mit einem Schnaufen. »Wir sind die Besten da draußen.«

Wes grinste Storm an, versteifte sich jedoch, als sein Telefon klingelte. »Ich nehme jetzt den Anruf entgegen, aber Tabby wird in einer Sekunde ihr Gespräch beendet haben und herkommen, um dir bei dem Papierkram zu helfen.« Er blickte Storm an. »Willst du immer noch zur Baustelle fahren, um Decker zu helfen? Ich kann das auch machen.«

Storms Schultern spannten sich an, doch dann ergriff Jillian das Wort. »Du arbeitest in Anzughose und Krawatte auf der Baustelle?«, fragte sie.

»Ich wechsle in eine Jeans, wenn ich auf eine Baustelle gehe. Ich treffe mich heute mit Zulieferern, daher trage ich dies.« Er winkte in Richtung Storm. »Nur weil Storm dazu neigt, Arbeitshemden aus Flanell zu tragen, heißt das nicht, dass ich es auch tue. Wir sind Zwillinge mit eigenen Persönlichkeiten.«

Jillian hob die Hände und riss die Augen auf. »Scheinbar habe ich ein heikles Thema angesprochen. Es tut mir leid. Das wird nicht wieder passieren.«

Storm schnaufte. »Doch, und außerdem passiert uns allen das. Und Wes? Es ist verdammt heiß dort draußen und deshalb trage ich auch kein Flanellhemd. Vielen Dank, mein Lieber.«

»Aber ich wette, du ziehst es trotzdem in Erwägung. Du hast eine Vorliebe dafür.« Wes grinste und Storm verdrehte die Augen. Was war schon dabei, dass er Flanell liebte? Es war bequem.

In diesem Augenblick kam Tabby aus dem Hinterzimmer und lächelte breit. »Jillian! Super, du bist hier. Ich habe deine Papiere vorbereitet, also lass uns anfangen.« Sie scheuchte beide, Wes und Storm, aus dem Büro. »Ihr habt beide Termine, also macht euch davon. Ich komme allein mit Jillian klar.«

Storm schüttelte den Kopf und suchte ein paar Sachen vom Schreibtisch zusammen, bevor er das Büro verließ, wobei er den anderen zunickte. Er war nicht wirklich in der Stimmung, in dieser Hitze auf dem Bau zu arbeiten und sich Rückenschmerzen einzuhandeln, aber Montgomery Inc. war sein Unternehmen und er würde alles tun, was getan werden musste.

Als er auf der Baustelle eintraf, hatte Decker den größten Teil des Teams auf dem Dach eingesetzt, um die alten Ziegel abzunehmen, sodass sie das Dach neu eindecken konnten. Wes und Tabby hatten nicht erwähnt, dass er in dieser Hitze auf dem Dach würde arbeiten müssen, und jetzt wünschte er sich nichts sehnlicher, als sich wieder hinter seinen Schreibtisch verkriechen zu können. Zur Hölle, sein Rücken schmerzte erbärmlich, wenn er nur an das Gewicht dachte, das er ihm aufladen würde.

Aber dies war sein Job und er musste sich zusammenreißen und sich an die Arbeit machen. Er stieg aus seinem Pick-up und lud seine Sachen aus. Glücklicherweise hatte er sich auf dem Weg aus dem Büro seine Wasserflasche geschnappt, sodass er sie nun an der Station auffüllen konnte, die Decker eingerichtet hatte.

»Hey, Mann«, rief Decker. »Ich bin froh, dass du es geschafft hast. Schnapp dir, was du brauchst, und komm zu uns herauf.« Sein Schwager wischte sich mit dem Saum seines Hemdes übers Gesicht. Dreck und Schweiß klebten an ihm. »Je schneller wir fertig werden, desto schneller können wir dieser verdammten Hitze entkommen.«

»Bin schon auf dem Weg!«, schrie Storm zurück. Er war dankbar dafür, dass er sich ein dünnes Oberteil anstatt des üblichen Flanellhemdes angezogen hatte.

Es war in der Tat ein Rücken belastendes Unternehmen, in der Sommerhitze ein ganzes Dach abzudecken, doch es musste nun einmal getan werden. Storm war in Schweiß und Schmutz gebadet, und Gott weiß, was sich sonst noch alles von den Schindeln löste. Als die Arbeit getan war, hatte es zehn Männer und mehr Flüche gebraucht, als Storm zählen konnte.

Und er wusste, er bräuchte ein eiskaltes Bad, sobald er nach Hause zurückgekehrt wäre.

Er konnte den vertrauten Schmerz in seinem Rücken nicht ignorieren, der ihm sagte, dass er sich nicht nur übernommen hatte, sondern dass er sich auch schnurstracks wieder in ärztliche Behandlung begeben musste, wenn er nicht vorsichtig war. Und da das nicht gerade auf seiner Aufgabenliste stand, betete er, Eis und langes Einweichen würden ihm helfen. Seine Brüder hatten Witze über ihn gerissen, als er sich die große Badewanne in sein Badezimmer eingebaut hatte, doch wenn sie gewusst hätten, warum er sie so oft benutzte, hätten sie sich vielleicht nicht über ihn lustig gemacht.

Doch er hatte nicht vor, ihnen den Grund zu verraten. Niemals. Einige Dinge musste man einfach für sich behalten. Einige Wahrheiten sollten niemals ausgesprochen werden.

Er verabschiedete sich vom Team und vergewisserte sich, dass für den nächsten Tag alles vorbereitet war. Decker hatte sich bereits darum gekümmert, doch Storm sorgte gern dafür, dass der Mann alles hatte, was er brauchte, nur für den Fall.

In Erwartung eines langen Bades und eines kalten Bieres fuhr er nach Hause. Das schwindende Sonnenlicht blendete ihn im Berufsverkehr. Das stresste ihn nur umso mehr und er umfasste das Steuer fester. Sein Rücken krampfte so sehr, dass er bewusst stillhalten musste, um am Ende nicht noch wie ein Idiot zu weinen.

Als er schließlich in seine Auffahrt einbog, lief ihm wieder Schweiß über das Gesicht und er dachte daran, seine Sachen im Pick-up zu lassen, als er sich eines Besseren besann. Er wollte nicht aus der Wanne oder aus dem Bett steigen müssen, sobald er endlich darin wäre. Wie ein alter Mann humpelte er in sein Haus. Seine Hände zitterten. Seit über einem Jahr hatte er keinen solchen Anfall mehr gehabt und auch jetzt hatte er nicht unbedingt Lust darauf.

Dann hörte er plötzlich ein Wimmern – glücklicherweise nicht aus seinem Munde.

»Mist«, schimpfte er vor sich hin. Er hatte seinen verdammten Welpen vergessen. Zwar kam tagsüber ein Freund vorbei, um mit Randy zu spielen und mit ihm Gassi zu gehen und so, doch der Welpe war noch so jung, dass er tagsüber in einem Zwinger sein musste. Da dieser ungefähr halb so groß wie die Abstellkammer im hinteren Teil des Hauses war, hatte Randy sogar mehr

Raum zur Verfügung als Storm an seinem Schreibtisch im Büro. Aber Storm hatte trotz alledem ein schlechtes Gewissen, dass der Welpe nicht herumlaufen konnte, bis Storm nach Hause zurückkehrte.

Er stellte seine Sachen auf dem Esszimmertisch ab und schleppte sich langsam in den rückwärtigen Teil des Hauses. Randy bellte und japste und sprang in seinem großen Zwinger herum, als er Storm sah.

Trotz seiner Schmerzen konnte Storm sich angesichts des kleinen Kerls ein Lächeln nicht verkneifen. Laut dem Tierarzt war er ein Schäferhund-Mischling und besaß, wie so viele dieser Art, als Welpe besonders große Ohren. Die Mitarbeiter des Programms, in dem Randy war und an dem Storm sich ehrenamtlich beteiligte, meinten, er würde eines Tages in diese Ohren und die riesigen Pfoten hineinwachsen. Wenn dieser Tag käme, würde Randy so groß sein, wie er jetzt war, wenn er sich auf die Hinterbeine stellte, dessen war Storm sich sicher.

Storm arbeitete gern für das Programm *Pets for Progress*, auch wenn er aufgrund seiner Arbeit und familiärer Angelegenheiten nicht so oft aushelfen konnte, wie er es sich wünschte. Er half dabei, Welpen und ältere Hunde auszubilden, die ihre Besitzer bei posttraumatischen Belastungsstörungen unterstützten. Die Erkrankung wirkte sich bei jedem Menschen unterschiedlich aus und die Aufgabe des Programms war es, alles dafür zu tun, dass die Hunde ihren Besitzern helfen konnten. Einen warmen Körper als Trost zu haben, während man eine Panikattacke erleidet, half einigen Menschen mehr als alles andere. Das *Pets for Progress* Programm war klein und arbeitete nur mit Hunden, doch im Land gab es noch andere, die Katzen, Lamas und andere Tiere einsetzten, die Trost spenden und warnen konnten, falls die Symptome der PTBS zu stark wurden. Storm konnte zwar nicht die Welt retten, aber er konnte zumindest das tun, was er konnte. Das schuldete er der Menschheit.

»Hallo, mein Kleiner«, begrüßte Storm den Hund lächelnd, als er den Zwinger öffnete. »Sitz, Randy.«

Randy wackelte mit seinem kleinen Hinterteil, so begeistert war er, dass sein Herrchen nun zu Hause war, doch nach einiger Zeit setzte er sich schließlich hin, wobei er immer noch vor Glück am ganzen Körper zitterte.

»Bleib«, befahl Storm leise.

Randy blieb ungefähr zwanzig Sekunden sitzen, bevor er sich auf die Hinterbeine stellte und mit den Vorderpfoten in der Luft herumwirbelte, um um Aufmerksamkeit zu bitten.

Storm unterdrückte ein Lächeln. »Nun, du bist länger sitzen geblieben als gestern, aber wir haben immer noch daran zu arbeiten. Na, dann komm schon. Lass uns nach draußen gehen. Und bevor ich ganz zusammenbreche, werde ich dich noch füttern.«

Randy trottete neben Storm her und wollte offensichtlich getätschelt werden. Und wenn Storm sich zu ihm hätte hinunterbeugen können, hätte er dies auch getan. Während der Welpe draußen sein Geschäft erledigte, blieb Storm auf der hinteren Veranda stehen, unfähig, die Stufen hinabzusteigen. Er wusste, mit der Zeit würde er eine Rampe einbauen müssen, aber anscheinend weigerte er sich immer noch, einige Tatsachen zu akzeptieren.

»Komm schon, Randy. Jetzt gibt es Futter.«

Der Welpe trippelte die Stufen hinauf, dann sprang er auf die Bank am Rand der Veranda und haschte mit der Pfote nach Storm.

Storm lächelte breit. Endlich konnte er an Randy herankommen, um den kleinen Welpen zu streicheln. »Du bist ein guter Junge, Randy.«

Als Storm ihn auf den Arm nahm – was ihm aufgrund des geringen Gewichts nur ein leichtes Stöhnen entlockte – und ihn hineintrug, drehte Randy sich auf den Rücken, sodass nun sein nacktes Bäuchlein zugänglich war.

Storm gab Randy sein Futter und ließ den kleinen Kerl es hinunterschlingen, während er sich selbst auch eine Mahlzeit zubereitete, nachdem er im Kühlschrank Reste einer Mitnahme-Mahlzeit gefunden hatte. Er war immer noch verschwitzt und dreckig und litt unter Schmerzen, aber er musste etwas in den Magen bekommen. Er schob sich eine Schmerztablette in den Mund und schluckte sie hinunter, dann zog er sich Hemd und Hose aus, bis er schließlich nur in Boxershorts in der Küche stand, immer noch verschwitzt, aber weniger verstaubt.

Er holte seinen treuen Freund, den Eisbeutel, aus dem Kühlschrank und trug die Speisen ins Wohnzimmer, wo er sich in Unterwäsche auf dem Sofa niederließ und seine Mahlzeit so einnahm, wie es eben für einen Junggesellen typisch ist. Wenigstens benutzte er einen Teller, anstatt gleich aus der Packung zu essen.

Randy sprang auf das Sofa, aber Storm war wirklich zu müde, um ihn in diesem Augenblick eines Besseren zu belehren. Der Welpe machte es sich auf seinem Schoß bequem und nickte ein, während Storm den Eisbeutel in seinem Rücken zurechtschob.

Sein ganzer Körper schmerzte.

Sein Magen beschwerte sich über das fettige, aufgewärmte Imbissessen.

Er saß nur in Unterwäsche auf seiner Couch.

Und jetzt hatte der Welpe gerade auf seinen Schoß gepinkelt.

Dies war er, der alte Montgomery, zu dem er geworden war. Es war kein Wunder, dass er allein war.

Mal wieder.

Kapitel Fünf

EVERLY HÄTTE LIEBER eine Zahnwurzelbehandlung ohne Betäubung ertragen als das, was ihr nun bevorstand. Und da allein der Gedanke an Zähne sie ausflippen ließ, sagte das viel.

Heute wollten ihre Schweigereltern zu Besuch kommen.

Oh, was für ein Spaß.

Die Jungen spielten im Wohnzimmer und sie betete, sie fänden keinen Weg, sich ihre Kleidung zu beflecken. Ihre Schwiegereltern hatten ihr extra diese Pullover geschickt und Everly erklärt, ihre Kleiderwahl wäre nicht immer die beste. Und obwohl Everly ihre Schwiegermutter am liebsten geohrfeigt hätte, hatte sie die Zwillinge in die Wildlederpullover gesteckt und alle Flüssigkeiten und Nahrungsmittel aus dem Weg geräumt, für den Fall, sie würden es wagen, mit der Kleidung der Jungen in Berührung zu kommen.

Warum Jacksons Eltern den Zwillingen Wildlederkleidung geschenkt hatten, wusste Evelyn nicht, aber wenn sie den Anblick der Jungs in den hässlichen Dingern ertragen musste, um die Schwiegereltern schneller aus dem Haus zu bekommen, so konnte sie sich damit abfinden.

Sie fuhr mit der Hand über das Sommerkleid, das Schultern und Oberkörper weit züchtiger bekleidete als alles, was sie normalerweise trug, und versuchte, ruhig zu bleiben – und nicht verrückt zu werden. Ihre Schwiegereltern hatten für sie kein Kleid mitgeschickt und sie war nicht in der Stimmung, sich den abschätzenden Blicken auszusetzen, die sie ertragen musste, wenn sie es wagte, zu viel Haut zu zeigen oder etwas anderes zu tragen als ein damenhaftes Kleid. Sie ging ins Wohnzimmer hinüber und war froh, dass die Jungs immer noch mit ihrem Stoffbuch spielten. Sie murmelten miteinander, während sie die Seiten »lasen«.

Es war nicht etwa so, dass Jacksons Eltern schlechte Menschen gewesen wären. Sie neigten lediglich dazu, die Welt auf eine bestimmte Art zu betrachten. Nämlich auf ihre Art. Immer. Gleichgültig wie lächerlich es sein mochte.

»Okay, Jungs«, begann sie mit gespielter Fröhlichkeit. Glücklicherweise waren sie zu jung, um es zu bemerken. Hoffentlich. »Seid ihr für den Besuch von Oma und Opa bereit?«

James rieb sich wieder das Ohr, als er nickte, und sie spürte den vertrauten Stich in der Brust, wenn sie ihr Baby so verletzlich sah. Sie mussten jetzt nur noch drei Tage auf die Operation warten, doch sie dachte ständig daran und entweder verging die Zeit zu langsam oder zu schnell, je nachdem, welche Gefühle sie an einem bestimmten Tag bewegten. Es war alles geplant, aber sie wusste, in jedem Augenblick konnten Dinge sich ändern.

»Ich will mit in den Buchladen«, schmollte Nathan. »Ich will bei dir sein.«

Sie hielt die Tränen zurück; seit Kurzem wurde sie ständig von Emotionen überwältigt. Da es mitten im Sommer war, gingen die Jungen nicht wie im Frühjahr in den Kindergarten. Während der Woche hatte sie einen Babysitter und die Jungen besuchten kleine Ferienlager, die allerdings jedes Mal nur einige Stunden dauerten, und Everly begleitete sie normalerweise, um Zeit mit ihnen zu verbringen. Manchmal nahm sie die Kinder auch mit in die Buchhandlung, da sie einen Kinderbereich und eine Lesestunde hatte, aber heute war kein solcher Tag. An manchen Tagen holten auch die Schwiegereltern die Zwillinge ab, aber heute wollten sie mit ihnen lieber bei ihr zu Hause bleiben, anstatt sie mit in ihr eigenes Haus zu nehmen. Sie hatten erklärt, der Grund wäre Nathans jüngste Asthmaattacke und James' bevorstehende Operation, und dass es die Kinder beruhigen würde, in ihrer gewohnten Umgebung zu bleiben, doch sie glaubte ihnen nicht ganz. Das Haus der Schwiegereltern war den Jungs sehr wohl vertraut, denn sie hielten sich oft genug dort auf, daher nahm Everly an, ihre Schwiegermutter wollte einfach nur mal gern im Haus herumschnüffeln – und das nicht zum ersten Mal.

Everlys Haus war niemals sauber genug. Niemals genügend aufgeräumt. Augenscheinlich hatte sie einen schrecklichen Geschmack, was aber zu erwarten gewesen war angesichts der Umstände, in denen Everly aufgewachsen war. Bei diesem Gedanken unterdrückte sie ein Stöhnen. Wenn ihre Mutter noch gelebt hätte, hätte sie Nancy wahrscheinlich ihre große Tasche um die Ohren gehauen, die sie immer mit sich herumgetragen hatte.

An Tagen wie diesen vermisste Everly ihre Eltern besonders. Aber sie hatte keine Zeit, über ihren Verlust nachzugrübeln, sondern musste sich darauf konzentrieren, dafür zu sorgen, dass ihr Haus annähernd ordentlich wirkte, bevor sie ihre Babys mit ihren Schwiegereltern zurücklassen und sich auf den Weg zur Arbeit machen würde.

Die Zahnwurzelbehandlung erschien ihr immer verlockender.

In diesem Augenblick klingelte es an der Haustür. Sie beugte sich zu den Jungs hinunter und drückte jedem einen Kuss auf den Scheitel, bevor sie losging, um Nancy und Peter hereinzulassen. Sobald sie die Tür geöffnet hatte, drängte Nancy sich wie immer ins Haus, ohne sich die Mühe zu machen, sie zu begrüßen oder auf eine Einladung zu warten. Während Nancy selbst es als unhöflich bezeichnet hätte, wenn jemand anderes sich so verhalten hätte, nörgelte die Frau oft herum, dass alles kein Problem wäre, wenn sie nur einen Schlüssel zu dem Haus ihres Sohnes bekäme.

Einer der vielen Gründe, warum die älteren Schwiegereltern weder jetzt einen Schlüssel besaßen noch in absehbarer Zeit einen bekommen würden.

»Peter«, sagte Everly nach einem Moment und trat vollends beiseite, sodass ihr Schwiegervater eintreten konnte.

»Everly.« Er redete zwar nicht so viel wie Nancy, aber Everly wusste, dass dies nicht bedeutete, dass er sie nicht kritisierte. Er verurteilte sie ebenso wie seine Frau. Aber er zeigte seinen Unmut lieber auf seinem Gesicht, als ihn auszusprechen.

»Ich sehe, du hast ihnen die Pullover angezogen«, stellte Nancy fest, als sie ihre Enkelkinder musterte. »Wahrscheinlich erst kurz bevor wir hier aufgetaucht sind, hm? Und deshalb sind sie noch so sauber. Kein einziger Fleck darauf.«

Und wenn sie einen Fleck entdeckt hätte, hätte Nancy ebenfalls etwas daran auszusetzen gehabt, weil nämlich Gott ihren Jungs verbat, sich wie Kinder zu benehmen und sich schmutzig zu machen. Aber immerhin waren dies Jacksons Eltern, die einzigen noch lebenden Großeltern, und daher hielt Everly den Mund. Wieder einmal.

»Sie sehen entzückend aus wie immer, wenn du etwas aussuchst, Nancy«, säuselte Everly lächelnd. Sie warf einen Blick auf die Uhr und unterdrückte ein Stirnrunzeln. »Ich werde zu spät kommen, wenn ich mich jetzt nicht auf den Weg zur Buchhandlung mache. Vielen, vielen Dank, dass ihr zugestimmt habt, heute auf die Jungs aufzupassen. Ich bin mir sicher, ihr werdet wunderbare Stunden miteinander verbringen.« Tatsächlich war es eher Nancy gewesen, die darauf bestanden hatte, als Everlys Idee, doch das erwähnte Everly nicht. Nathan und James brauchten eine Familie, also tat Everly alles, was sie konnte, um das zu ermöglichen.

Auch wenn es wehtat.

»Hm.« Nancy schürzte die Lippen. »Zu spät? Wenn

du uns die korrekte Uhrzeit genannt hättest, wann wir hier erscheinen sollten, wärst du vielleicht nicht immer zu spät. Jackson ist niemals zu spät gekommen, musst du wissen. Er war stolz darauf, immer pünktlich zu sein.« Sie blickte auf ihre Enkel hinab, lächelte aber nicht, wie eine liebende Großmutter es tun sollte. Sie hatten Everly weder mitgeteilt, wann sie herüberkommen würden, noch hatten sie ihr die Wahl gelassen, aber das tat nichts zur Sache. »Mein Sohn war immer pünktlich, ja sogar zu früh, wenn er es schaffte. Deshalb hat er so viel in seinem kurzen Leben erreicht.« Sie zog ein Taschentuch hervor und betupfte sich die Augen.

So sehr Jacksons Eltern auch an ihren Nerven zehrten, so sehr liebten sie doch ihren Sohn und sorgten dafür, dass ihre Jungs so viel wie möglich über ihren Vater erfuhren. Manchmal zu viel, ihrer Meinung nach. Ihrem Gerede zufolge hatte Jackson keinen einzigen Fehler besessen, und das erzählten sie Nathan und James bei jeder Gelegenheit. Everly hingegen hätte Jackson niemals vor ihren Kindern verunglimpft, stellte ihn jedoch auch nicht auf ein goldenes Podest, wie seine Mutter es definitiv tat. Immerhin war er auch nur ein Mensch gewesen.

»Nochmals danke schön, dass ihr hergekommen seid. Ich werde nicht zu spät dort ankommen.« Das hoffte sie jedenfalls. Die vierteljährliche Steuererklärung stand an, und das bereitete ihr stets Kopfschmerzen. Ihr Steuerberater erledigte die Hauptarbeit, aber sie musste trotzdem alles vorbereiten.

»In einer Buchhandlung arbeiten«, sagte Nancy unmutig, während sie sich auf der Ottomane niederließ, die den Kindern am nächsten stand. »Es überrascht mich immer noch, dass Jackson das erlaubt hat.« Dann blickte sie auf ihre Enkel hinab und sagte zu ihnen: »Euer Vater war ein hoch angesehener Professor und der Beste auf seinem Gebiet. Er wirkte wahre Wunder für seine Abteilung und erhielt jede Förderung, um die er sich bewarb.«

Die Jungen blinzelten sichtbar verwirrt zu ihr auf. Immerhin waren sie erst drei Jahre alt.

Everly verzichtete darauf, dies zu erwähnen. Auch brachte sie nicht zur Sprache, dass Jackson weder jede Förderung erhalten hatte noch der Beste auf seinem Gebiet gewesen war. Sicher, er hatte zur Spitze gehört, aber er hatte mit jemandem in seiner Abteilung konkurriert, was ihn immer veranlasst hatte, noch härter zu arbeiten, wie er gesagt hatte. Sie hatte sich zahllose Tiraden zu diesem Thema anhören müssen und hätte sie wahrscheinlich immer noch Wort für Wort wiedergeben können.

»Die Buchhandlung gehört mir«, verteidigte Everly sich und wünschte sich sofort, sie hätte es nicht gesagt. Es war sinnlos, sich Nancy gegenüber zu rechtfertigen. So war es schon immer gewesen. Everly mochte einen Masterabschluss haben und Inhaberin eines eigenen Geschäfts sein, in den Augen ihrer Schwiegermutter war sie niemals gut genug für deren Goldjungen Jackson. Sie lebte bereits seit Jahren mit dieser Tatsache und ignorierte sie für gewöhnlich. Doch heute konnte sie scheinbar den Mund nicht halten. »Und Bücher sind der Grundstein für alles im Leben. Daher bin ich ein kleiner Teil von allem.«

»Hm.« Nancy verengte die Augen zu Schlitzen, bevor sie die Aufmerksamkeit wieder den Zwillingen zuwandte. Als sie ihr das Buch reichten, überflog sie es, bevor sie begann, es ihnen vorzulesen. Normalerweise war sie eine wundervolle Großmutter und Everly klammerte sich an diese Tatsache. Peter hatte sich auf das Sofa gesetzt und sein Tablet hervorgeholt. Und jetzt las er etwas, wie immer. Everly wäre normalerweise voll und ganz damit einverstanden gewesen, wenn der Mann nicht mehr als einmal über ihre eigene Buchwahl die Nase gerümpft hätte, da sie dazu neigte, Romane dem vorzuziehen, was er las. Lebte sie doch ein Leben, das in nichts einer Fiktion ähnelte und kein Happy End besaß, und flüchtete sich gern in eine Welt, wo sie diesen Frieden finden konnte.

Und jetzt genug davon.

Sie verabschiedete sich und fuhr in die Buchhandlung, um die Nachmittags- und Abendschicht zu übernehmen. Freddie hatte an diesem Tag Vorlesungen und ihr anderer Teilzeitangestellter hatte sich krankgemeldet – was ungewöhnlich für ihn war –, daher würde sie heute auf sich selbst gestellt sein. Obwohl dies nicht leicht war, konnte sie damit umgehen. Hatte sie doch ohnehin keine Wahl.

Sie fuhr mit den Händen über die Bücher, als sie die Regale entlangging und wieder einsortierte, was Kunden bei ihrer Suche an falschen Plätzen abgelegt hatten. Währenddessen wischte sie Staub, beantwortete den einen Fragen und führte andere zu den Abteilungen, die sie suchten. Als sie so von Genre zu Genre wanderte, machte sie sich im Geiste Notizen, wo sie Verbesserungen vornehmen konnte und welche Dekorationen ausgetauscht werden mussten. Sie hielt gern alles auf dem Laufenden, je nach Saison, sodass die Kunden sich niemals langweilten, wenn sie ihren Laden betraten. Obwohl sie nicht wusste, wie man sich je in einer Buchhandlung langweilen konnte. In jedem ihrer Bücher steckte eine ganze Welt. Bände, die bis zum Rand mit Charakteren angefüllt waren, in die man sich verlieben oder die man mit jeder Faser seines Seins hassen konnte. Man konnte für einen Tag ein Krieger oder eine Jungfer in einem fernen Land sein. Es gab Selbsthilfe-Anleitungen und historische Sachbücher, die darauf warteten, dass jemand die Seiten öffnete. Die endlosen Geschichten und leuchtenden Farben ihrer Kinderabteilung konnten jeden noch so schmollenden Kindermund zum Lächeln bringen.

Everly unterdrückte einen glücklichen Seufzer, als sie an der Kasse für einen Kunden eine Tasche mit Büchern füllte. Sie war stets ein wenig neidisch, wenn die Leute mit Büchern auf die Straße hinaustraten und wussten, dass neue Abenteuer sie erwarteten. Solche Gefühle waren dumm, aber in gewisser Hinsicht war sie eine Träumerin, die Jackson niemals vollkommen hatte verstehen können. Sie mochte zwar kompetent sein – und vielleicht überaus tüchtig als Geschäftsfrau und in dem kritischen Denken, das mit der Verantwortung einherkam –, aber in ihrem Herzen war sie eine Buchliebhaberin. Eine Leserin. Eine Träumerin.

Die Sonne begann bereits unterzugehen, als sie an dem Sandwich knabberte, das sie sich von zu Hause mitgebracht hatte. Sie hätte ins Taboo gehen und sich etwas weitaus Appetitanregenderes holen können als ein Butterbrot mit sahniger Erdnussbutter und Traubengelee, aber sie hatte gewusst, dass sie heute keine Zeit dazu haben würde. Da half es auch nichts, dass sie eigentlich ein Fan von knuspriger Erdnussbutter und Erdbeermarmelade war, denn da ihre Jungs eben liebten, was sie liebten, sparte sie Geld und schloss sich deren besonderem Geschmack an.

Wenn Jackson noch gelebt hätte, hätte sie sich vielleicht etwas anderes leisten können – auch er hatte eine Vorliebe für knusprige Erdnussbutter gehabt –, aber so konnte sie zwei Gläser Marmelade im Schrank nicht rechtfertigen, während sie nur beschränkte finanzielle Mittel zur Verfügung hatte.

Und wie traurig war dieser Gedanke. Wenn sie doch nur einen lebenden Ehemann gehabt hätte, sodass sie den Brotaufstrich hätte haben können, den sie sich wünschte.

Everly legte ihr mageres Mahl beiseite und verzog das Gesicht. Jackson fehlte ihr viel mehr als nur wegen seines Geschmacks bezüglich der Erdnussbutter. Sie vermisste ihn mit jeder Faser ihres Seins, was der Schmerz in ihrem Herzen bewies, auch wenn er nicht mehr so quälend war wie einst. Die Zeit hatte ihn geheilt. Die Zeit und die Notwendigkeit. Sie konnte nicht ihre Kinder großziehen und gleichzeitig hart arbeiten, wenn sie zu lange trauerte. Sie hatte sich schon vor langer Zeit damit abgefunden, dass ihr Mann niemals zurückkehren und niemals seine Kinder kennenlernen würde. Sie war zwar vielleicht noch nicht so weit gekommen, dass sie sich in den vergangenen drei

Jahren mit einem Mann verabredet hätte, aber zumindest hatte sie vor einer Weile aufgehört, sich in den Schlaf zu weinen.

Sie runzelte die Stirn, rollte das Papier zusammen und warf es in den Abfalleimer unter ihrem Schreibtisch. Sie musste sich daran erinnern, ihn auszuleeren, bevor sie den Laden für die Nacht schließen würde. Hatte sie sich seit Jacksons Tod wirklich nicht mit jemandem verabredet?

Natürlich lautete die Antwort nein. Sie hatte wirklich nichts mit einem Mann zu tun haben wollen, als sie zu Hause geblieben war, die Zwillinge stillte und versucht hatte, nicht zu weinen. Storm war ihr damals eine große Hilfe gewesen, hatte dafür gesorgt, dass sie genügend Lebensmittel hatte und die drei Tage alte eingetrocknete Milch aus ihren Haaren duschen konnte, während er auf die Babys aufpasste. Und als sie dann schließlich ihren Rhythmus im Muttersein gefunden hatte und sich jeden Tag ein wenig mehr vom Verlust ihres Mannes erholte, hatte sie keine Zeit gehabt, nach einem Mann Ausschau zu halten. Zur Hölle, jetzt blieb ihr kaum Zeit, am Morgen Make-up aufzutragen.

Vielleicht sollte sie wirklich beginnen, wieder daran zu denken, sich zu verabreden. Waren doch über zehn Jahre vergangen, seitdem sie sich zum ersten Mal mit einem Mann getroffen hatte, und sie war sich nicht einmal sicher, ob sie sich daran erinnern konnte, wie man so etwas anstellte. Ihr Herz schmerzte nicht mehr so sehr wie zuvor, wenn sie daran dachte, einen anderen Mann kennenzulernen. Vielleicht war das ein Zeichen?

Sie stieß den Atem aus, nicht sicher, was sie tun

sollte, aber darauf konnte sie sich im Augenblick nicht konzentrieren. Auch nicht auf die Tatsache, dass als Erstes das Bild des Mannes in ihr aufstieg, an den sie nicht in der Art denken sollte, wenn sie daran dachte, sich mit einem Mann zu verabreden.

Nein. Sie würde nicht an diesen Mann und seinen muskulösen Körper unter den weichen Flanellhemden denken.

Sie klappte ihr Buch zu und ging nach hinten, um die Post zu holen, die die Briefträgerin früher am Tag gebracht hatte, als Everly gerade starken Kundenbetrieb hatte. Sie sah den Stapel Rechnungen, Wurfsendungen und die Nachrichten von Verlagen durch, während sie sich wieder nach vorn begab, für den Fall, dass ein Kunde käme. Obwohl sie das bezweifelte, weil es schon spät war und ein Sturm aufkam. In einer Stunde würde sie den Laden ohnehin schließen und sie beschloss, den Papierkram mit nach Hause zu nehmen, um nicht die bevormundenden Blicke ihrer Schwiegereltern ertragen zu müssen.

Als sie einen Teil der Post auf ihren Schreibtisch legte, blickte sie auf einen Umschlag in ihrer Hand und erstarrte.

Er war an Jackson adressiert.

Sie schluckte heftig und bemerkte, dass auf dem Umschlag zwar eine Adresse und eine in Fort Collins abgestempelte Briefmarke zu finden war, jedoch kein Absender. Er hatte noch nie Post hierher bekommen. Sogar die stereotypen Serienbriefe, die sich stets an Herren wandten, waren normalerweise an *Mr. Everly*

Law adressiert. Als könnte sie als Frau kein Geschäft besitzen.

Zögernd öffnete sie den Brief und erstarrte zum zweiten Mal.

Ich warte immer noch.

Was um Himmels willen sollte das bedeuten?

Wer wartete? Und worauf? Sie warf einen Blick auf die Rückseite, doch die war leer. Das ergab keinen Sinn und ehrlich, wahrscheinlich regte sie sich mehr auf, als sie sollte. Sie legte den Brief auf die anderen und blickte durch das Fenster auf die dunkel werdenden Wolken. Der Sturm setzte früher als erwartet ein, was für Denver nichts Ungewöhnliches war, daher beschloss sie, den Laden ein bisschen früher zu schließen und sich um das Bargeld und alles andere zu kümmern.

Sie verstaute gerade ihr Bargeld in der Geldtasche, die sie anschließend in den Safe im Hinterzimmer legen wollte, als sie einen speziellen Geruch in der Luft bemerkte.

Rauch.

Sie blickte entsetzt nach links, wo Rauch aus dem Hinterzimmer quoll. Flammen tanzten entlang der Fensterrahmen und unter den Regalen. Mit zitternden Händen schnappte sie sich die Geldtasche, ihre Handtasche und alles, was sie konnte, vom Schreibtisch und versuchte zu entscheiden, ob sie das Feuer mit dem Feuerlöscher würde bekämpfen können oder nicht.

Die Flammen fraßen sich viel schneller vorwärts, als sie es für möglich gehalten hätte, verschlangen Bücher, Vorhänge und ganze Abteilungen in einem Atemzug. Ihre ganze Welt stand auf den Bücherregalen. Ihre

Erinnerungen. Ihre Vergangenheit. Ihre Gegenwart. Ihre Zukunft. Und doch machten die Flammen keinen Unterschied. Sie verbrannten alles.

Sie hustete, denn der Rauch brannte in ihrer Lunge. Sie wusste, was auch immer das Feuer entzündet haben sollte, es musste schnell geschehen sein, denn ihr Geschäft war eine Kiste voller Zunder, der nur darauf wartete zu brennen. Wenn sie die Feuerwehr sofort anrufen würde, mochte vielleicht noch eine Chance bestehen. Dies war viel zu viel für sie.

Mit tränenden Augen und brennender Kehle lief sie zur Vordertür hinaus, während sie versuchte, ihr Handy zu bedienen. Asche und Tränen stachen ihr in die Augen.

»Everly!«

Sie blickte auf; ihre Hände zitterten so stark, dass sie das Telefon fallen ließ. »Er steht in Flammen«, keuchte sie. »Mein Laden. Wie … konnte das passieren?«

Storm eilte mit bleichem Gesicht zu ihr und fuhr ihr mit den Händen über das Gesicht und die Arme hinunter. »Bist du verletzt? Rede mit mir, Ev.«

»Ich … ich … ich muss die Feuerwehr anrufen.«

»Das macht Austin bereits.« Er bückte sich, um ihr Telefon aufzuheben, und schob es in seine Tasche. »Ich war bei Montgomery Ink, als wir den Rauch sahen. Ich höre deine Feuermelder nicht, Ev. Warum springen sie nicht an?«

Sie runzelte die Stirn. Sie drehte sich nicht herum, um einen Blick auf ihre Buchhandlung zu werfen. Sie konnte es nicht. Noch nicht. »Ich weiß es nicht. Wir hatten erst letzte Woche eine Inspektion. Alles sollte funktionieren.« Letzteres wiederholte sie noch zweimal, obwohl sie wusste, es war eine Lüge.

Storm nahm ihr die Tasche aus der Hand und stopfte ihre Post, die Geldtasche und alles, was sie sich im Laden noch hatte greifen können, hinein, bevor er sie sich über die Schulter hängte. Sie hätte darüber lachen müssen, doch sie konnte nichts anders tun, als zu versuchen, nicht zu weinen.

In der Ferne ertönten Sirenen und hallten an den hohen Gebäuden der Innenstadt Denvers wider. Sie wussten, sie kamen zu ihr, und das machte es realer. Storm griff nach ihrem Kinn und irgendwie fand sie die Kraft, sich von ihm zu lösen und sich abzuwenden.

Aus ihrem Fenster, aus der Tür drangen Flammen. Rauch sammelte sich in der Luft und Leute schrien, während sie versuchten, ihre eigenen Geschäfte und Fahrzeuge zu schützen. Der herannahende Sturm würde es nicht rechtzeitig schaffen. Der Regen, den er bringen würde, käme viel zu spät, um die Flammen zu löschen und ihr Eigentum zu retten.

Sie würde alles verlieren.

Storm schlang die Arme um sie und sie lehnte sich an ihn. Ihr Kopf ruhte auf seiner Schulter, als sie zusah, wie ihre Hoffnungen und Träume buchstäblich in Flammen aufgingen.

Wieder einmal wurde sie Zeugin, wie ihr Leben für immer seinen Kurs änderte. Und wieder einmal war Storm an ihrer Seite.

Sie war nicht allein.

Aber sie war nicht heil.

Kapitel Sechs

STORM SCHLOSS seine Arme fester um Everlys schmalen Körper, während er versuchte, seinen unregelmäßigen Puls zu kontrollieren. Er nahm an, sie konnte den rasenden Schlag seines Herzens an ihrem Ohr spüren, doch daran konnte er keinen weiteren Gedanken verschwenden, konnte er doch ohnehin kaum denken. Gütiger Himmel, als er den Rauch aus den Fenstern der Buchhandlung hatte quellen sehen, hatte er das Gefühl gehabt, ein Teil von ihm wäre gestorben.

Er wusste weder, wie er diese Reaktion einordnen sollte, noch warum seine Gefühle so stark waren, aber er hatte keine Zeit, sich mit Grübeleien aufzuhalten. Nein, er musste Everly in den Armen halten und wissen, dass sie immer noch da war.

Beinahe hätte er sie verloren.

Er stieß zitternd den Atem aus, glitt mit den Händen durch ihr zerzaustes Haar und drückte sie noch einmal fest an sich, bevor er sie ein Stück von sich hielt, sodass er ihr in die Augen blicken konnte.

»Ist alles in Ordnung mit dir? War noch jemand mit dir im Laden?«

»Ich war allein.« Everly schüttelte den Kopf und wollte noch etwas sagen, doch sie musste husten. Er fluchte. Sie musste von einem Arzt untersucht werden und er hatte dagestanden wie ein egoistischer Idiot, weil er sie hatte berühren müssen, um sich zu vergewissern, dass sie noch lebte. Ohne an seinen Rücken oder an die Folgen dessen zu denken, was er vorhatte, bückte er sich und hob sie auf seine Arme, um nach einem Sanitäter oder jemand anderem zu suchen, der ihr helfen konnte.

Everly schlang ihm die Arme um den Hals und stieß einen Schrei aus, der sich mit erneutem Husten mischte. »Storm! Was machst du da?«

»Dir einen Arzt suchen«, brummte er. Plötzlich schoss ein scharfer Schmerz seine Wirbelsäule hinauf und rüttelte ihn durch.

Austin, Jax und Derek – die sich mit ihm im Tattoo-studio aufgehalten hatten, als sie den Rauch gesehen hatten – versammelten sich um sie. Sie hatten alles stehen und liegen gelassen und waren zum Beneath the Cover gelaufen, um zu sehen, ob sie helfen konnten, doch es sah so aus, als wäre es zu spät, das Gebäude zu retten.

Doch er sollte verflucht sein, wenn es zu spät wäre, Everly zu retten. Er würde nicht noch jemanden verlieren. Nicht, wenn er es verhindern konnte.

»Was ist los? Ist sie verletzt?«, fragte Austin mit rauer Stimme.

»Ich werde Hilfe suchen«, stieß Jax hervor und eilte davon. Jax war Montgomery Inks neuester

Künstler und Storm kannte den Mann nicht wirklich, daher warf er Derek, einem weiteren Künstler des Studios, einen Blick entgegen und nickte ihm zu. Derek folgte Jax, um ihn bei der Suche nach Hilfe zu unterstützen, denn Storm konnte sich auf nichts anderes als die Frau auf seinen Armen konzentrieren. Es war nicht so, als vertraute er Jax nicht, aber er musste sicher sein, dass auch jemand, den er kannte, nach Hilfe suchte. Storm wusste, Derek verstand das auch ohne Worte, denn er kannte die Vergangenheit des Mannes.

»Du wirst dich verletzen«, sagte Everly, bevor sie wieder hustete. »Ich bin zu schwer für dich.«

Storm hielt sie nur noch fester. »Ich werde dich nicht herunterlassen. Hör auf zu zappeln, damit wir dir Hilfe suchen können.«

Wieder fuhr ein scharfer Schmerz durch seinen Rücken, doch er ignorierte ihn. Er würde sich später damit abgeben, wie immer. Was ihm mehr Sorgen bereitete, waren all der Lärm und das Geschrei um sie herum. Wenn er nicht vorsichtig war, könnte er wegen der Sirenen eine weitere Panikattacke bekommen. Er musste einfach weiter tief durchatmen und für Everlys Sicherheit sorgen. Nur das war wichtig.

Augenblicke später trafen die Sanitäter in Begleitung von Jax und Derek ein, und Storm stellte Everly auf die Füße. Sie lehnte sich mit dem Rücken an seine Brust. Ihm war bewusst, wenn sie bei vollem Verstand und nicht unter Schock stände, hätte sie das nicht getan. Seit Jacksons Tod hatten die beiden sich bemüht, einander nicht zu berühren. Es war, als brächte der Gedanke, sich wie früher zu umarmen, den Schmerz mit voller Macht zurück. Daher hatten sie Abstand gewahrt.

Aber nicht heute Abend.

Die Sanitäter legten ihr vorsichtshalber eine Sauerstoffmaske an und wiesen sie an, sich auf eine der Bänke entlang der Straße zu setzen. Storm aber konnte sich nicht ruhig neben ihr niederlassen. Stattdessen stellte er sich hinter sie und legte ihr die Hände auf die Schultern, sodass sie nicht auf die verrückte Idee kommen würde, aufzustehen und zu ihrem Laden zurückzugehen, um zu sehen, was dort geschah.

Eine brennende Buchhandlung ging schnell in Flammen auf und jeder wusste das.

»Mit Ihnen scheint alles in Ordnung zu sein, aber wir wollen auf Nummer sicher gehen«, erklärte einer der Sanitäter. »Sie haben sich zwar nicht lange im Gebäude aufgehalten, aber wir wollen kein Risiko eingehen.«

»Behalt die Maske auf«, befahl Storm.

Everly warf ihm einen Blick zu, presste sich jedoch die Maske aufs Gesicht. Er wusste, es gefiel ihr nicht, Befehle entgegenzunehmen, aber im Augenblick hatte er keine Geduld mehr.

Als Nächstes tauchten der Feuerwehrhauptmann und die Polizei auf, um mit Everly zu reden, und Storm war froh, dass er und seine Familie da waren, um ihr zur Seite zu stehen.

»Mrs. Law?«, fragte der ältere Mann, der der Feuerwehrhauptmann sein musste. »Ich weiß, Sie sagten den Sanitätern, Sie wären die Einzige im Gebäude gewesen, aber können Sie sich hundertprozentig sicher sein?«

Everly nickte und schob sich die Maske vom Gesicht.

»Sie sollte sie aufbehalten«, knurrte Storm.

Der ältere Mann zog eine Braue in die Höhe. »Mr. Law?«

Aus irgendeinem Grund traf ihn die Frage wie ein Schlag in die Magengrube. Er schüttelte den Kopf. »Nur ein Freund.«

Everly stieß den Atem aus und hustete Gott sei Dank nicht. »Ich war allein.«

Storm streckte die Hand aus, schob ihr die Maske wieder aufs Gesicht und blickte sie streng an. Sie starrte ihn an, inhalierte jedoch einige Male, bevor sie die Maske wieder senkte. »Ich wollte gerade den Laden schließen, weil keine Kunden mehr da waren und ich allein gearbeitet habe.«

Ihre Kehle arbeitete sichtbar, als sie heftig schluckte, und er hörte die Tränen in ihrer Stimme. Verdammt, diese Buchhandlung hatte ihr beinahe alles bedeutet. Die Zwillinge und die Bücher waren ihr Leben und jetzt war ein Teil davon in Flammen aufgegangen. Und es gab nichts, was Storm daran ändern konnte.

»Erzählen Sie mir genau, was geschehen ist.« Der Feuerwehrhauptmann hatte seinen Notizblock hervorgeholt und die Polizisten blickten mit Fragen in den Augen auf sie hinab.

Storm runzelte die Stirn und blickte zu Austin hinüber, der herbeikam, um sich an seine andere Seite zu stellen, um Everly wissen zu lassen, dass sie nicht allein war. Auch Jax und Derek gesellten sich zu ihnen, um ihre Unterstützung zu signalisieren. Die vier

Männer waren nicht gerade klein und zeigten genügend Tattoos und Piercings, um recht einschüchternd zu wirken. Everly würde dies nicht allein durchstehen müssen und wenn es aussah, als gäbe es ein Problem, so würden sie, ohne zu zögern, die Anwälte der Montgomerys anrufen. Denn das taten sie für ihre Familie.

Wieder einmal verdrängte er diese Gedanken und konzentrierte sich auf Everly, die allen erzählte, was geschehen war.

»Ist Ihnen nichts Außergewöhnliches aufgefallen? Haben Sie irgendetwas gerochen?«

Everly schüttelte den Kopf. »Nichts. Ich weiß nicht, was geschehen ist.« Diesmal kullerte eine Träne ihre Wange hinunter. Storm fluchte.

»Sie hat Ihnen doch bereits gesagt, was geschehen ist. Sie braucht Ruhe.«

Einer der Polizisten starrte ihn an und Storm erwiderte den Blick. Er war nicht in der Stimmung für einen beschissenen Wettstreit.

»Wir können noch nicht ins Gebäude, aber von außen betrachtet können wir sagen, dass es so aussieht, als wäre ein Brandbeschleuniger benutzt und der Feuermelder abgeschaltet worden. Ich muss alles wissen.«

Everly gab einen erstickten Schluchzer von sich. »Was?«

Storm erstarrte. Er hatte angenommen, es handelte sich um einen Fehler in der Stromverlegung oder um einen Unfall. Das Gebäude war nicht so neu und er hatte niemals die Wände geöffnet, um sich zu vergewissern, dass alles den Vorschriften entsprach. Er hätte das tun müssen, verdammt. Aber wenn es nach Brandstiftung aussah, hätte das auch nichts geändert.

»Kennen Sie irgendjemanden, dem Sie so etwas zutrauen?«

Sie schüttelte den Kopf. »Brandstiftung? Wie … wie kann das sein? Die Feuermelder?« Sie blickte zu Storm hinüber; ihre Augen waren geweitet und zeigten einen glasigen Schimmer. Sie stellten ihr noch ein paar Fragen und Storm wusste, dass sie noch im Dunkeln tappten und nach Hinweisen suchten. Niemand wusste, was los war, und er musste Everly nach Hause bringen.

Als er Austin einen Blick zuwarf, nickte dieser. Er hatte Rückendeckung für den Fall, dass niemand auf ihn hören würde. Es war gut, eine Familie zu haben, und in diesem Augenblick gehörte Everly dazu, denn sie hatte niemand anderen.

»Sie muss sich aufwärmen und nach Hause gebracht werden.« Kaum hatte er das gesagt, als ein Blitz über ihren Köpfen über den Himmel zuckte. Er unterdrückte einen weiteren Fluch. »Sie wird nass werden und ich will nicht, dass sie im Gewitter hier draußen bleibt.«

»Ich kann für mich selbst sprechen«, bemerkte Everly leise, doch hinter ihren Worten war keine Emotion zu erkennen. Er wusste, sie stand unter Schock und er musste sie nach Hause bringen.

Der Feuerwehrhauptmann blickte auf, dann stieß er einen Seufzer aus. »Ich werde mich bald mit Ihnen in Verbindung setzen.« Er blickte sie stirnrunzelnd an. »Wir müssen eine Ermittlung einleiten, daher dürfen Sie das Gebäude nicht betreten, bis wir Ihnen die Erlaubnis geben. Es tut mir leid, was geschehen ist, und ich werde alles tun, was ich kann, um den Grund herauszufinden.«

Obwohl das nicht nach einer Drohung klang, war Storm immer noch ein wenig besorgt. »D-danke«, sagte Everly leise. »Ich … mein Laden.« Die letzten zwei Worte flüsterte sie und Storm hätte gern auf etwas eingeschlagen. Er galt in der Familie nicht als der Gewalttätige – falls überhaupt einer von ihnen als wirklich gewalttätig bezeichnet werden konnte – und versuchte eher, mit Worten oder betontem Schweigen seinen Standpunkt klarzumachen als mit seinen Fäusten. Und doch hätte er in diesem Moment am liebsten jemanden geschlagen. Denjenigen, der diesen Ausdruck in ihren Augen hervorgerufen hatte.

Everly war der stärkste Mensch, den er kannte. So stark, dass sie ihn jedes Mal abwies, wenn er versuchte, ihr zu helfen. Und doch sah sie jetzt so klein aus. Klein und hilflos.

Er sollte verflucht sein, wenn er sie in diesem Zustand verharren ließe, nur weil jemand es gewagt hatte, ihr einen Teil ihres Glücks zu nehmen.

Nach einiger Zeit hatten die Beamten alle Informationen und Everly nahm Visitenkarten entgegen. Da ihre Handtasche immer noch über Storms Schulter hing, stopfte er sie zu den Gegenständen, die sie aus dem Laden gerettet hatte, und schloss den Reißverschluss.

»Ich fahre dich nach Hause«, sagte Storm nach einem Augenblick. »Ich möchte nicht, dass du in diesem Zustand Auto fährst.«

Sie stieß lange den Atem aus und er war erleichtert,

dass sie dabei nicht husten musste. »Und was wird aus meinem Wagen?«

Storm sah auf das Gebäude hinter ihr, von dem immer noch Rauch aufstieg, obwohl inzwischen die ersten Regentropfen vom Himmel fielen. »Du hast hinter dem Gebäude geparkt, nehme ich an. Und jetzt steckt dein Wagen hinter all den Rettungswagen fest. Wir werden ihn morgen abholen. Ich verspreche es. Es regnet bereits und du musst dich hinlegen.«

Sie presste die Lippen aufeinander, dann drehte sie sich herum, um einen Blick auf Beneath the Cover zu werfen. »Ich weiß nicht, was ich tun werde.«

Storm legte ihr eine Hand auf die Schulter, denn ihm fehlten die Worte. »Du wirst nicht allein sein.«

Sie blickte über die Schulter, mit einer Traurigkeit in den Augen, die er nicht beschreiben konnte. »Ich bin bereits allein.« Seufzend betrachtete sie wieder den Rauch, als es heftiger zu regnen begann.

»Wir müssen gehen«, sagte er und ergriff ihre Hand. »Komm schon.«

Everly entzog ihm ihre Hand, drehte sich herum und nickte. »Danke, dass du mich fährst.«

Sie war so höflich und doch lag hinter ihren Worten eine gewisse Leere. Kein Gefühl. Vielleicht würde sich das ändern, sobald er sie nach Hause gebracht hätte und sie wieder bei ihren Jungs wäre, aber hier wusste er sich keinen Rat mehr. Er winkte den anderen zu, die alle zu Montgomery Ink zurückkehren würden, aber Everly schien es nicht wahrzunehmen. Stattdessen schritt sie schnell neben ihm her, als sie sich auf den Weg zum Parkplatz hinter dem Tattoostudio machten, wo er seinen Wagen abgestellt hatte. Er half ihr beim Einsteigen in die Kabine seines Pick-ups und versuchte, sie anzuschnallen, aber sie machte eine abwehrende Handbewegung.

»Ich bin in Ordnung, Storm.« Sie schüttelte den Kopf. »Nun, in Ordnung nicht, aber ich werde einen Weg finden, damit klarzukommen. Wie immer.« In ihren Worten lag eine solche Trostlosigkeit, dass er am liebsten jemanden durchgeschüttelt hätte, doch es gab nichts, das er hätte tun können. Er konnte niemals etwas dagegen tun, wenn die Dinge aus dem Ruder liefen. »Gibst du mir meine Tasche?«, bat sie.

Er nahm sie von seiner Schulter. Wieder ignorierte er den schneidenden Schmerz in seinem Rücken. Etwas Schlimmes war in seinem Rücken geschehen, als er sie hochgehoben hatte, doch er hatte nicht auf die warnende Stimme in seinem Kopf gehört, die ihm gesagt hatte, er solle nichts Dummes mit seinem Körper anstellen. Everlys Sicherheit war wichtiger gewesen als ein paar Schmerzen.

»Danke«, flüsterte sie.

»Danke mir nicht«, erwiderte er barsch. »Ich konnte nicht viel tun.«

Sie blickte ihm in die Augen. »Du hast alles getan.« Sie blinzelte Tränen zurück, bevor sie wieder geradeaus blickte. Er schloss die Tür des Pick-ups. Er wusste nicht, was genau sie gemeint hatte, und sie waren beide zu sehr daneben, als dass er sie hätte fragen können. Also tat er das, was er am besten konnte, wenn es um Everly ging, und ignorierte seine Gefühle. Stattdessen ging er um den Wagen herum, um auf die Fahrerseite zu gelangen.

Während der Fahrt zu ihrem Haus sprachen sie nicht miteinander. Sie hatte ihr Handy aus der Tasche geholt, um Jacksons Eltern anzurufen, die offensichtlich auf die Zwillinge aufpassten. Die Scheibenwischer bewegten sich schnell hin und her, als es heftiger regnete.

Zumindest würden die letzten Flammen in der Buchhandlung gelöscht werden. Wie schrecklich traurig war es doch, an den Brand zu denken!

Als sie in die Auffahrt fuhren, trat niemand aus dem Haus – nicht einmal auf die mit einer Markise beschattete Veranda –, um sie zu begrüßen. Wenn sie nach einem Feuer wie diesem an dem Haus seiner Eltern oder eines seiner Geschwister eingetroffen wären, wäre seine Familie in den Regen hinausgelaufen, um sie am Wagen zu begrüßen. Sie hätten keinen einzigen Augenblick länger gewartet, um sich zu vergewissern, dass alle heil und gesund wären.

Und doch, niemand kam heraus, um Everly zu begrüßen.

Sie hatte die Haustürschlüssel bereits aus der Tasche geholt, bevor sie aus dem Wagen gestiegen waren, und jetzt schloss sie die Tür selbst auf. Storm blieb dicht hinter ihr, als sie das Haus betraten.

»Mommy«, schrie James und lief zu ihr. Nathan folgte ihm auf dem Fuß. Everly ließ die Tasche zu Boden fallen, sank auf die Knie und zog ihre Kinder an sich, als diese sich ihr in die Arme warfen. Dann lösten sie sich von ihr, um auch Storm zu umarmen, bevor sie zu ihrer Mutter zurückkehrten. Er liebte die beiden Jungen, als wären es seine eigenen, auch wenn er meist das Gefühl hatte, keine Ahnung zu haben, was er tat. Er blickte auf und sah, dass Everlys Schwiegereltern ihn anstarrten.

Storm schob die Hände in die Taschen. Eine verlegene Stimmung senkte sich auf seine Schultern, als er den Blick zu Nancy und Peter erhob. Jacksons Eltern standen steif ein paar Schritte entfernt; ihre Gesichter drückten offene Geringschätzung aus. Er hatte niemals verstanden, warum Everly den beiden so viel durchgehen ließ, doch er nahm an, dies müsste mit Jackson selbst zusammenhängen. Das ältere Ehepaar hatte die Ehe der beiden nie gutgeheißen und sich stets ein wenig steif Everly gegenüber verhalten. Zur Hölle, auch Storm hatten sie nie gemocht, denn sie betrachteten ihn lediglich als einen Handwerker, der zufällig einen Masterabschluss hatte, ihren Sohn jedoch als einen Akademiker. Doch als Jackson noch lebte, hatten sie Everly mehr Wärme entgegengebracht. Daran konnte Storm sich erinnern. Als ihr Sohn starb, stellten sie ihn auf ein Podest, von dem niemand ihn herunterholen konnte, und ignorierten seine Fehler und Schwächen vollkommen. Gleichzeitig begannen sie, ihre Schwiegertochter mit Sticheleien zu quälen, denn wenn ihr Sohn perfekt gewesen war, so sollte es Everly nun ebenfalls sein.

Und die Kälte, die von ihnen ausging, verstärkte nur noch den Kontrast zu dem, wie sie sich eigentlich hätten verhalten müssen, als sie hörten, dass Everly nicht nur ihren Laden, sondern beinahe ihr Leben verloren hätte.

Wenn sie das Gebäude nicht verlassen hätte …

Nein, daran konnte er jetzt nicht denken, ohne verrückt zu werden.

Everly küsste ihre Söhne noch einmal, bevor sie sich erhob. »Danke, dass ihr länger als vereinbart auf sie aufgepasst habt.«

»Sie sind unsere Enkelkinder.« Mehr sagte Nancy nicht. Sie erkundigte sich nicht, ob es Everly gut ging. Sie verzichtete auch auf eine Bemerkung, dass Storm hier war, obwohl das etwas ungewöhnlich war. Es war einfach so ... daneben.

Everly legte mit hochgerecktem Kinn jedem Kind eine Hand auf den Kopf. Sie hatte immer noch einen Rußfleck auf der Wange und ihr Haar war zerzaust. Er wusste, sie musste sich setzen. Verflucht, er selbst musste sich auch setzen oder sein Rücken würde sich bald verkrampfen.

»Noch einmal danke schön.«

Jacksons Eltern warfen ihnen noch einen letzten Blick zu, bevor sie ihre Sachen einsammelten und gingen. Sie verabschiedeten sich von den Zwillingen, machten sich jedoch nicht die Mühe, auch nur ein Wort an Storm zu richten, und auch zu Everly sagten sie nichts mehr. Er wusste, dass sie sicher noch um den Verlust ihres Sohnes trauerten, aber zur Hölle, er erkannte die Menschen kaum, die sich gerade hier im Raum befunden hatten.

»Omi hat Ghettis gekocht«, erzählte Nathan grinsend. »Die waren ganz okay.«

Everly lächelte traurig und fuhr ihm mit der Hand durch sein weißblondes Haar. »Ich bin froh, dass du etwas gegessen hast, Baby.«

Storm räusperte sich und alle blickten ihn an. »Wie wäre es, wenn du unter die Dusche springst, Ev? Ich werde bei den Jungs bleiben, während du dich säuberst.« Er blickte betont auf ihre verrußte Kleidung. Sie seufzte. Sie hatten bis jetzt noch nicht darüber gesprochen, aber da die Jungs kein bisschen besorgt ausgesehen hatten und er ihr Telefongespräch mit Nancy gehört hatte, nahm er an, dass Everly nicht wollte, dass die Kinder jetzt schon etwas von dem Brand erfuhren – dem er vollkommen zustimmte. Aber Kinder waren aufmerksam und so jung die Zwillinge auch sein mochten, sie würden mitbekommen, dass etwas nicht stimmte, wenn Everly und er nicht vorsichtig waren.

»Oh«, sagte sie nach einem Moment, bevor sie den Blick wieder senkte. »Ich … du musst nicht bleiben, Storm.«

Er wartete, bis sie den Blick wieder hob und sie sich in die Augen schauten. »Doch, das muss ich.«

»Oh, nun, dann danke ich dir.« Sie räusperte sich. »Die Jungs müssen in ihre Schlafanzüge gesteckt und bettfertig gemacht werden. Ich werde sie morgen früh baden.«

»Darum kann ich mich kümmern. Und du gehst und machst dich frisch, Ev«, sagte er freundlich, aber trotzdem konnte er den befehlenden Tonfall seiner Stimme hören.

Sie warf ihm einen Blick zu, ging jedoch davon, um zu duschen, während er sich um die Jungs kümmerte. Die beiden waren so begeistert, Storm zu Hause zu haben, dass er etwas länger brauchte, um ihnen die Schlafanzüge anzuziehen, denn die beiden hatten nichts

Besseres zu tun, als mit den Hosen über den Köpfen im Zimmer herumzutoben. Trotz des traurigen Verlaufs des Abends lachte er mit ihnen und half ihnen, sich bettfertig zu machen.

Als Everly schließlich in Trainingshose, einem ärmellosen Oberteil und einem ihrer Baumwollschals im Zimmer erschien, hatten die Jungs die Zähne geputzt, trugen ihre Schlafanzüge und warteten begierig auf die Gutenachtgeschichte.

»Danke, Storm«, sagte sie leise. Er nickte und gab jedem der Jungs einen Kuss auf den Scheitel, bevor er wieder in die Küche eilte. Er war sich bewusst, dass Everly mit den Jungs allein sein wollte nach allem, was geschehen war, und er konnte ihr keinen Vorwurf daraus machen.

Anstatt sich auf den Heimweg zu begeben, was er wahrscheinlich hätte tun sollen, holte er in der Küche Becher und Kakaotüten aus dem Schrank, die sie für die Kinder auf Vorrat hatte. Er wusste, dass Everly zu so später Stunde lieber Kakao mit Marshmallows als Kaffee zu sich nahm, und er wollte, dass sie etwas Warmes in den Magen bekam, bevor er sie verließ.

Als sie schließlich in die Küche trat, standen zwei Becher heißen, dampfenden Kakaos auf der Arbeitsplatte und ein Topf mit Tomatensuppe auf dem Herd. Das schien eine merkwürdige Kombination zu sein, doch er hatte keine andere Suppe gefunden, die keine Nudeln enthielt.

»Du musst all dies nicht tun«, sagte Everly mit um die Taille geschlungenen Armen.

»Ich weiß, aber ich wollte es.« Er wusste nichts weiter zu sagen, also reichte er ihr einen der Becher.

»Danke.« Sie nahm den heißen Kakao entgegen und schlang ihre Hände um das heiße Porzellan. »Ich glaube nicht, dass ich das alles schon vollständig verarbeite.«

»Das musst du auch nicht. Du musst warm werden und schlafen. Morgen kannst du dich mit allem auseinandersetzen und überlegen, was du tun musst.« Er stieß den Atem aus. »Es tut mir so furchtbar leid, Ev.«

Sie fing seinen Blick ein und ihre Augen füllten sich mit Tränen. »Ich hasse es zu weinen. Ich hasse es. Und doch scheine ich in letzter Zeit nichts anderes zu tun.«

Storm fluchte, stellte seinen Becher ab und nahm ihr ihren aus der Hand. Er umfasste ihr Gesicht. Sie versteifte sich. »Dein Geschäft ist gerade bis auf den Boden abgebrannt und alles deutet auf Brandstiftung hin. Weine, Everly. Das ist in Ordnung. Du darfst weinen.«

Sie presste die Lippen aufeinander; eine einzelne Träne kullerte über ihre Wange. Er wischte sie mit dem Daumen weg. Ihre Augen weiteten sich. Als sie einen Schritt zurücktrat, wusste er, es war am besten so.

Bevor er noch etwas sagen konnte, runzelte sie die Stirn und nahm ihre Tasche vom Küchentisch, wo sie sie abgelegt hatte. »Da war ein Brief.«

Er erstarrte. »Ein Brief?«

Sie zog ein Stück zerknautschtes Papier aus ihrer Tasche. »Ich weiß nicht, ob ich den Umschlag eingesteckt habe, da ich einfach alles in meine Tasche gestopft habe, bevor ich hinauslief. Aber heute habe ich diesen Brief erhalten. Er war an Jackson adressiert, hat also mit dem Feuer keine Verbindung, glaube ich. Aber es ist trotzdem merkwürdig.«

Sie reichte Storm den Bogen. Er erstarrte.

Ich warte immer noch.

»Hm. Das sollten wir der Polizei zeigen, nur für den Fall.«

Everly stieß den Atem aus. »Ich habe keine Ahnung, was ich tun werde.«

Er legte das Stück Papier auf den Tisch und zog sie an sich. »Das musst du auch jetzt noch nicht wissen. Ich werde dich nicht allein lassen.« Er hatte sich versprochen, immer für sie da zu sein, und doch hatte es nicht gereicht. Es reichte immer noch nicht.

Sie schlang ihm die Arme um die Taille und er streichelte mit der Hand ihren Rücken, womit er sich selbst ebenso beruhigte wie sie. Als sie sich ein paar Augenblicke später voneinander lösten, waren ihre Gesichter nur ein paar kurze Atemzüge voneinander entfernt.

Beinahe als wäre er jemand anderes, als wäre er sich nicht der Folgen bewusst, senkte er den Kopf und streifte ihre Lippen mit seinen. Sie erstarrte für den Bruchteil einer Sekunde, dann presste sie ihren Mund auf seinen. Der Druck ihrer Lippen erschien ihm wie eine süße Folter, die er nicht begreifen konnte, bis es zu spät war.

Als er mit der Zunge über die Spalte zwischen ihren Lippen glitt, öffnete sie sich ihm. Ihr Atem vermischte sich und ihre Körper pressten sich aneinander. Beinahe hätte er den Kuss vertieft, wenn ihm nicht plötzlich bewusst geworden wäre, was zum Teufel er da gerade tat, und sich, am ganzen Körper zitternd, zurückgezogen hätte.

»Mist. Es tut mir leid, Ev. Es tut mir so verdammt leid.«

Sie blinzelte zu ihm auf; die Verwirrung stand ihr ins Gesicht geschrieben.

Er ließ sie nicht zu Wort kommen und verbat sich selbst, noch etwas zu sagen. Stattdessen stürmte er an ihr vorbei und flüchtete aus ihrem Haus, während er versuchte, sich wieder unter Kontrolle zu bekommen.

Er hatte die Frau seines besten Freundes geküsst.

Seines toten besten Freundes.

Es gab keine Ebene der Hölle, die für ihn gut genug war. Er würde brennen und er hatte es verdient. Und doch … und doch wusste er, die Weichheit ihrer Lippen und den Geschmack ihrer Zunge würde er nie vergessen.

Ja, er würde brennen.

Kapitel Sieben

EVERLY GRIFF NACH IHREM HANDY, um zum wiederholten Male nachzusehen, wie spät es war. Es war bereits mehr als eine Stunde vergangen, seitdem die Krankenschwester sie im Wartezimmer in Empfang genommen hatte, und sie war kurz davor, aus der Haut zu fahren.

Dieses Gefühl war ihr nun bereits seit drei Tagen vertraut.

Seit dem Brand, der ihr vor drei Tagen die Buchhandlung genommen hatte, war sie alles unzählige Male durchgegangen, hatte mit einem Dutzend Beamten ihre Optionen besprochen und nun konnte sie nur noch warten und sehen, was ihr nächster Schritt sein würde. Sie hatte bis jetzt das Gebäude noch nicht betreten dürfen, um die Überbleibsel ihres Geschäftes zu begutachten, aber sie wusste, dass ihr Laden mit Vorsatz niedergebrannt worden war.

Brandstiftung, hatte der Feuerwehrhauptmann gesagt. Brandstiftung. Und Gott sei Dank glaubten sie, dass jemand anderes als sie selbst der Täter war, denn dann wäre sie noch mehr am Boden zerstört gewesen. Sie warteten immer noch auf den Bericht und sie hatte weder einen Job noch ein Geschäft, aber darüber konnte sie nicht nachdenken.

Denn heute ging es nicht um sie oder ihren Laden.

Heute ging es um James.

Ihr Baby wurde gerade operiert und sie konnte nicht bei ihm sein. Sie konnte sich in dem kleinen Wartezimmer mit den klobigen Sofas und harten Stühlen entweder hinsetzen oder auf und ab gehen. Glücklicherweise war sie nicht allein. Nancy und Peter saßen auf dem Zweiersofa ihr gegenüber, Peter mit einem Buch in der Hand und Nancy mit einem ernsten Ausdruck auf dem Gesicht. Und wegen Zeiten wie dieser wies Everly Jacksons Eltern niemals ab. Sie mochten Evelyn manchmal vielleicht das Gefühl geben, ungewollt oder eine schlechte Mutter zu sein, aber sie liebten ihre Enkelkinder von ganzem Herzen.

Sie waren jedoch nicht die Einzigen, die erschienen waren. Storm saß auf dem Stuhl neben ihr, den schlafenden Nathan auf seinem Schoß. Sie hatte nicht gewusst, dass er kommen würde, da sie seit dem Kuss in ihrer Küche an jenem Abend nicht mehr miteinander gesprochen hatten. Doch er hatte den Operationstermin gewusst und war mit Kaffee und Süßigkeiten aufgetaucht. Er hatte sich die meiste Zeit um Nathan gekümmert und den kleinen Jungen unterhalten. An Everly hatte Storm nur wenige Worte gerichtet und sie war froh darüber. Dies war weder der richtige Zeitpunkt noch der richtige Ort, und ehrlich gesagt hatte sie ohnehin keine Ahnung, was sie sagen sollte.

Als sogar Storms Eltern erschienen waren, hatte sie beinahe geweint. Marie und Harry Montgomery waren zwei der großartigsten Menschen auf der Welt. Auch sie waren in letzter Zeit unzählige Male wegen ihrer erwachsenen Kinder oder ihren eigenen gesundheitlichen Problemen in diesem Krankenhaus gewesen und sie fühlte sich geehrt, dass sie gekommen waren.

Die beiden älteren Montgomerys waren vor ein paar Augenblicken zur Cafeteria des Krankenhauses gegangen, um Kaffee für die anderen zu holen, und sie vermisste ihre Anwesenheit. Sie hatten Jacksons Eltern in Schach gehalten und jetzt gab es keinen Puffer mehr.

»Jackson hätte dies nicht zugelassen«, bemerkte Nancy plötzlich.

Everly erstarrte. »Wie bitte?«, fragte sie schneidend.

»Das Geschäft. Er hätte nicht zugelassen, dass du den Laden so lange behältst, da doch die Kinder zu Hause sind. Wenn er da gewesen wäre, hättest du ihn nicht bis auf die Grundmauern niederbrennen lassen. Jetzt hast du kein Einkommen für seine Kinder und bist viel zu gestresst, um dich anständig um die Jungs zu kümmern.«

Everly konnte kaum glauben, was sie hörte. Von allen weit hergeholten Vorwürfen, die Nancy sich einfallen ließ, übertraf dies alles, was Everly sich vorstellen konnte.

»Nancy«, knurrte Storm, »das ist lächerlich, und das weißt du auch.« Er sprach leise und streichelte Nathans Rücken, damit dieser weiterschlief. Und obwohl Everly ihm dankbar war, brauchte sie ihn nicht zu ihrer Verteidigung.

»Ich schaffe das, Storm«, sagte sie leise mit ruhiger Stimme. Sie erhob sich, ging zu Nancy hinüber und beugte sich zu der Frau, sodass diese sie hören konnte, als sie flüsterte: »Ich weiß, ihr leidet. Ich weiß, ihr habt Angst. Mir geht es ebenso. Aber —«

Sie kam nicht dazu, den Satz zu beenden, weil sich in diesem Augenblick die Tür öffnete und James' Arzt mit einem ruhigen Ausdruck auf dem Gesicht ins Zimmer trat. Sie wirbelte sofort herum und ging auf ihn zu.

»Wie geht es James?«

»Es geht ihm gut«, sagte der ältere Mann leise.

Sowohl Jacksons als auch Storms Eltern drängten sich um den Arzt und sie, und aus dem Augenwinkel sah sie, dass Storm sich mit dem schlafenden Nathan auf dem Arm erhob, wobei er ihn auch jetzt noch wiegte.

»Die Operation ist gut verlaufen. Er befindet sich zurzeit im Überwachungsraum. In ein paar Augenblicken werden wir ihn in sein Zimmer verlegen. Und Sie können mich zurückbegleiten, sodass wir miteinander reden können. Er wacht langsam aus der Narkose auf, aber er ist immer noch geschafft und wird ein paar Stunden lang immer wieder einschlummern. Er fragt nach Ihnen und jemandem namens Storm. Ich dachte zuerst, er spreche von einem Sturm, aber ich glaube, er fragt nach einer Person oder einem Stofftier oder etwas Ähnlichem. Wir können unterwegs über die Einzelheiten des Eingriffs und der Genesung reden. Haben Sie

einen gewissen Storm?«, fragte der Mann mit einem höflichen Lächeln.

Everly versteifte sich und vermied es, einen Blick hinter sich zu werfen, um sich sammeln zu können. Neben ihr stieß Nancy den Atem aus, aber Everly war nicht in der Stimmung, sich mit dieser Frau und ihrem Benehmen abzugeben.

»Ich bin Storm«, meldete sich der besagte Mann leise zu Wort. »Ev, ist es für dich in Ordnung, wenn ich dich begleite? Damit er beruhigt einschlafen kann, falls das sein Problem ist.«

Schließlich drehte sie sich herum und nickte. »Ich denke, das wird James gefallen, auch wenn er wirklich geschafft ist.«

Storm nickte und anstatt Nathan auf das Sofa zu legen, reichte er ihren Sohn Marie, die daraufhin den kleinen Jungen schaukelte und beruhigende, gurrende Laute ausstieß. Die ältere Frau sah aus, als hielte sie jeden Tag einen Dreijährigen auf dem Arm, ohne angestrengt zu wirken. Doch angesichts der Anzahl der Montgomerys traf das wahrscheinlich zu, nahm Everly an.

Sie ignorierte Jacksons Eltern weiterhin, denn sie war immer noch verletzt und böse über Nancys Bemerkung, und folgte mit Storm an ihrer Seite dem Arzt zu James' Zimmer. Ihre Nerven waren angegriffen, doch als er ihre Hand ergriff, schlang sie ihre Finger um seine und beruhigte sich etwas. Sie weigerte sich, auch nur daran zu denken, was das bedeutete, und konzentrierte sich stattdessen auf die Erklärungen des Arztes. Der Eingriff war gut verlaufen und das Implantat eingesetzt worden. Es gab immer noch einige Hürden zu überwinden, doch der wichtigste Teil war getan. Sie wäre am liebsten vor Erleichterung unter Tränen zusammengebrochen, beherrschte sich jedoch. Sie hatte in letzter Zeit viel zu viel geweint und konnte sich nicht auf die Kinder konzentrieren, wenn sie ein Häufchen Elend war.

Die Tatsache, dass sie die ganze Zeit über Storms Hand hielt, entging ihr nicht. Die Tatsache jedoch, dass dies sie beruhigte, bereitete ihr Sorgen.

Schließlich traten sie in James' Zimmer. Der kleine Junge wirkte so klein in dem Bett; Schläuche führten in seinen Körper hinein und hinaus. Sie hatten sich entschlossen, ihm den ganzen Kopf kahlrasieren zu lassen, denn er wollte cool aussehen. Auch Nathan hatte sich den Kopf kahlrasieren lassen wollen, doch das überschritt Everlys Grenze des Erträglichen und so hatte sie es ihm ausgeredet.

Erst vor weniger als einem Monat hatte Nathan still und ruhig in seinem Krankenhausbett gelegen und nun stand sie hier, schon wieder, und blickte auf eins ihrer Babys, das leiden musste.

Wie viel mehr konnte ihre Seele noch ertragen?

»Sie können so lange hierbleiben, wie es Ihnen nötig erscheint«, erklärte der Arzt leise. »Wir befinden uns in dem Flügel, in dem wir Ihnen auch eine Liege ins Zimmer stellen können, falls nötig.«

Sie nickte, denn sie fand nicht mehr die Kraft, ihre Stimme zu erheben.

»Danke«, sagte Storm leise. »Das wissen wir zu schätzen.«

Der Doktor entfernte sich und Everly trat an James' Seite. Man hatte ihm eine intravenöse Infusion in die Hand gelegt, also ergriff sie sein Handgelenk, während sie die Tränen zurückhielt. Dies war nicht der erste Eingriff, doch das machte es auch nicht leichter. Und sie wollte es nicht zur Gewohnheit werden lassen, ihre Kinder leiden zu sehen.

»Hey, Kumpel«, sagte Storm leise, als James mit flatternden Lidern die Augen öffnete.

James lächelte, sagte jedoch nichts. Everly nahm an, dass er nicht wirklich wach war und sich nicht daran erinnern würde, doch sie sprach zu ihm, so wie Storm es auch tat.

»Du bist so ein tapferer Junge«, sagte Everly leise. »Ich liebe dich, Baby.«

Storm und sie sprachen noch ein paar Minuten zu dem Jungen, bevor er wieder in Schlaf fiel und sein Brustkorb sich gleichmäßig hob und senkte. Sie stieß zitternd den Atem aus und erhob sich, um ihre Gedanken zu sammeln.

Storm folgte ihr auf den Flur hinaus in Richtung des Wartezimmers und ging wie ein stummer Beschützer an ihrer Seite. Doch unterwegs blieben sie im Flur stehen, als bräuchten beide einen Moment, um sich zu sammeln, bevor sie den anderen gegenübertraten.

»Danke«, sagte sie nach einer Weile. »Das habe ich in letzter Zeit oft gesagt, aber nochmals danke.«

»Es sind Jacksons Kinder, Ev. Natürlich bin ich immer für sie da.«

Sie weigerte sich, den Schmerz zuzulassen, der sie

angesichts der Bemerkung überfiel, doch bevor sie etwas sagen konnte, murmelte er einen Fluch vor sich hin.

»Das ist eine Lüge. Ich bin nicht wegen Jackson hier. Das ist auch ein Grund, aber nicht nur. Ich liebe diese Kinder, Ev. Und ich bin auch deinetwegen hier.« Er stieß den Atem aus. »Ich weiß nicht genau, was das bedeutet, aber ich bin hier.« Er streckte die Hand aus, um ihr Gesicht zu umfassen, hielt jedoch inne, bevor er sie berührte.

Sie hatte keine Ahnung, was da vor sich ging, doch sie wusste, etwas hatte sich geändert.

In diesem Augenblick klingelte sein Telefon und die Krankenschwester am Tresen starrte zu ihnen hinüber.

»Sie müssen damit ins Wartezimmer gehen. Hier sind Telefone nicht erlaubt.«

Everly blickte ihn stirnrunzelnd an, als seine Miene sich verschloss. Er stellte den Klingelton ab. Seine Schultern verrieten eine Spannung, die zuvor nicht da gewesen war. »Ich muss ohnehin gehen«, sagte er nach kurzem Zögern mit barscher Stimme. »Sag dem Jungen, ich werde wiederkommen.«

»Was ist los?« Sein Verhalten hatte sich von jetzt auf gleich verändert und sie kam nicht mehr mit.

»Ich muss gehen. Ich bin froh, dass die Operation vorbei ist, und zur Hölle, wie froh ich bin, dass ich ihn wach erlebt habe, wenn auch nur für die paar Minuten! Willst du, dass ich Nancy und Peter hierherschicke? Ich bin sicher, meine Eltern können derweil auf Nathan aufpassen, während deine Schwiegereltern hier sind. Dann könnt ihr drei bei James sein. Du sagtest, Nathan würde ohnehin heute bei Jacksons Eltern übernachten, also habt ihr drei wahrscheinlich einiges zu bereden.«

Er schwafelte zusammenhangloses Zeug und sie wusste nicht warum. In letzter Zeit schien sie überhaupt nichts mehr zu wissen.

»Ich … ja, schick sie mir her.« Sie machte eine Pause, denn plötzlich war sie voller Sorge. »Stimmt etwas nicht, Storm?«

Sein Kiefer spannte sich an. »Nichts Neues. Ich muss nur gehen.«

Und damit drehte er sich herum und ließ sie wie eine Närrin im Flur stehen, verwirrt, ein wenig verletzt und in dem Bewusstsein, dass sie das alles beiseiteschieben und ihre Kinder an die erste Stelle setzen musste.

Denn das war das, was sie immer tat. Sie war zuallererst Mutter und erst an zweiter Stelle Everly.

Und das war der einzige Weg, den sie kannte, um ihr Leben zu meistern. Der einzige Weg, den sie gehen sollte.

Kapitel Acht

»WOHIN SOLL DIES HIER?«, fragte Storm. Der leichte Karton in seinen Händen war ihm beinahe zu schwer nach all dem, was er heute schon gehoben hatte. Er schwor sich, in der nächsten Woche nicht mehr als einen Bleistift zu heben, nach allem, was er sich in letzter Zeit angetan hatte.

»Rüber ins Wohnzimmer«, erwiderte Clay stirnrunzelnd. »Warte, nein, in das Gesellschaftszimmer.« Der Junge fuhr sich mit der Hand durchs Haar und lächelte Storm verlegen an. »Ich vergesse immer wieder, wie ich all die Zimmer in diesem Haus nenne. Ich hatte noch nie so viel Platz, weißt du.«

Storm schüttelte nur den Kopf; ein Lächeln umspielte seine Lippen. »Du hast den Platz verdient, mein Junge. Also nenn die Zimmer, wie du willst. Aber bleib dann dabei.«

Clay verdrehte die Augen und hob einen viel schwereren Karton an. Er war beinahe fünfzehn Jahre jünger als Storm, litt nicht unter Rückenschmerzen und konnte so schwer heben, wie er wollte.

»Weißt du, ich bin schon vierundzwanzig. Also eigentlich kein Junge mehr.«

Storm stellte den Karton neben dem anderen ab und rieb sich das Kreuz. »Ich werde bald vierzig, Clay. Ich bin mir ziemlich sicher, dass du für mich stets ein Junge bleiben wirst.«

Der jüngere Mann schnaufte. »Okay, mein alter, weiser Mann. Was immer du sagst. Willst du eine Pause einlegen? Dein Rücken muss dich umbringen nach all dem Heben.«

Storm schüttelte den Kopf. »Mir geht es gut.«

»Aber −«

»Lass uns die Arbeit zu Ende bringen«, unterbrach Storm ihn, nicht in der Laune, die Vergangenheit aufzuwärmen. Sicher, das war unvermeidlich, weil sie das immer so gehalten hatten. Bestand doch der einzige Grund, warum er sich überhaupt in Clays neuem Haus aufhielt und ihm half, in der Tatsache, dass sich in jener verhängnisvollen Nacht vor zwanzig Jahren ihre Vergangenheit gekreuzt hatte.

Mist, lag das bereits zwanzig Jahre zurück?

Zwei Jahrzehnte der Geheimnisse, des Schmerzes und der Albträume. Und doch war er sich sicher, dass das nicht so bald ein Ende haben würde. Clay würde sich stets an der Peripherie von Storms Leben aufhalten. Ein Symbol für alles, was verloren war. Eine Erinnerung an seine Schuld.

Storm hatte Clay und den Großeltern des Jungen in den letzten beiden Jahrzehnten unter die Arme gegriffen. In einer regnerischen Nacht, als die Welt zur Hölle fuhr und das Geräusch von quietschendem Metall die Luft erfüllte … war das Band geknüpft worden – eine Erinnerung, die ihn nachts wach hielt.

Clay stieß den Atem aus. »Gut, alter Mann. Aber dann setzt du dich hin und hilfst mir, ein paar Kartons auszupacken, anstatt sie herumzuschleppen. Das geht jetzt schon seit ein paar Stunden so. Mir war nicht bewusst, dass du mir schon so lange hilfst.«

Storm zuckte mit den Schultern. »Immerhin ziehst du in dein erstes Haus ein. Eins, das dir gehört, anstatt es zu mieten, und du bist erst vierundzwanzig. Ich bin stolz auf dich und wollte sichergehen, dass du alles hast, was du brauchst.«

Clay lächelte und wirkte eher wie der Junge, der er gewesen, als der Mann, zu dem er geworden war. »Ich bin nur froh, dass die Kredithilfe durchgegangen ist. Die Mieten hier sind sogar höher als die Hypothekenraten.«

Storm nickte. »Der Markt ist im Augenblick ganz sicher aus dem Ruder gelaufen. Heutzutage bestehen unsere Aufträge eher aus Restaurierungen als aus Neubauten. Obwohl ich das Gefühl habe, dass sich das bald ändern wird. Das geschieht regelmäßig.«

Clay ergriff den nächsten Karton. »Gefällt es dir, Gebäude zu restaurieren? Ich weiß, du bist der Architekt des Unternehmens. Würdest du nicht lieber an Plänen für einen von Grund auf neuen Bau arbeiten?«

»Nicht unbedingt.«

Die beiden stellten ihre Kartons in der Küche ab, bevor sie ins Wohnzimmer gingen und sich auf dem Sofa niederließen. Sein Rücken war dankbar dafür und er stieß langsam den Atem aus, bevor er einen Karton aufschnitt und begann, für Clay den Inhalt in Stapeln zu ordnen.

»Was soll das heißen?«, hakte Clay nach, während er an seinem eigenen Karton arbeitete. Storm dachte über die Antwort nach, da er sich die Frage bis jetzt noch nicht wirklich gestellt hatte. Er liebte seine Arbeit einfach, auch wenn sie ihn meist stresste. Obwohl das wahrscheinlich daran lag, dass er tagaus, tagein mit seiner Familie zusammenarbeitete. »Beide Aspekte meiner Arbeit sprechen verschiedene Teile meiner Kreativität an, nehme ich an. Es geht nicht immer darum, etwas Neues zu erschaffen. Manchmal bin ich mehr gefordert, wenn ich herausfinden muss, was ich mit etwas anfangen kann, das bereits vorhanden ist. Die Zeit hinterlässt an allen Häusern und Gebäuden ihre Spuren, auch wenn wir alles in unserer Macht Stehende tun, um den Schaden gering zu halten. Es gefällt mir, mich mit etwas zu beschäftigen, das bereits da ist, und zu überlegen, wie ich es den heutigen Bedürfnissen anpassen kann. Es hat etwas Interessantes an sich, eine Struktur und ein Design zu finden, die nicht nur Teile der Vergangenheit beibehalten, sondern diese auch in die heutige Umgebung einpassen. Funktion und Charakter.«

Clay grinste ihn an, als Storm zu ihm hinüberschaute.

»Was denn?«

Clay zuckte mit den Schultern. »Ich merke, du liebst deinen Job und glaubst an das, was du tust. Das habe ich immer bewundert.«

Storm winkte verlegen ab. »Und deshalb hast du dich entschieden, lieber angewandte Mathematik als Architektur zu studieren? Um nicht in meine Fußstapfen zu treten?«

»Nun, ich habe davon geträumt, Raketenwissenschaftler zu werden, und habe etwas gefunden, was mir liegt. Ich mag es, zuzusehen, wie etwas gebaut wird, aber ich bin besser darin herauszufinden, warum etwas funktioniert, als es zum Funktionieren zu bringen. Mein Dad war Schweißer, weißt du. Er war wie du, gut mit den Händen und gleichzeitig gut mit dem Verstand.« Clay warf Storm ein trauriges Lächeln zu. »Und ich neige dazu, mich sogar mit Sicherheitsscheren zu verletzen.«

Bei der Bemerkung über Clays Vater hatte Storm sich versteift und jetzt zwang er sich, sich zu entspannen. Jedes Mal wenn der unsichtbare Geist im Zimmer erwähnt wurde, rief dies diese Reaktion bei ihm hervor. Als Teil ihrer Therapie hatten die beiden wiederholt über den Mann gesprochen, aber das machte es für Storm immer noch nicht leichter, wenn eine Erinnerung wie diese in eine lockere Unterhaltung eingeflochten wurde.

Die Tatsache, dass Clay seinen Vater so beiläufig erwähnen konnte, erlaubte es Storm, sich zu beruhigen. Der unausgesprochene Schmerz zwischen ihnen würde immer da sein, doch die Tatsache, dass Clay sich mit einem Lächeln an seinen Vater erinnern konnte, zeigte Storm, dass der andere Mann geheilt war. Gewachsen war.

Storm war sich nicht sicher, ob seine Wunde jemals

so heilen konnte, wie es andere von ihm erwarteten. Es war ja nicht so, als hätte er es nicht verdient, die Schuld und den Schmerz zu empfinden. Immerhin hatte er in nur einer Nacht des quietschenden Metalls und der Schreie Leben zerstört. Es sollte ihm nicht erlaubt sein, so in die Zukunft zu blicken, wie es Clay vergönnt war. Der Junge hatte seinen Frieden verdient. Storm hingegen nicht.

Clay schien zu bemerken, dass Storm verstummt war, und räusperte sich. »Ich wünschte, du hättest Randy mitgebracht. Ich mag es, wenn du die Hunde mitbringst, die du ausbildest.«

Dankbar für den Themenwechsel grinste Storm. »Er ist ein wenig zu klein, um ihn um die Füße zu haben, bei all den Kartons und den Gegenständen, die hin und her gerückt werden. Übrigens wird Randy dauerhaft bei mir bleiben. Ich bilde ihn weder für eine andere Familie noch für einen Patienten aus.«

Clays Augen leuchteten auf. »Wirklich? Es ist schon eine Weile her, seitdem du einen eigenen Hund hattest.«

Storm zuckte mit den Schultern und wandte sich einem neuen Karton zu. »Ich dachte, es wäre an der Zeit.«

Es herrschte Schweigen, bevor Clay mit sanfter Stimme fragte: »Die Träume werden also schlimmer?«

Storm stieß langsam den Atem aus. Er hatte nicht all seine Geheimnisse mit Clay geteilt, doch alles, was mit dem Grund für ihre Verbindung zusammenhing, behandelte er offen und ehrlich. Das hatte er sich versprochen, als er den vierjährigen Clay zum ersten Mal besucht hatte, um sich zu vergewissern, dass es ihm gut ging.

»Gelegentlich. Ich habe eine Weile Medikamente ausprobiert, die mein Therapeut mir verschrieben hat, aber die haben auch nicht geholfen.«

»Ein Hund im Haus hilft dann vielleicht?«

»Vielleicht.« Er schluckte heftig. »Und wenn nicht, ist der Welpe immer noch verdammt süß. Seine Pfoten sind viel zu groß für seinen Körper. Und die Ohren auch. Das bringt mich zum Lächeln, und das zählt.«

»Hast du ein Foto?«, erkundigte Clay sich.

Storm griff in seine Tasche und durchsuchte die Fotos auf seinem Handy, bis er auf eins stieß, das Randy zeigte, der auf seinem Hinterteil saß, mit schräg gelegtem Kopf und Schlappohren, die in einem lustigen Winkel abstanden. Er hatte das Maul geöffnet und seine Zunge hing heraus. Ehrlich, der Welpe war entzückender, als es gut für ihn war, denn das machte es verdammt schwer, ihn zu einem Therapiehund auszubilden.

Storm nahm die Luftpolsterfolie aus dem Karton vor sich und runzelte die Stirn, als er ein Foto auf einem Rahmen liegen sah. Es befand sich nicht im Rahmen wie die anderen, sondern war eher planlos in den Karton gelegt worden. Aber nicht das beunruhigte ihn, sondern das nur allzu vertraute Gesicht auf dem Foto. Ein Gesicht, das er seit drei Jahren nicht mehr gesehen hatte. Und es gab Dutzende weiterer Fotos unter diesem. Dutzende Fotos mit dieser Frau und einem Mann, den Storm zu kennen geglaubt hatte – und Kindern, die die beiden umringten.

Storms Kehle wurde trocken, als er zitternd das Foto aus dem Karton nahm und zu verstehen versuchte, was er gerade sah.

Der Mann stand dort und hatte die Arme um eine jüngere Frau geschlungen. Beide lächelten und eine Hand des Mannes ruhte auf dem runden Bauch der Frau. In jeder anderen Situation hätte diese Szene wie ein normales Schwangerschaftsfoto eines einander liebenden Paares gewirkt.

Doch dieses Foto hatte nichts Normales an sich.

Jackson. Das war Jacksons Gesicht. Jacksons Körper. Jacksons Arm um eine schwangere Frau geschlungen, die nicht Everly war. Wer zum Teufel war diese Frau und warum hatte Clay ein Foto von Jackson – oder einem Mann, der exakt so aussah wie sein toter Freund – in einem Karton in seinem neuen Haus?

»Was ist los, Storm? Du siehst aus, als hättest du einen Geist gesehen.«

Er umklammerte das Foto, verbog es und stieß einen Fluch aus, bevor er sich zwang, seine Hand zu lockern. »Ich glaube, das habe ich«, flüsterte er heiser. Er streckte die Hand mit dem Foto in Clays Richtung, sodass dieser es betrachten konnte. »Wer ist das?«

Clay runzelte die Stirn, doch dann verdunkelten sich seine Augen. »Oh, er. Kennst du ihn nicht? Du hast ihn das eine Mal mitgebracht, richtig? Das habe ich vollkommen vergessen. Das war die Dumpfbacke – möge er in Frieden ruhen –, die meine Tante geschwängert und eigentlich nie wirklich bei ihr geblieben ist. Jackson oder so.«

Storms Ohren klingelten, sein Puls raste. »Ich … ich … ich habe ihn mitgebracht?«

Clay fuhr sich mit der Hand durchs Haar. »Ja. Damals fuhrst du zum Camping oder so und wolltest kurz vorbeischauen. Es ist eine Weile her. Meine Tante Rachel war bei meinen Großeltern und lernte Jackson so kennen. Offensichtlich haben sie es miteinander getrieben.« Clay machte ein finsteres Gesicht. »Du hast den Kerl weder noch einmal mitgebracht noch ihn je erwähnt, daher nahm ich an, ihr ständet euch nicht sehr nahe. Und da es mich bereits sauer macht, auch nur an ihn zu denken, habe ich auch nicht darüber geredet. Warum? Stimmt etwas nicht?«

Storm atmete tief ein und aus und versuchte zu verarbeiten, was Clay gesagt hatte. Er versuchte, sich zu erinnern, wann er Jackson nach Fort Collins mitgenommen hatte, doch es fiel ihm nicht ein, bis er an ein langes Wochenende vor ungefähr zehn Jahren dachte. Jackson war zu der Zeit mit Everly zusammen gewesen und Storm hatte sich mit einer Frau namens Susan getroffen. Beide Frauen hatten sie eigentlich begleiten wollen, doch am Ende waren ihnen Vorlesungen oder Arbeit dazwischengekommen, weshalb Jackson und er ein Männerwochenende verbrachten. Storm hatte bei Clay zu Hause einen Halt einlegen wollen, um dessen Geburtstagsgeschenk persönlich zu überreichen. Und da Jackson einer der wenigen war, die wussten, warum sich Storm um Clay kümmerte, hatte er seinen Freund mitgenommen.

Da war eine Frau im Haus gewesen, erinnerte er sich. Clays Großeltern und seine Tante waren da gewesen, um den Geburtstag zu feiern. Rachel, Clays Tante, war ungefähr in Everlys Alter gewesen – jung, hübsch, mit feuerroten Haaren und rauchigen Augen. Storm hatte sich nichts dabei gedacht. Jackson verabredete sich regelmäßig mit Everly und heiratete sie kurz danach.

»Willst du damit sagen, Jackson ist der Vater deiner Cousins?«, fragte er mit leiser Stimme.

Clay runzelte die Stirn. »Wart ihr beiden, du und Jackson, denn dann immer noch Freunde? Ich dachte, nicht, weil du die Kinder niemals erwähnt hast.«

Weil Storm nicht gewusst hatte, dass Jackson außer den Zwillingen noch weitere Kinder hatte. Verdammter Mist. »Beantworte meine Frage«, bellte er.

Clays Augen weiteten sich. »Ich weiß nicht viel, weil ich nicht mit Rachel rede. Sie ist eine Schlampe.« Er zuckte zusammen. »Entschuldige, aber das ist die Wahrheit. Sie ist nicht nett und ist niemals mit meinem Dad klargekommen. Aber ja, sie und Jackson haben sich ab und zu getroffen. Sie haben niemals zusammengelebt, hatten jedoch drei Kinder miteinander. Das jüngste ist drei Jahre alt und wurde eine Woche oder so vor Jacksons Tod geboren.« Er machte eine Pause. »Was ist los, Storm?«

Drei Kinder. Jackson hatte drei Kinder mit dieser anderen Frau. Und während der ganzen Zeit hatte er sich mit Everly getroffen oder war mit ihr verheiratet gewesen. Das jüngste Kind war ebenso alt wie die Zwillinge. Verdammt noch mal. Storm kannte den Mann nicht mehr, den er seinen Freund genannt hatte. Er konnte nicht denken und hatte keine Ahnung, was er tun würde, aber er wusste, solange er neben Clay auf der Couch saß, konnte er überhaupt nichts tun.

»Ich muss gehen.«

Clay erhob sich mit ihm. »Warte mal, Mann. Rede mit mir.«

Storm schüttelte den Kopf und umklammerte das Foto. »Ich kann nicht. Nicht jetzt. Bald werde ich dir alles erklären. Ich muss das hier mitnehmen.« Er hielt das Foto in die Höhe.

Clay winkte ab. »Nimm es. Ich wusste nicht einmal, dass das verdammte Ding in dem Karton war. Bist du überhaupt in der Lage, Auto zu fahren?« Das Gesicht des jüngeren Mannes wurde blass während seiner letzten Worte. Storm fluchte.

Er trat einen Schritt vor und packte Clay an der Schulter. »Ich kann fahren, wirklich. Ich muss einfach los. Ich werde dir bald alles erklären.« Doch zuerst musste er das jemand anderem erklären.

Falls er es konnte.

»Schick mir eine SMS, wenn du zu Hause angekommen bist«, verlangte Clay und Storm nickte, bevor er ging. Ihm blieb eine Stunde Fahrzeit, um darüber nachzudenken, was er tun würde, und er wusste, er würde sogar noch mehr Zeit brauchen.

Auf dem Weg gen Süden hielt er seine Aufmerksamkeit auf die Straße gerichtet, denn er war niemand, der während des Fahrens einfach nachdachte und seine Gedanken wandern ließ – nicht mehr. Während er sich aufs Fahren konzentrierte, konnte er nicht verarbeiten, was er gerade erfahren hatte.

Jackson hatte eine zweite Familie? Das ergab keinen Sinn. Sein Freund war ein guter Mann gewesen. Gelegentlich ein wenig zerstreut, wenn es um Haushaltsangelegenheiten oder das pünktliche Bezahlen von

Rechnungen ging. Doch er war immer so auf seine Studien und Forschungen konzentriert gewesen, dass Storm ihm das verziehen hatte. Everly hatte es ebenso gehalten, erinnerte er sich. Sie hatte sich um das Haus und die Rechnungen gekümmert. Sie hatte die meisten Vorbereitungen für die Zwillinge getroffen, obwohl Storm sich auch daran erinnerte, dass Jackson begeistert – aber auch ein wenig hilflos – gewesen war bei dem Gedanken, Vater zu werden.

Er umklammerte das Lenkrad fester. Aber in Wahrheit sah es so aus, als wäre Jackson bereits dreimal Vater geworden, als er starb und die Zwillinge geboren wurden. Mist. Rachels jüngstes Kind war genauso alt wie Everlys Jungen.

Wie um alles in der Welt hatte Jackson die Energie aufgebracht, sich zwei Familien zu halten?

Er hatte plötzlich einen bitteren Geschmack im Mund, als ihm die Antwort einfiel.

Geschäftsreisen. Jackson hatte zahllose Geschäftsreisen unternommen und obwohl einige davon echt gewesen sein mussten, denn er war auf dem Rückflug von einer Geschäftsreise gestorben, war es offensichtlich, dass er die meisten vorgetäuscht hatte. Er konnte unmöglich so oft die Stadt verlassen und nicht gelegentlich Rachel besucht haben. Die Tatsache, dass er derjenige war, der die beiden miteinander bekannt gemacht hatte, machte ihn körperlich krank. Er hatte nicht gewusst, dass dieses eine Treffen nicht nur sein, sondern auch Everlys Leben für immer verändert hatte.

Schließlich bog er in seine Auffahrt ein. Schweiß glänzte auf seinen Augenbrauen. Er musste es Everly erzählen. Daran ging kein Weg vorbei. Er musste einen Weg finden, es ihr mitzuteilen, ihr das Foto zu zeigen und seinen Anteil an der Geschichte zu erklären.

Und ihre Welt zum Einsturz bringen.

Er konnte sie nicht anlügen und auf keinen Fall konnte er ein so großes Geheimnis vor ihr verbergen, doch er hatte keine Ahnung, wie er die richtigen Worte finden konnte.

Gab es überhaupt richtige Worte für eine solche Sache? Er wusste es nicht. Und seit dem Kuss in ihrer Küche herrschte zwischen ihnen ohnehin eine verlegene Stimmung. Er wusste immer noch nicht, was er deswegen unternehmen würde, aber jetzt schien alles vergebens. Sie würde nichts mehr mit ihm zu tun haben wollen, sobald er ihr erzählt hätte, was er wusste. Der Schmerz, der ihm bei diesem Gedanken die Brust zusammenzog, erzählte ihm mehr über seine Gefühle für Everly, als er sich eingestehen wollte.

Er stellte den Motor ab und wandte den Blick nach rechts. Er runzelte die Stirn, als er sah, dass Wes' Pickup neben seinem parkte. Er hatte sich, ohne auf etwas anderes zu achten, auf das Einparken konzentriert und hatte so die Tatsache übersehen, dass sein Zwillingsbruder sich wahrscheinlich gerade in seinem Haus aufhielt. Genau das, was er überhaupt nicht gebrauchen konnte. Mehr Fragen. Mehr Blicke. Mehr Gründe für Wes, ihn zu hassen, weil Storm sich nicht öffnen konnte.

Doch dieses Geheimnis zu verraten stand ihm nicht zu.

Steif stieg er aus der Fahrerkabine, wobei sein Rücken heftig schmerzte, und schloss die Tür hinter sich, bevor er sich vorsichtig auf den Weg zu seiner Haustür machte. Sobald er sie geöffnet hatte, stieß er einen Seufzer aus.

Wes lag mitten in seinem Wohnzimmer und warf mit hocherhobenen Armen einen Ball in die Luft, sodass Randy um ihn herum tapsen und hochspringen musste, um ihn zu fangen. Das wäre kein Problem gewesen, doch der Welpe sprang immer wieder auf Wes' Bauch und Brust und wahrscheinlich auch auf empfindlichere Körperteile, um nach dem Ball zu schnappen. Das war nicht die Art von Training, die Randy brauchte, und Wes wusste das – zumindest glaubte Storm das. So ergeht es einem, wenn man Geheimnisse hat, man vergisst, was andere Menschen wissen.

»Gibt es einen Grund dafür, dass du dich in meinem Wohnzimmer aufhältst und meinen Hund verrücktspielen lässt?«, fragte Storm, während er seinen Schlüssel in die Schale in der Nähe der Tür warf.

Wes grinste, als Randy ihn am Ohr leckte, und setzte sich mit dem sich windenden Welpen auf dem Arm aufrecht hin. »Ich musste ein paar Sachen mit dir durchgehen und da du nicht hier warst, dachte ich, ich hänge ein bisschen mit meinem Lieblingsmann ab.« Zum offensichtlichen Vergnügen des Welpen kraulte er ihm den Bauch.

»Du hättest anrufen können«, meinte Storm, bevor er sich auf das Sofa setzte. Es kostete ihn alle Kraft, nicht den Schmerz zu zeigen, der seine Wirbelsäule hinunterlief. Zur Hölle, heute Abend brauchte er ein langes Bad. Während der letzten paar Wochen war er schrecklich mit seinem Körper umgegangen.

»Das hätte ich tun können, aber ich wollte dich unbedingt sehen, um zu fragen, ob du später vielleicht mit mir zu Abend essen willst oder so.« Wes stand auf und stellte Randy zu seinen Füßen auf den Boden.

Storm streckte die Hand aus und Randy trottete zu ihm hinüber, bevor er sich auf Storms Kommando auf sein Hinterteil setzte. Er streichelte den Welpen, der dann wieder zu Wes lief, um zu spielen.

»Worüber musst du mit mir reden?«, erkundigte Storm sich und kniff sich in den Nasenrücken. »Ich bin erschöpft. Kann das nicht bis morgen warten?«

Wes stieß den Atem aus. »Was ist los mit dir, Mann? Du wirst in letzter Zeit immer mürrischer und ziehst dich mehr und mehr in deine eigene Welt zurück. Was ist los?«

Storm schüttelte den Kopf. »Nichts«, log er. »Ich bin einfach nur müde, da ich einen langen, anstrengenden Tag hinter mir habe.« Und er brauchte Zeit für sich, um über die Auswirkungen dessen nachzudenken, was er heute erfahren hatte.

»Wir müssen über dieses Projekt reden, da Tabby sich mit Alex Urlaub nimmt und Harper mit Arianna in den Flitterwochen ist. Du musst auf der Baustelle aushelfen. Ich kann das nicht alles allein tun und Tabby braucht diese Auszeit mit Alex, weil sie seit Jahren keinen Urlaub mehr genommen hat.«

Das stimmt allerdings, dachte Storm. Und außerdem hatte sie sich gerade erst mit seinem Bruder Alex verlobt, der durch die Hölle gegangen war. Sie verdienten es, getrennt von den anderen Montgomerys miteinander Zeit zu verbringen. Die Aussicht, dem Büro fernzubleiben und seinen Rücken noch mehr zu belasten, war ihm alles andere als willkommen, aber er konnte niemandem einen Vorwurf daraus machen, eine Auszeit zu brauchen, um das Leben zu genießen. Und Storm besaß ohnehin keine eigene Familie.

»Ich werde sehen, was ich tun kann«, sagte er schließlich.

Wes starrte ihn an. »Das ist alles? *Du wirst sehen, was du tun kannst?* Erst stellst du deine Freundin ein und jetzt drückst du dich? Ich dachte, wir wären Partner, Storm, aber du hast Geheimnisse. Wir sind Zwillingsbrüder, erinnerst du dich? Das weiß ich genau. Aber offensichtlich bin ich dir nicht gut genug, um mir zu vertrauen. Sorg nur dafür, dass du unser Geschäft und unsere Familie nicht zerstörst, während du herausfindest, was mit dir nicht stimmt.«

Die Augen seines Zwillingsbruders waren voller Schmerz und Storm sehnte sich verzweifelt danach, ihm alles zu erzählen. Doch das hatte er sich zwanzig Jahre lang aus Scham verboten und heute Abend konnte er es auch nicht. Nicht nach dem, was er gerade entdeckt hatte.

Wes presste angesichts Storms Schweigen die Lippen aufeinander, bevor er lange den Atem ausstieß. »Ich wünschte, du würdest es mir erzählen, Storm. Ich bin immer noch dein Zwillingsbruder.« Und damit verließ sein Bruder das Haus und ließ Storm allein mit seinen Gedanken und seinen Dämonen zurück.

Er vermasselte alles und doch wusste Storm, dass ihm das Schlimmste noch bevorstand.

So war es immer.

Kapitel Neun

EVERLY strich mit der Hand über Nathans Haar und beugte sich zu ihm hinunter, um ihn auf die Stirn zu küssen. Das Gleiche hatte sie bereits bei James getan, obwohl sie wegen seiner Verbände behutsam mit ihm umgehen musste. Dies war nach der Operation der erste Tag, an dem sie zu Hause in ihren Betten lagen, und es war Zeit für ein Nickerchen. James brauchte während seiner Genesung mehr Ruhe als gewöhnlich und Nathan hatte sich ihm aus Solidarität angeschlossen. Ihre Jungs brachen ihr das Herz und niemals hatte sie sie mehr geliebt als im Augenblick.

Als das Telefon in ihrer Tasche summte, runzelte sie die Stirn, denn sie wunderte sich, wer das sein konnte. Sie blickte auf den Bildschirm, nur um ein *Unbekannt* zu lesen. Normalerweise hätte sie die Mailbox anspringen lassen, aber da sie auf Anrufe sowohl ihrer Versicherungsgesellschaft als auch der Behörden wartete, nahm sie den Anruf eilig entgegen, sobald sie außer Hörweite der Jungen war.

»Hallo?«

Niemand antwortete.

»Hallo?«, wiederholte sie.

Es gab einen Moment der Stille, bevor die Verbindung beendet wurde. Sie runzelte die Stirn.

Das war merkwürdig. Seufzend schob sie das Handy zurück in die Tasche und nahm ihre Arbeit wieder auf. Sie hatte eine Liste von der Länge ihres Armes abzuarbeiten und ihr fehlte die Energie dazu.

Ihr Rücken schmerzte und während der letzten Tage hatte sie jede Nacht nur ein paar Stunden geschlafen, aber leider war es ihr nicht vergönnt, sich den schlafenden Kindern anzuschließen. Wegen des Aufenthalts mit ihren Kindern im Krankenhaus hinkte sie mit der Hausarbeit und mit anderen Pflichten auf ihrer Aufgabenliste hinterher. Ganz zu schweigen von der Tatsache, dass James' Hörtests und seine Therapie schon bald beginnen würden, und sie musste die ganze Familie darauf vorbereiten. Außerdem nahmen sie als Familie Unterricht in Zeichensprache, denn obwohl James dank des Implantats wieder auf beiden Ohren hören konnte, wollte sie die Ausbildung abrunden und sie mit einer weiteren Fähigkeit ausstatten, mit der Welt zu kommunizieren.

Sicher, sie musste sich auch noch mit dem Papierkram und dem Feuerwehrhauptmann bezüglich ihres Eigentums auseinandersetzen, da sie ihr immer noch nicht erlaubt hatten, hineinzugehen und den Schaden zu begutachten. Diese schwarze Wolke hing drohend über ihrem Heim und sie wusste, es würde sie vielleicht zerbrechen, wenn sie ihren Sorgen nachgeben würde.

Sie presste sich eine Hand auf den Bauch, der bei dem Gedanken an alles, was sie verloren hatte, zu rumoren begann. Sie hatte die Fassade von Beneath the Cover gesehen und wusste, da war nicht viel – wenn überhaupt etwas – zu retten. Sie hatte Jahre gebraucht, um den Laden zu einem zweiten Heim für sich zu machen, zu einem Zufluchtsort für jene, die sich nach Büchern und neuen Welten sehnten, und nun war alles verloren. Sie hatte keine Ahnung, wer ihren Laden niedergebrannt haben mochte, wer sie so sehr hasste, um das zu tun. Und wenn es diesen Brief an Jackson nicht gegeben hätte, den sie in der Post gefunden hatte, so hätte sie es für zufälligen Vandalismus gehalten. Aber jetzt war sie sich dessen nicht mehr so sicher.

Als jemand an die Haustür klopfte, zuckte sie zusammen und blickte auf ihre schlafenden Babys hinunter. Sie seufzte erleichtert auf, dass sie nicht aufgewacht waren. Sie eilte zur Tür, um sie zu öffnen, damit der Besucher, wer auch immer es sein mochte, nicht auf die Idee käme, die Türklingel zu bedienen und so die Kinder aufzuwecken.

Sie spähte durch den Spion. Nervosität ergriff Besitz von ihr, als sie die Tür öffnete. »Storm«, sagte sie leise. »Ich wusste nicht, dass du vorbeikommen würdest.«

Er hatte die Hände in die Taschen gesteckt und ein Stirnrunzeln auf dem Gesicht. Das war nichts vollkommen Neues an seiner Haltung, da er in ihrer Nähe stets die Stirn runzelte – oder überhaupt keine Emotionen zeigte. Seit Jacksons Tod waren die Tage selten geworden, an denen er ihr ein Lächeln schenkte.

Sie stieß zitternd den Atem aus und ärgerte sich, dass sie in diesem Moment an Jackson dachte.

Hatte sie den Mann nicht geküsst, der da vor ihr stand, und nun dachte sie an nichts anderes als an ihren Mann? Storm war Jacksons bester Freund gewesen und doch konnte sie nicht aufhören, sich jenen Kuss auszumalen … und sich zu fragen, was Storm mit seinem Mund außerdem noch tun konnte.

Und jetzt genug davon!

»Darf ich hereinkommen?«, fragte er mit diesem tiefen Knurren, das sie immer so geliebt hatte, obwohl sie es nicht zugegeben hätte.

Sie trat zurück und er machte ein paar Schritte ins Innere des Hauses, sodass sie die Tür hinter ihm schließen konnte. »Was ist los?«, fragte sie. Es musste etwas geschehen sein. Für einen kurzen Augenblick fragte sie sich, ob er ihres Kusses wegen kam, doch aus irgendeinem Grund wusste sie, dass es sich um etwas anderes handeln musste.

»Ich muss dir etwas erzählen«, sagte er leise, während er angestrengt ihr Gesicht musterte. »Und es wird dir nicht gefallen.«

Sie stieß die Luft aus. »Nun, auch wenn es mir nicht gefallen wird, kannst du es mir erzählen, da ich mich gerade um die Wäsche kümmere und mir das ebenso wenig gefällt. Da können wir gleich zwei Fliegen mit einer Klappe schlagen.«

Storm streckte die Hand nach ihr aus, doch dann besann er sich offensichtlich eines Besseren und ließ sie wieder fallen. Sie versuchte, sich davon nicht verletzen zu lassen. »Ich werde dir helfen«, bot er leise an.

»Wenn du das tun willst.« Sie hielt ihn hin und beide wussten es. Sie hatte keine Ahnung, was er ihr erzählen würde, doch sie wollte es nicht hören. Doch sie war erwachsen, also würde sie ihm zuhören, auch wenn sie dabei ihre Hände beschäftigen musste, da sie in letzter Zeit in seiner Nähe so nervös war. »Die Jungs schlafen, daher müssen wir leise sein.«

Er nickte, als er neben ihr herging. »Ich konnte mir vorstellen, dass sie nach der langen Woche müde sind. Daher habe ich an die Haustür geklopft anstatt zu klingeln.«

Nicht jeder war so aufmerksam und rücksichtsvoll und das zeigte ihr, dass Storm viel mehr Charakterzüge besaß, als andere im täglichen Leben sehen konnten. »Danke.«

Sie machte sich daran, die nassen Kleidungsstücke aus der Waschmaschine zu holen, um dann einige davon in den Trockner zu geben und den größten Teil ihrer Kleider auf die Wäscheleine zu hängen. Storm half schweigend. Er legte die Kleidung der Jungen in den Trockner, da sie meist aus Baumwolle bestand und die Hitze vertragen konnte. Ihre Kleider hätten sich aufgelöst, da heute offenbar niemand stabile Frauenkleidung herstellen konnte, die gut aussah. Und jetzt dachte sie an Kleidung und Trocknereinstellungen anstatt an das, was Storm ihr erzählen würde. Sie hatte eine ganz neue Ebene erreicht, den Kopf in den Sand zu stecken.

»Nun sag schon, Storm. Lass es einfach raus. Es bekümmert dich offensichtlich.« Sie machte eine Pause. »Geht es um den Kuss?«, plapperte sie los, nur um es umgehend zu bereuen. »Ich meine, egal. Vergiss, was ich gesagt habe.« Sie schaltete den Trockner ein und wollte gerade neue Wäsche in die Waschmaschine geben, als Storm sie leicht am Handgelenk ergriff und sie festhielt. Sie ließ sich von ihm herumdrehen, sodass sie ihn anblickte, den Rücken dem laufenden Trockner zugewandt und ihre Vorderseite der seinen so nahe.

»Es geht nicht um den Kuss«, sagte er leise. »Ich bereue ihn nicht.« Er stieß den Atem aus und sie presste die Lippen aufeinander. Sie wusste nicht, wohin seine Worte führten. »Ich habe dir etwas zu sagen und du wirst mich danach vielleicht hassen, aber du musst es wissen.«

Sie runzelte die Stirn. »Was um alles in der Welt könnte mich dazu bringen, dich zu hassen?«

Er zog sich unmerklich zurück und griff in die Tasche, um ein Foto hervorzuziehen. Sie erstarrte, denn sie wusste instinktiv, dass sie nicht sehen wollte, was auch immer auf dem Foto zu sehen sein mochte.

»Ich habe einen Freund besucht«, begann er. »Ich habe ihm beim Umzug in sein neues Haus geholfen. Und als ich einen Karton auspackte, fand ich dies.« Er reichte ihr das Foto mit der Vorderseite nach unten, doch sie weigerte sich, es entgegenzunehmen.

»Was ist es?«, fragte sie mit hohler Stimme. Etwas stimmte nicht, etwas, das sie nicht benennen konnte.

Er drehte das Foto herum und als sie darauf hinabblickte, brach ihre Welt in tausend Stücke. »Clay, mein Bekannter, ist der Neffe der Frau. Offensichtlich ist Jackson jahrelang mit ihr zusammen gewesen.« Seine Stimme brach. »Sie haben drei Kinder, Ev. Drei Kinder, verdammt noch mal, und ich habe es nicht gewusst.«

Sie schluckte heftig und ihre Augen füllten sich mit Tränen, doch anstatt zu zerbrechen, anstatt Trauer zu empfinden, verspürte sie nur Wut. »Warum zeigst du mir das? Das ist er nicht.« Sie weigerte sich, das Foto noch einmal zu betrachten, und schob seine Hand fort. »Es ist jemand, der ihm ähnlich sieht, oder wer auch immer. Mein Ehemann hätte mich nicht betrogen. Er liebte mich. Er ist der Vater meiner, nicht ihrer Kinder. Ich weiß nicht, welche Lügen jemand dir erzählt hat, aber du wirst nicht hier hereinmarschieren und sie an mich weitergeben. Jackson hat mir gehört.« Doch noch während sie dies sagte, beschlich der Zweifel sie. Er hatte stets mit Kellnerinnen oder anderen Frauen in ihrer Umgebung geflirtet, aber so subtil, dass es sich eher wie Freundlichkeit als Flirten angefühlt hatte. Und er war so oft auf Geschäftsreise gewesen, war sogar während einer gestorben …

Aber nein. Das konnte nicht wahr sein. Ihr Ehemann hatte keine andere Familie.

»Ev …«

»Nein. Sprich nicht. Sag nichts mehr. Was immer dir dieser Clay auch erzählt haben mag, ist eine Lüge. Muss es sein. Jackson war nicht so. Er war ein guter Mann. Ein wunderbarer Mann. Er ist tot, Storm. Nichts wird ihn zurückbringen, und die Erinnerung an ihn zu beschmutzen macht alles nur noch schlimmer.«

Mit zitternden Händen drückte Everly gegen Storms Brust; sie brauchte Luft. Er taumelte zurück, Schmerz in den Augen. Für einen Augenblick glaubte sie, der Grund wäre das, was sie gerade gesagt hatte, doch das war physischer Schmerz.

»Was ist los?«, fragte sie. »Habe ich dir wehgetan?«

Er biss die Zähne zusammen. »Es geht mir gut.«

Er klang aber nicht so. Daher hob sie sein Hemd an und ließ ihre Hände über die angespannten Muskeln auf seiner Seite und dem Rücken gleiten. Unter ihren Fingerspitzen spürte sie verblasste Narben; Narben, die sie noch nie zuvor bemerkt hatte, da er die Angewohnheit hatte, seinen Rücken vor ihr zu verbergen. Sie runzelte die Stirn. »Was hast du mit deinem Rücken gemacht? Oh mein Gott, habe ich dich verletzt?«

Sie fuhr mit den Händen an seinen Seiten hoch und wieder hinunter und er spannte sich an. Als sie aufblickte, erstarrte sie, denn die Hitze in seinen Augen sagte ihr, was sie ihm bedeutete.

Langsam glitt er mit einer Hand über ihre Wange und streichelte mit dem Daumen ihre Haut – oh, so zärtlich. Die raue Stelle an seinem Daumen, die er sich beim Halten des Bleistifts bei der Arbeit zugezogen hatte, rieb genau richtig über ihre Haut. Zu richtig. »Du hast mich nicht verletzt, Ev.«

Sie schluckte heftig. Ihre Gedanken stoben in tausend verschiedene Richtungen und doch endete jeder damit, dass sie in seinen Armen lag, mit seinem Körper so nahe an ihrem, dass sie durch ihre dünne Bluse hindurch die Hitze seines Körpers spüren konnte.

Sie musste sich daran erinnern, was er gerade gesagt hatte, erinnern, dass ihre Kinder auf der anderen Seite des Hauses schliefen und dass gerade ihr Geschäft abgebrannt war, doch sie tat es nicht. Stattdessen schob sie nur dieses eine Mal all diese Gedanken beiseite und beschloss, etwas für sich selbst zu tun.

»Küss mich«, flüsterte sie. »Ich habe das Bedürfnis nach einem Kuss von dir.« Bedürfnis. Solch ein kleines Wort für eine so große Sache. Sie gestand sich niemals Bedürfnisse zu, nicht mehr. Es war immer nur um andere gegangen – was sie keineswegs bereute. Doch in diesem Augenblick, in ihrem Wäschezimmer, und unter dem Gewicht, das die Welt ihr auf die Schultern lud, sodass sie kaum atmen konnte, wollte sie an nichts denken.

Nur an sich selbst. An Storm. An sie beide.

Er bewegte die Hand, um sie ihr um den Nacken zu legen, wobei er sehr sanft an ihrem Haar zog. Ihre Lippen teilten sich und er senkte den Kopf. »Ich sollte das nicht tun.«

Sie drückte den Rücken durch. »Tu es trotzdem.« Sie musste vergessen, musste sich selbst vergessen. Später würde sie es vielleicht bereuen, aber in diesem Moment musste sie nur im Jetzt leben, in seinen Armen sein, mit ihm zusammen sein.

An der Art, wie Storm sie anblickte, erkannte sie, dass sie nicht allein so dachte. Dann neigte er den Kopf und küsste sie tatsächlich. Ihre Münder vereinigten sich in einem Gemisch aus Verlangen und Stöhnen. Er umklammerte ihr Haar fester, während er mit der anderen Hand über ihre Seite fuhr. Sie streichelte seinen Rücken; die Furchen der Narben waren so seicht, dass sie sie nicht wahrgenommen hätte, wäre sie sich nicht so leidenschaftlich bewusst gewesen, wie sich seine Haut anfühlte. Sie hätte gern gewusst, was geschehen war, und seine Geheimnisse erfahren, aber sie fragte nicht. Dies war nicht der Zeitpunkt, um Geheimnisse zu lüften, jetzt gab es nichts außer ihrem Verlangen, ihren Lippen und ihren Händen. Um alles andere würde sie sich später sorgen.

Er schob sie einen Schritt rückwärts, bis ihr Rücken am Trockner ruhte. Die Hitze und die Drehbewegungen sandten Schockwellen durch ihren Körper. Sie hatte noch niemals so geküsst, noch niemals in ihrem Wäschezimmer herumgeknutscht, während die Vibrationen wunderbare Dinge mit ihrem Körper anstellten. Jackson hatte stets dafür gesorgt, dass sie einander im Bett liebten, mit ausgeschaltetem Licht, um einander sanft »erkunden« zu können. Vor ihm hatte sie nur mit einem anderen Mann geschlafen, und das war nie sehr weit gegangen. Sie hatte mit ihrem ersten Freund niemals einen Orgasmus bekommen und mit Jackson selten. Sie brauchte einfach ewig lange, um in diesen geistigen Zustand zu gelangen, und wenn sie schließlich dort anlangte, war ihr Partner bereits befriedigt. Sie wusste, sie war nicht die einzige Frau auf der Welt mit diesem Problem, also spielte es keine allzu große Rolle.

Und so wie Storm seinen harten, erigierten Schaft gegen ihren Bauch drückte, hatte sie das Gefühl, wieder den Kürzeren zu ziehen, wenn sie nicht mit ihm käme. Wie auch immer, so etwas wie einen magischen Penis gab es nicht und sie wusste, es brauchte mehr als diesen wunderschönen, langen Schwanz, um sie zu befriedigen.

Storm zog wieder an ihren Haaren, diesmal lehnte er sich jedoch ein wenig zurück, sodass er ihr in die Augen blicken konnte. »Ich habe gerade die Verbindung zu dir verloren«, sagte er knurrend. »Bereust du es schon?«

Sie schüttelte den Kopf. »Meine Gedanken sind abgeschweift.« Das war ihr Problem im Bett. Sie dachte immer wieder so sehr daran, was sie verpasste oder vergaß, sodass sie den Augenblick nicht genießen konnte. Niemand trug die Schuld daran, es war eben die Art, wie sie gestrickt war.

Er legte den Kopf schräg. »Dann erledige ich meinen Job nicht gut.« Er legte ihr die Hände um die Taille. Sie riss die Augen auf. »Du musst mir helfen und dich hochdrücken, Ev. Wie du gesehen hasst, ist mein Rücken nicht mehr der alte.« Er neigte den Kopf und gab ihr einen schnellen Kuss. »Keine Fragen. Nicht jetzt. Ich glaube, keiner von uns beiden will sich jetzt mit Fragen beschäftigen.«

Da sie ihm in dieser Hinsicht zustimmte, fragte sie nicht nach seinem Rücken. Stattdessen stützte sie sich mit den Händen hinter sich auf dem Trockner ab und sprang mit seiner Hilfe in die Höhe, sodass sie sitzend auf dem laufenden Gerät landete. Die Hitze und die Vibrationen fuhren ihr geradewegs in die Klitoris. Sie keuchte und überraschte sich selbst damit.

Da grinste Storm, was ihn noch besser aussehen ließ. Sie hätte lügen müssen, um zu behaupten, sie hätte nicht bemerkt, wie attraktiv er war. Der Mann sah besser aus, als gut für ihn war, doch niemals, nicht in ihren wildesten Träumen, hatte sie sich vorgestellt, die Beine um ihn zu schlingen, während sie auf einem Wäschetrockner saß.

»Fühlst du dich gut?«, fragte er, während er sich an sie presste.

Sie verdrehte die Augen und klammerte sich fester an ihn. »Oh ja.«

Er knabberte an ihrem Kinn, bevor er sie erneut küsste, dieses Mal ein wenig fester und ein wenig länger. »Sag es mir, wenn ich aufhören soll«, flüsterte er ihr ins Ohr, bevor er in ihr Ohrläppchen biss. Das sandte ihr Schauer über den Körper und sie presste ihre Brüste gegen seinen Oberkörper.

»Hör nicht auf.« Das war verrückt. Sie wusste es. Er wusste es. Und doch hörte keiner von ihnen auf. Sie konnte ehrlich nicht glauben, dass sie das hier tat. Und doch, sobald er mit der Hand ihren Bauch hinunterfuhr und sie unter ihre Leggings gleiten ließ, drückte sie den Rücken durch und alle Gedanken daran, was sie nicht tun sollten, verschwanden in einem einzigen Augenblick aus ihrem Kopf.

Er strich mit seiner rauen Daumenkuppe über ihr Höschen und bewies ihnen beiden, wie feucht sie war. Sie musste den Rücken leicht wölben, sodass er mit der Hand unter die feuchte Baumwolle gleiten konnte, um ihre Hitze zu erreichen. Ihre Blicke trafen sich, während er sich mit den Fingern durch ihre Falten hindurch und hoch zu ihrer Klitoris arbeitete.

Sie schauderte und biss sich auf die Lippe, als er begann, seine Hand zu bewegen, und sie näher und immer näher an den Höhepunkt heranbrachte. Sie sagten nichts und sie war froh darüber, denn sie war sich nicht sicher, ob sie überhaupt in der Lage dazu gewesen wäre. Er ließ seine Finger in sie hineingleiten und ihr Körper bebte. Es war so viel Zeit vergangen, seitdem sie mit jemandem zusammen gewesen war, dass sie zu keuchen begann und ihr Körper sich um ihn herum verkrampfte. Sie benutzte in letzter Zeit auch keinen Vibrator, denn normalerweise kam sie ohne Stimulation der Klitoris nicht zum Orgasmus.

Er fuhr fort, sie zu erregen, während sie auf dem Trockner saß und die Vibrationen unter ihrem Hintern sie dem Höhepunkt immer näher brachten. Doch sogar jetzt zog sie sich gedanklich zurück, ohne es zu wollen. Ihre Gedanken schweiften zu dem, was vielleicht geschehen würde, anstatt bei dem zu bleiben, was im Hier und Jetzt geschah. So endete es immer mit ihr im Bett und sie hasste es. Wenn sie sich doch nur konzentrieren könnte, wäre sie vielleicht in der Lage, einen Orgasmus zu bekommen.

In diesem Augenblick schob Storm mit der freien Hand ihre Bluse hoch und legte ihren BH frei. Er küsste sie auf die Spitze und hinterließ feuchte Spuren, als er zu der anderen Brust wechselte. Sie legte den Kopf zurück, während sich ihr Körper an dem Trockner und der Macht seiner Berührung erwärmte.

»Mehr Finger, Ev?«, knurrte er. »Oder willst du meine Finger an deiner Klitoris und auf deinen Brüsten haben?«

Sie blinzelte zu ihm auf, am ganzen Körper zitternd. »Hä?«, fragte sie, denn ihr Verstand vernebelte sich.

»Du kommst immer wieder dem Orgasmus nahe und holst dich immer wieder zurück. Sag mir, was dir gefällt, und ich werde dafür sorgen, dass du zum Höhepunkt kommst. Ich kann zwar deinen Körper lesen, aber es gibt nichts Besseres, als wenn ich deine Worte höre.

Du kennst dich doch selbst am besten. Sag mir, was du tust, um dich selbst zu befriedigen.«

Das hatte noch niemand sie gefragt. Zur Hölle, sie war sich ziemlich sicher, dass sie sich die Frage auch noch nie selbst gestellt hatte. »Äh, ich komme normalerweise bei einer Penetration nicht.«

Obwohl seine Finger sich in diesem Moment in ihr befanden, errötete sie. Es hatte etwas weitaus Intimeres an sich, darüber zu reden, wie er ihr Lust bereiten konnte, als wenn er es tatsächlich tat.

»Normalerweise.« Er nickte. »Okay. Daran können wir arbeiten.« Er langte um sie herum und änderte das Programm des Trockners, bevor er auf sie hinabgrinste. »Wir werden den schnelleren Trocknergang ausprobieren.«

Sie lächelte, stöhnte aber auf, als die Vibrationen unter ihr zunahmen und sie sich auf seiner Hand reitend wiederfand. Er küsste sie immer wieder auf den Mund, den Hals und die Brüste, während seine Finger ihr magisches Werk an ihrer Klitoris vollbrachten. Und wieder einmal fand sie sich am Rande des Orgasmus wieder, doch bevor sie noch darüber nachdenken konnte, drückte er fest auf ihre Klitoris, kniff gleichzeitig in einen ihrer Nippel und küsste sie.

Sie kam keuchend, am ganzen Körper bebend. Ihre Hüften wölbten sich über seiner Hand und dem heißen Trockner. Er küsste sie immer wieder und schluckte ihr Stöhnen, als sie aus dem siebenten Himmel herabschwebte. Als der Ritt auf dem Trockner beendet war, lehnte sie sich zurück. Ihr Körper fühlte sich heiß und schwer an. Er zog seine Hand aus ihrem Höschen, blickte ihr tief in die Augen und leckte jeden einzelnen seiner Finger ab. Langsam.

Beinahe wäre sie wieder gekommen.

»Ich ... ich bin noch niemals so schnell zum Orgasmus gekommen. Niemals. Denn ich komme nicht so oft zum Höhepunkt, als dass ich wissen könnte, ob ich es richtig mache, und ...« Sie schloss hastig den Mund, denn es war ihr peinlich, dass sie so ehrlich gewesen war.

Storms Blick wurde weich und er beugte sich hinab, um ihre Lippen in einem sanften, trägen Kuss zu nehmen. »Du bist wunderschön, wenn du kommst«, sagte er mit rauer Stimme. »Und ich werde dir noch öfter dabei zusehen.«

Sie leckte sich die Lippen und blickte auf die Beule hinter seinem Reißverschluss hinunter. »Und was ist mit dir?«

»Was soll schon mit mir sein?«, neckte er sie und der Schalk tanzte in seinen Augen.

Doch bevor sie zwischen ihre Körper langen konnte, klingelte es an der Haustür und die Realität hielt wieder Einzug. Sie seufzte und er stieß einen Fluch aus.

»Beim nächsten Mal«, sagte er eilig. Sie erstarrte. Würde es ein nächstes Mal geben? Verdammt. Sie konnte jetzt nicht daran denken. Alles, woran sie versucht hatte, nicht zu denken, während sie in Storms Armen lag, stürzte auf sie ein und ihr wurde kalt. »Mist.« Er half ihr, die Kleider zu richten. Dann glitt sie vom Trockner herunter.

Als es wieder an der Tür klingelte, stieß diesmal sie einen Fluch aus. »Verdammt. Ich komme.« Sie errötete angesichts der Doppelbedeutung, schob sich jedoch an Storm vorbei. »Kannst du nachsehen, ob die Jungs immer noch schlafen?«, fragte sie. »Ich gehe zur Tür.«

Storm nickte und begab sich ohne ein weiteres Wort in den hinteren Teil des Hauses. Sie konnte ihn immer noch in sich spüren. Die Erinnerung hallte so stark in ihr wider, dass sie wusste, sie würde niemals ganz verblassen. Aber im Augenblick hatte sie keine Ahnung, was sie tun würden, denn im Leben ging es nicht nur darum, sich einen Moment lang gut zu fühlen, es ging um so viel mehr und sie schleppten mehr Gepäck mit sich herum als die meisten anderen – und sie kannte nicht einmal all seine Geheimnisse.

Sie schob diese Gedanken beiseite, als sie die Tür öffnete. Davor stand eine vertraute, rothaarige, weibliche Gestalt.

Eine Frau, die Everly gerade erst auf einem Foto gesehen und geschworen hatte, dass es nicht wahr sein konnte.

Es *durfte* nicht wahr sein.

Die Frau reckte das Kinn in die Höhe. »Ich habe gehört, Clay hat die Katze aus dem Sack gelassen. Ich denke, es ist an der Zeit, dass wir miteinander reden.«

Everly blinzelte und wunderte sich, warum sich alles so langsam zu bewegen schien, als könnte sie keinen zusammenhängenden Gedanken bilden. Dies war die Frau, die offensichtlich mit ihrem Ehemann zusammen gewesen war und drei Kinder mit ihm hatte.

Das kann sie nicht sein, dachte sie.

Das war alles nur ein Traum.

Ein Albtraum.

Denn obwohl Everly fast alles verloren hatte, was ihr lieb war, konnte das nicht ihr Leben sein. So schlimm konnte es einfach nicht sein.

Und doch wusste sie, es konnte nicht nur so sein. Es war so schlimm.

Kapitel Zehn

STORM HÖRTE EINE WEIBLICHE STIMME, die einer fernen Erinnerung anzugehören schien, als er das Zimmer der Jungen verließ. Sie waren von der stressigen Woche immer noch geschafft und waren dankbarerweise weder während des Zwischenspiels im Wäschezimmer noch von der Türklingel aufgewacht. Basierend auf seiner Vermutung, wem die Stimme gehörte, wusste er jedoch, dass das Schlimmste noch bevorstand.

»Wir können diese Unterhaltung auf Ihrer Veranda führen, sodass Ihre Nachbarn sie mithören können, oder ich komme herein und wir können über diese Sache wie Erwachsene reden.«

Storm eilte mit zur Faust geballten Händen zur Vorderfront des Hauses. Er konnte nicht glauben, dass Rachel die Nerven besaß, nach all der Zeit bei Everly aufzutauchen. Denn genau die musste diese Frau sein. Sobald er sie auf der Türschwelle stehen sah, erkannte er sie. Er hatte keine Ahnung, was sie hier wollte, aber er wusste, daraus konnte nichts Gutes entstehen. Zur

Hölle, er roch immer noch nach Everly und sein Schwanz schmerzte wie verrückt. Und doch verschwand all das und die Fragen, die ihm nach dem Trocknererlebnis durch den Kopf gewirbelt waren, sobald er die Rothaarige an der Tür erblickte.

Mist.

Er ging geradewegs zu Everly und legte ihr eine Hand auf die Schulter, um ihr zu zeigen, dass sie nicht allein war. An der Art, wie Rachel mit schmalen Augen auf seine Hand blickte, erkannte er, dass er vielleicht einen Fehler begangen hatte, aber das war ihm gleichgültig. Everly brauchte ihn jetzt, auch wenn sie das nicht zugegeben hätte.

Rachel lächelte und ihre Augen weiteten sich. »Oh, Storm. Du bist hier. Du kannst mir helfen, Everly zu erklären, was geschah.«

Everly versteifte sich und er biss die Zähne zusammen. »Ich weiß nicht, was du von mir hören willst, Rachel. Ich habe es erst gestern erfahren und bin heute Morgen gleich hierhergekommen.«

»Sie können hereinkommen«, sagte Everly ruhig, doch er wusste, dass sie alles andere als ruhig war. »Aber nur, weil ich die Unsicherheit leid bin. Und Sie werden gehen, wenn ich es sage. Haben Sie verstanden?«

Rachel warf Everly ein trauriges Lächeln zu und nickte. »Sicher. Dies muss eine Herausforderung für Sie sein.«

Storm war bereit, diese Frau auf der Stelle hinauszuwerfen, aber Everly trat zurück und schob auch ihn ein Stück nach hinten. Rachel trat mit hocherhobenem Kinn ein und musterte das Haus. Mein Gott, an dieser

Frau konnte man sich die Zähne ausbeißen, falls alles, was Clay gesagt hatte, der Wahrheit entsprach. Doch wenn Everly Antworten brauchte, würden sie sie bekommen. Und Storm würde alles in seiner Macht Stehende tun, um Ev und die Zwillinge zu beschützen.

Sie nahmen im Wohnzimmer Platz, Rachel auf dem Stuhl mit der hohen Rückenlehne, Everly auf der einen Seite des Sofas und er auf der anderen. Er gab Everly nur Raum, weil sie das zu brauchen schien. Er würde näher an sie heranrutschen, wenn es so aussah, als bräuchte sie ihn. Er wusste nicht, wie das Gespräch verlaufen würde, aber er vermutete, wahrscheinlich nicht gut.

Rachel öffnete den Mund, um zu sprechen, doch Everly hob eine Hand. Sie war so ungerührt, so wahnsinnig steif, dass er befürchtete, sie könnte zusammenbrechen. Andere mochten vielleicht nicht sehen, dass unter ihrem vereisten Äußeren Gefühle strömten, aber er konnte sich nicht vorstellen, wie man das übersehen konnte.

»Bevor Sie mit Ihrer fantastischen Geschichte beginnen, werde ich Ihnen erzählen, was ich weiß, und Sie werden nicken oder den Kopf schütteln und mir so zeigen, was richtig und was falsch ist.« Rachels Augen wurden schmal, doch dankbarerweise schwieg sie. »Ich bin mir sicher, falls dies ein Missverständnis ist, können wir zuversichtlich in die Zukunft blicken, aber angesichts der Art, wie Sie mit einem Lächeln anstatt mit Furcht hier hereinmarschiert sind, habe ich das Gefühl, Sie werden ziemlich schnell wieder durch die Tür hinausmarschieren.«

»Sie glauben, alles zu wissen?«, spie Rachel hervor. »Sie wissen nichts.«

Er musste all seine Beherrschung aufbringen, sich nicht einzumischen, aber Everly brauchte ihn nicht, um die Kontrolle über die Situation zu übernehmen. Sie hatte sie fest in der Hand und würde tun, was sie tun musste. Falls sie ihn brauchte, war er da. Im Augenblick war er lediglich ihre sichtbare Unterstützung.

»Ich sagte, Sie können nicken oder den Kopf schütteln. Ich habe Ihnen nicht erlaubt zu sprechen. Sie befinden sich in meinem Haus. Ein Haus, das ich mit meinem Ehemann bewohnt habe. Ein Mann, den wir uns, wie ich befürchte, geteilt haben.«

Storm hätte beinahe Everlys Hand ergriffen, konnte sich jedoch rechtzeitig zurückhalten.

»Ich höre, Sie hatten eine Affäre mit meinem Mann, vielleicht sogar bereits, als Jackson und ich gerade erst begannen, uns zu verabreden. Ist das korrekt?«

Rachel starrte sie an, nickte jedoch.

Everlys zu Fäusten geballte Hände spannten sich auf ihrem Schoß noch mehr an, der einzige sichtbare Beweis, dass sie innerlich zerbrach. Er wollte das aufhalten. Wollte Rachel hinauswerfen. Wollte die Zeit zurückdrehen und Jackson in den Hintern treten. Doch er konnte nichts tun, außer zuzusehen, wie Everly die Sache in die Hand nahm und den einzig möglichen Weg fand, die Kontrolle zu behalten. Das wollte er ihr auf keinen Fall nehmen.

»Sie haben jahrelang mit meinem mir angetrauten Ehemann, Jackson Law, geschlafen.«

Rachel nickte.

»Wie viele Jahre? Und ja, für diese Antwort dürfen Sie sprechen.«

Storm wusste nicht, warum Rachel Everly erlaubte, das Gespräch zu kontrollieren, aber er hatte das Gefühl, sie sah das, was er sah: Everly meinte es ernst.

»Zehn Jahre«, stieß Everly hervor. »Wir waren zehn Jahre lang zusammen. Er liebte mich. Er hat ein Leben mit mir geführt. Ich habe verstanden, dass er Sie aus dem einen oder anderen Grund heiraten musste, aber er hat zehn Jahre lang mir gehört.«

Mein Gott. Storm kannte den zeitlichen Rahmen, da er selbst Jackson nach Fort Collins mitgenommen hatte, aber es von Rachels Lippen zu hören, ließ es viel realer werden. Was zum Teufel hatte Jackson sich gedacht? Und wie hatten sie alle so blind sein können und nicht gesehen, was der Mann tat?

»Zehn Jahre«, wiederholte Everly. Sie machte eine Pause und wieder einmal zwang Storm sich, sich Everly nicht zu nähern. Wenn er sie vor Rachels Augen getröstet hätte, würde sie ihn nur noch mehr zurückweisen. »Und Sie haben Kinder?« Das letzte Wort war ein Flüstern und er wusste, sie drohte zusammenzubrechen.

Rachel nickte. »Drei. Jackson ist neun Jahre alt. Holden ist sieben. Und Mariah ist drei.«

Jackson. Sie hatten ihren Sohn *Jackson* genannt, verdammt noch mal. Storms Hände zitterten und er versuchte, sich zu erinnern, ob der Mann, den er seinen Freund genannt hatte, zu irgendeinem Zeitpunkt einen Fehler gemacht hatte. Hatte Storm sich wirklich so sehr in seinem eigenen Kopf verloren, dass ihm all die Lügen entgangen waren? Dass ihm die Tatsache entgangen war, dass Jackson ein schrecklicher Mensch gewesen war, der Everly sogar noch aus dem Grab heraus verletzen konnte?

Everly blinzelte. »Drei Jahre alt.«

Rachel lächelte, doch er sah Bitterkeit darin. »Ja, im gleichen Alter wie Ihre Kinder. Während der letzten Schwangerschaft war er nicht so oft bei mir, weil Sie ihn so sehr in Anspruch genommen haben.« Rachel wischte sich eine Träne weg, die er nicht sehen konnte, und er nahm an, dass sie ihr Weinen nur vortäuschte. »Wir haben uns geliebt. Nein, er war nicht so oft mit uns zusammen, wie er es hätte sein sollen, aber ich verstand es. Er hatte Verpflichtungen im Hinblick auf Sie und seine Arbeit. Er hatte Versprechen gegeben und hätte sie nicht gebrochen. Ich fand das ehrenhaft. Er liebte mich, sehen Sie. Liebte mich so sehr, dass er immer wieder zurückkehrte. Er war so ein guter Vater.« Wieder lächelte Rachel und diesmal nahmen ihre Augen einen verträumten Ausdruck an. »Ich vermisse ihn so sehr. Er bekommt nicht mit, wie seine Kinder aufwachsen.«

»Ja, so ist es.« Everlys Stimme klang so scharf, man hätte Stahl damit schneiden können. »Er bekommt nicht mit, wie meine Jungs aufwachsen. Er hat seine Kinder nie kennengelernt.«

»Meine hat er kennengelernt«, spie Rachel giftig hervor.

»Was wollen Sie?«, fragte Everly nach einem Moment. Storms Schläfen begannen zu pochen.

»Ich will, dass wir einander kennenlernen«, erwiderte Rachel schlicht, aber Storm wusste, dahinter musste noch mehr stecken. Verdammt, angesichts der Art, wie Evs Rücken sich versteifte, wusste sie es auch.

»Was wollen Sie?«, wiederholte Everly. Ihre Hände wirkten steif, als sie die Fäuste lockerte.

Die andere Frau seufzte. »Nun gut. Drei Kinder aufzuziehen ist hart. Jacksons drei Kinder ohne ihn aufzuziehen ist hart. Sie haben Unterstützung. Ihnen hat er alles hinterlassen, aber für mich konnte er nicht das Gleiche tun.«

Er hatte es gewusst. Es ging nur um Geld. Das musste es sein. Rachel war im Testament mit keinem Cent bedacht worden, doch sie hatte einen Teil von Jackson besessen, den Everly niemals für sich beansprucht hatte.

»Ich hatte mit dem Testament nichts zu tun, Rachel.« Storm hätte am liebsten einen Arm um Everly gelegt, aber er wusste, es gab nichts, was er tun konnte.

Rachels Augen verengten sich für den Bruchteil einer Sekunde, bevor sie sich sichtbar zwang, ein bisschen unschuldiger zu wirken. »Ich verdiene es, Everly. Meine Kinder verdienen es. Wenn Sie jetzt nicht auf mich hören, werde ich dafür sorgen, dass Sie es bald tun werden. Verdammt sicher.«

»Das reicht«, sagte Everly ruhig, obwohl sie alles andere als ruhig war. »Das ist mehr als genug.«

Rachels Augen wurden schmal und Storm öffnete den Mund, um einzugreifen, doch dann überlegte er es sich anders. Everly hatte zu bestimmen, doch er würde Rachel mit Gewalt aus dem Haus werfen, falls nötig.

»Verschwinden Sie«, sagte Everly ruhig.

»Wir sind noch nicht fertig miteinander«, schrie Rachel.

»Doch, das sind wir. Machen Sie, dass Sie rauskommen, bevor ich Sie hinauswerfe. Bevor ich Storm erlaube, das zu tun, was er seit dem ersten Augenblick tun wollte, in dem Sie hereinmarschiert sind, nämlich Sie mit Gewalt hinauszuwerfen.«

Everly erhob sich und Storm tat es ihr gleich. Er war mehr als bereit, diese Frau aus Everlys Haus zu werfen, sodass sie reden konnten. Er konnte nicht glauben, dass Rachel nach all der Zeit einfach so auftauchte und glaubte, alles würde gut werden. Er wusste, da gab es noch etwas anderes, doch er konnte nicht herausfinden, was es war.

»Ich kann nicht gehen. Wir sind noch nicht fertig!«

»Doch, du gehst. Und nun verschwinde.« Er hatte sich nicht einmischen wollen, doch er hatte genug. Und an der Art, wie … ruhig Everly blieb, erkannte er, dass es auch ihr so erging.

»Du wusstest es!«, schrie Rachel. »Du wusstest es. Du hast uns einander vorgestellt.«

Einer der Jungen war plötzlich aus dem hinteren Teil des Hauses zu hören. Storm unterdrückte einen Fluch, als er das krankhafte Glühen in Rachels Augen sah. Mit dieser Frau stimmte ernsthaft etwas nicht.

»Verschwinden Sie«, sagte Everly ein wenig bestimmter. »Verschwinden Sie, bevor ich die Polizei rufe.« Sie machte einen Schritt auf Rachel zu und diese erhob sich eilig von ihrem Stuhl.

»Dies ist nicht vorbei«, drohte Rachel, als sie davonstürmte.

»Das befürchte ich auch, aber das ist mir im Augenblick gleichgültig. Und jetzt verlassen Sie mein Haus.«

Rachel stampfte mit fliegendem Haar durch die Vordertür und Everly schob hinter ihr den schweren Holzriegel vor, bevor sie den Schlüssel herumdrehte.

»Ich werde nach den Jungs sehen«, sagte Storm leise. »Ich bin gleich wieder da.«

Everly drehte sich herum, um ihn anzublicken, die Augen voll des Ärgers. »Ich brauche einen Moment, um nachzudenken, danke.«

Er beugte sich hinunter, um sie zu küssen, besann sich dann jedoch eines Besseren, weil er keine Ahnung hatte, was er tun sollte, und eilte zum Schlafzimmer der Zwillinge. James schlief noch, mit seinem Stoffbären im Arm, doch Nathan saß aufrecht im Bett und blickte sich hellwach um.

»Onkel Storm?«, fragte er und rieb sich die Augen.

»Hey, Kumpel«, begrüßte Storm ihn leise, um James nicht aufzuwecken. »Geht es dir gut?« Er kniete sich neben das Bett und fuhr mit der Hand über Nathans blondes Haar.

»Hm-mmh. Ich hörte laute Stimmen.«

Verdammt, Rachel.

»Da war nur jemand an der Tür. Der ist jetzt wieder gegangen. Möchtest du im Spielzimmer mit deinen Autos spielen, damit James schlafen kann?«

Nathan nickte und streckte die Arme aus, um sich aus dem Bett heben zu lassen. Storm tat das Herz weh, als er den kleinen Jungen, der seinen Vater niemals kennengelernt hatte, auf den Arm nahm. Doch jetzt, da Storm mehr darüber erfahren hatte, wie der Mann in

Wahrheit war, war er sich nicht mehr so sicher, ob das wirklich so schlimm war.

Er drehte sich mit Nathan auf dem Arm herum, als Everly auf der Türschwelle erschien, die Arme um die Taille geschlungen. »Hey«, sagte er leise.

»Hey«, sagte auch sie, bevor sie Nathan anblickte, wobei ihr Mund ein kleines Lächeln formte. »Ich werde dir später einen Imbiss bringen, wenn du ein lieber Junge bist und spielst. Wie wäre das?«

Nathan kuschelte sich an Storms Hals und nickte. »Okay.«

»Wie geht es deiner Lunge?«, fragte sie ihren Sohn, als Storm näher kam.

»Gut.« Nathan stieß laut und feucht den Atem an Storms Hals aus und Storm bemühte sich, nicht zusammenzuzucken. Ständig hinterließen Kinder Spucke und Dreck auf seiner Haut, obwohl er keine eigenen Kinder hatte. Doch er hatte nun einmal zufälligerweise nicht nur einen Haufen Neffen und Nichten, sondern auch die Zwillinge um sich. Obwohl ihm das nichts ausmachte. Im Unterschied zu manch anderen Leuten liebte er Kinder.

Everly zog eine Grimasse und für einen kurzen Moment tanzte ein Lachen in ihren Augen, bevor die Realität mit all dem, was heute bereits geschehen war, sich wieder auf sie hinabsenkte. Storm schluckte heftig und folgte Everly ins Spielzimmer, wo sie Nathan seine Spielsachen auspacken ließen. Everly schnappte sich den Videomonitor, sodass sie ihn beobachten konnte, während sie sich mit Storm im Wohnzimmer unterhalten würde. Er wusste, normalerwiese behielt sie die

Zwillinge so viel wie möglich in Sichtweite, aber dieses Gespräch konnten sie nicht vor den Jungs führen.

Sie kehrten ins Wohnzimmer zurück. Er fuhr sich mit der Hand über seine Bartstoppeln und fand, er müsste sich bald rasieren. »Ich ... ich weiß nicht, was ich sagen soll.«

»Wusstest du es?«, fragte Everly sofort. »Ich meine, du wusstest genug, um es mir heute erzählen zu können, aber Rachel sagte, du hättest sie mit Jackson bekannt gemacht. Und obwohl ich kein Wort glauben möchte, das aus dem Mund dieser Frau gekommen ist, so scheint es mir doch zu viel des Zufalls zu sein, dass du sie und Jackson kennst und dass all dies jetzt herauskommt.«

Storm streckte die Hand aus und ergriff ihre. Sie ließ es zu, doch sie setzten sich nicht hin. Er wusste, dafür waren sie beide zu nervös.

»Bis gestern Abend wusste ich nicht, dass Jackson noch eine andere Familie hatte. Ich habe mich die ganze Nacht hin- und hergeworfen und mich gefragt, wie ich es dir sagen soll. Ich weiß, ich hätte wahrscheinlich sofort hierherfahren sollen, sobald ich es erfahren hatte. Aber ich brauchte Zeit, um es zu verarbeiten und um zu überlegen, ob der zeitliche Rahmen passt, bevor ich etwas Dummes getan und dir erzählt hätte, was ich von Clay erfahren hatte, nur um dann vielleicht festzustellen, dass es nicht der Wahrheit entspricht.«

»Wer ist Clay? Und du hast meine Frage noch nicht beantwortet.«

Storm zog seine Hand zurück und fuhr sich damit durchs Haar. »Es passt alles zusammen. Ja, ich habe die beiden einander vorgestellt.« Everly sog scharf die Luft ein und er fluchte. »Doch zu jenem Zeitpunkt wusste ich nicht, was ich angerichtet hatte. Ich kenne Rachels Neffen Clay. Der Mann, von dem ich das Foto bekommen habe.« Er versuchte vergeblich, seine Gedanken zu ordnen, daher machte er einfach mit dem weiter, was ihm gerade einfiel. »Erinnerst du dich an den Campingausflug, den Jackson und ich vor ungefähr zehn Jahren unternommen haben? Du wolltest mitkommen, konntest aber nicht?«

Everlys Augen wurden schmal, aber sie nickte. »Ich erinnere mich.«

»Nun, unterwegs haben wir bei Clay zu Hause angehalten, damit ich ihm sein Geburtstagsgeschenk geben konnte. Rachel war dort und ich nehme an, so hat sie Jackson kennengelernt. Mehr als das weiß ich nicht. Ich wusste nicht, dass sie sich jemals wiedergesehen haben. Zur Hölle, ich bin mir ziemlich sicher, dass ich ihr danach nur noch ein- oder zweimal begegnet bin, und das auch nur flüchtig. Ich wusste, dass sie Kinder hatte, aber den Vater kannte ich nicht. Ich kannte nicht einmal die Namen der Kinder. Nichts deutete auf die Tatsache hin, dass der Mann, den ich zu kennen glaubte, der Mann, den ich als meinen besten Freund bezeichnete, ein verdammter Lügner und Betrüger war.«

Everly schlang sich die Arme um die Taille und Storm ging zu ihr. Er öffnete die Arme und sie sank in seine Umarmung. Als er sie fest an sich drückte, schluchzte sie auf und ihre Tränen durchweichten sein Hemd. Sie weinte und er hasste sich. Hasste es, dass er Anteil an der Sache gehabt hatte, auch wenn er sich dessen nicht bewusst gewesen war.

»Woher kennst du Clay?«, fragte Everly nach ein paar Minuten mit heiserer Stimme. »Da gibt es doch eine Geschichte.«

Er fuhr mit der Hand über ihren Rücken und seufzte. »Ich habe nicht vielen Menschen von ihm erzählt.«

»Ist er dein Sohn?«, wollte Everly plötzlich wissen.

Storm schüttelte den Kopf, obwohl sie es nicht sehen konnte. »Nein«, sagte er nach einem Moment. »Es wäre einfacher, wenn das der Fall wäre. Clay ist nicht mein Sohn, aber ich trat bereits in sein Leben, als er vier Jahre alt war.«

Er beugte sich zurück, sodass er Everly in die Augen blicken konnte, während er ihr eine Geschichte erzählte, die nur wenige Menschen in seinem Leben kannten. *Sie verdient es, es zu wissen*, dachte er. Sie verdiente so viel mehr als ihn.

»Als ich zwanzig Jahre alt war, besuchte ich mit Jackson das College – wie du weißt. Ich besuchte oft meine Familie in Denver und Wes an seinem College. Ich war an einem anderen College als mein Zwillingsbruder, weil es sich aufgrund unserer Stipendien so ergeben hatte. Wir fanden das recht gut, da wir stets nur *die Zwillinge* und unzertrennlich gewesen waren. Außerdem kamen Jackson und Wes nicht gut miteinander aus, daher war es leichter für alle, wenn mein Bruder und ich lernten, sowohl eigenständige Persönlichkeiten als auch Montgomerys zu sein.«

Everly ergriff seine Hand und zog ihn zum Sofa. »Ich denke, für diese Geschichte müssen wir uns beide setzen.«

Storm nickte und ließ sich neben ihr nieder, wobei er ihr immer noch die Hände hielt. »Ich fuhr nach einem Besuch bei Wes nach Hause. Es regnete. Ich war zwar müde, aber immer noch aufmerksam.« Er konnte immer noch die Regentropfen hören, die auf die Windschutzscheibe prasselten. Immer noch den Wind auf seinem Gesicht spüren, als diese zerbrach. »Ein Mann schlief am Steuer ein und überfuhr die Mittellinie. Da es regnete, fuhr ich nicht allzu schnell, aber schnell genug. Er traf mich frontal. Mein Wagen hatte einen Totalschaden. Ich habe mir zwar nicht die Wirbelsäule gebrochen, aber beinahe.« Er stieß die Luft aus und Everly drückte seine Hand. »Die Ärzte sagten, mein Rücken wäre so beschädigt, dass es leichter gewesen wäre, eine gebrochene Wirbelsäule zu behandeln. Daher habe ich so viele Rückenprobleme und arbeite nicht so viel auf den Baustellen wie der Rest meiner Familie. Ich kann einfach nicht mehr so viel handwerkliche Arbeit verkraften. Als ich jünger war, kam ich mit den Schmerzen klar, aber jetzt schaffe ich das nicht mehr.«

Er schwafelte nur über sich und nicht über die Geschehnisse. Damit musste er aufhören.

»Ich hatte Glück«, ächzte er. »Ich überlebte. Der andere Fahrer nicht. Er starb bei dem Aufprall. Sein vierjähriger Sohn, Clay, bekam nicht einen Kratzer ab, weil er auf dem Rücksitz saß und in seinem Kindersitz angeschnallt war, aber er verlor seinen Vater. Er hatte während seiner Geburt bereits seine Mutter verloren und meinetwegen verlor er auch noch seinen Vater.« Storm blinzelte Tränen zurück, in seiner rauen Kehle spürte er das vertraute Brennen. »Ich habe einen Mann getötet, Everly.«

Everly schüttelte den Kopf; Tränen liefen ihr über die Wangen. »Nein, hast du nicht. Es war nicht dein Fehler.«

»Doch. Zumindest trage ich einen Teil der Schuld. Vielleicht hätte ich langsamer fahren sollen. Vielleicht war es zu gefährlich, um überhaupt auf der Straße zu sein. Es spielt keine Rolle. Ein Mann starb und ich bin gefahren.« Er stieß den Atem aus. »Nur mein Dad und Austin wussten es. Sie waren zu Hause, als das Krankenhaus anrief.« Er presste die Lippen aufeinander und versuchte, seine Gedanken zu sammeln. »Ich habe es Wes niemals erzählt.« Wie hätte er das tun können? Wie konnte er andere seine Schande wissen lassen?

»Oh, Storm.« Sie lehnte sich näher an ihn heran und er bewegte seinen Arm, sodass sie direkt nebeneinandersitzen konnten. Er brauchte diese Wärme und doch war er sich dessen bis jetzt nicht bewusst gewesen.

»Ich habe es Wes niemals erzählt, weil ich es einfach nicht konnte. Nicht zu jener Zeit. Und als die Jahre vergingen, wurde es immer schwieriger. Er hat immer gewusst, dass etwas nicht stimmt, doch wir haben es überwunden. Zumindest dachte ich das. Jetzt ist er sogar noch ungehaltener und ich weiß, ich muss es ihm sagen, denn andernfalls zerstöre ich etwas so Grundlegendes zwischen uns, dass wir es nicht mehr reparieren können.«

Sie küsste ihn auf die Wange, was sie beide überraschte. »Aber Jackson hast du es erzählt?«

Er schluckte heftig und hielt sie etwas fester. »Ja, am

College waren wir Zimmergenossen, daher wusste er, dass ich operiert wurde und Zeit zur Erholung brauchte. Austin kam und mietete eine Wohnung, also blieb ich am Ende bei ihm, während ich wieder gesund wurde. Ich konnte zwar gehen, aber es tat weh wie verrückt, weißt du.«

»Warum bist du nicht nach Denver zurückgekehrt? Zu deiner Familie?«

Storm ließ den Kopf hängen und versuchte, Worte zu finden. »Ich konnte es nicht. Ich wollte nicht, dass die anderen mich so sehen, und ich konnte ihnen nicht erzählen, was ich getan hatte.«

»Es war nicht deine Schuld, Storm.«

»Es fühlt sich aber immer noch so an, obwohl nicht ich derjenige war, der eingeschlafen ist. Ich fragte mich so oft *was wäre gewesen, wenn,* und doch gab es am Ende nichts, was ich hätte tun können. Doch Jackson wusste es. Er war da, als ich mein Studium nach einem Fehlsemester wieder aufnahm. Er schlief in derselben Wohnung wie ich, wenn ich nachts im Schlaf schrie oder Panikattacken bekam.« Er blickte auf sie hinab. »Ich leide immer noch unter einer posttraumatischen Belastungsstörung, obwohl die Therapie geholfen hat. Ich hatte für eine Weile einen Hund namens Ben, einen zertifizierten Therapiehund, der mir half, mich zu beruhigen, wenn ich zu viel Lärm ausgesetzt war oder mich etwas an den Unfall erinnerte. Als er starb, schaffte ich mir keinen neuen an, aber ich helfe, Hunde auszubilden, die an dem Programm teilnehmen.«

Everly legte ihm die Hände auf die Brust. Er stieß den Atem aus. »Bildest du Randy auch dafür aus?«

Er küsste sie auf den Scheitel, denn er brauchte die Berührung. »Ja, obwohl ich ihn behalten werde«, erwiderte er lächelnd. »In Zukunft werde ich andere Hunde ausbilden, aber Randy wird mir gehören.«

»Ich muss diesen Welpen immer noch kennenlernen«, bemerkte sie nach einem Moment.

»Das wirst du.«

Für eine Weile schwiegen sie, während ihr Atem sich beruhigte. Er hatte sich keiner weiteren Menschenseele anvertraut, nachdem er es seinem Vater, Austin und Jackson erzählt hatte, und doch hatte er Everly alles erzählt, ohne zusammenzubrechen. Das musste etwas bedeuten. Tatsächlich bedeutete das mehr als nur etwas. Er konnte ihr Dinge erzählen … aber er wusste, mit seiner Familie musste er auch darüber reden. Er konnte dieses Geheimnis nicht länger für sich behalten, ohne sie mehr zu verletzen, als er es bereits getan hatte.

»Was soll ich tun?«, fragte sie leise.

»Ich weiß es nicht, Ev«, erwiderte er ehrlich. »Aber ich werde es dich nicht allein tun lassen.«

Er hielt sie noch ein paar Minuten länger im Arm, bevor er sich erhob, um nach den Kindern zu sehen. Er hatte es ehrlich gemeint, als er gesagt hatte, er wüsste nicht, was der nächste Schritt wäre, aber wie auch immer, er konnte sie nicht allein lassen, wenn sie sich damit auseinandersetzen musste. Er würde da sein − für sie, für die Jungen … was auch immer aus ihnen werden mochte und was auch immer es ihnen bringen würde.

Kapitel Elf

OBWOHL EVERLY kein Geschäft mehr besaß, so musste sie doch noch Rechnungen bezahlen und Formulare durchgehen. Die Behörden hatten sie bis jetzt noch nicht in Beneath the Cover hineingelassen und langsam wurde sie nervös. Sie erklärten ihr immer wieder, dass sie mehr Beweise sammeln müssten und dass die Ermittlungen noch nicht abgeschlossen wären. Und während sie unbedingt ins Innere des Gebäudes wollte, um zu sehen, was sie retten konnte, wusste sie auch, dass die Wartezeit ihr guttat. Zumindest redete sie sich das ein, da sie wusste, sobald sie ihr zweites Zuhause beträte, wäre sie nicht mehr in der Lage, sich vorzutäuschen, dass alles in Ordnung war.

Denn nichts würde jemals wieder wirklich in Ordnung sein.

Der Brief, den sie am Abend des Feuers erhalten hatte, ging ihr immer wieder durch den Kopf. Wenn er nicht die abgestempelte Briefmarke getragen hätte, hätte sie gedacht, es gäbe eine Verbindung zu dem Brand.

Doch je mehr sie darüber nachdachte, desto wahrscheinlicher schien es ihr, dass er von Rachel stammte. Die Frau war das Geheimnis, das Jackson vor ihr verborgen hatte, also konnte der Brief von ihr kommen. Oder der Mann, den sie für ihren Ehemann und die Liebe ihres Lebens gehalten hatte, hatte noch eine andere Leiche im Keller gehabt. Eine Verbindung zwischen dem Brief und dem Brand ergab für sie keinen Sinn mehr, nachdem sie die Geschichte mit Rachel erfahren hatte.

Das Feuer war wahrscheinlich einfach von einer Person gelegt worden, die etwas in Brand setzen wollte, und hatte nicht speziell etwas mit ihr oder ihrer Buchhandlung zu tun.

Everly seufzte. Sie ärgerte sich über sich selbst, dass ihre Gedankenkette wieder einmal bei dem Brand gelandet war. Die Behörden schwiegen sich ihr gegenüber aus und erklärten lediglich, dass sie immer noch ermittelten. Und sie konnte nichts anderes tun, als untätig herumzusitzen und so zu tun, als wüsste sie, was sie tat. Ihr Heiligtum war nicht mehr da und nichts brachte es zurück. Sie konnte die Buchhandlung wiederaufbauen, aber es würde nicht das Gleiche sein.

Ihr Telefon klingelte und sie nahm das Gespräch an, ohne sich die Mühe zu machen, auf den Bildschirm zu blicken. Zurzeit schien es alle dreißig Sekunden zu klingeln und sie hätte das verflixte Ding am liebsten in einer Schublade versteckt.

»Hallo?«

Keine Antwort.

Stirnrunzelnd blickte sie auf die Anzeige.

»Unbekannt? Schon wieder?«, murmelte sie und obwohl ihr Verstand erschöpft war, erinnerte er sich an das erste Mal, als sie einen Anruf bekommen hatte, bei dem der Anrufer, ohne sich zu melden, wieder aufgelegt hatte.

»Hallo?«

Keine Antwort.

Die Verbindung brach ab und sie legte das Telefon beiseite. Sie hoffte, dass der Anrufer bald über seine Fixierung auf sie hinwegkäme, wer auch immer es sein mochte, denn es wurde langsam äußerst nervig. Hoffentlich hatte sich jemand einfach nur verwählt. Ein ungutes Gefühl nistete sich in ihrem Magen ein. Es war einfach alles ein bisschen zu viel und sie war gereizt und schreckhaft.

Sie beendete die Arbeit an den Papieren und legte diese in die Schublade an ihrem Schreibtisch. Dann fuhr sie den Computer runter und erhob sich, um nach den Jungen zu sehen. Sie beschäftigten sich seit zwanzig Minuten im Spielzimmer mit ihren Bauklötzen und obwohl sie sie über den Monitor sehen konnte, waren sie schon lange genug allein, um in Schwierigkeiten geraten zu können.

Auf dem Weg ins Spielzimmer warf sie einen Blick auf die Uhr und unterdrückte einen Fluch. Ihr blieb weniger als eine Stunde, bis Tabby und Alex kämen, um auf die Kinder aufzupassen. Sie hatten sich für den heutigen Abend als Babysitter angeboten, da Everly Pläne hatte.

In der Tat, Everly hatte eine Verabredung.

Mit Storm.

Ihre erste Verabredung.

Sie versuchte, die aufsteigende Panik zu unterdrücken, doch das war nicht leicht. Irgendwie war es dazu gekommen, dass aus ihr, einer Freundin von Storm, die ihn stets zu verärgern schien, eine Frau geworden war, die er auf ihrem Wäschetrockner zum Kommen brachte und mit der er sich jetzt in der Öffentlichkeit verabreden wollte. Sie war so überfordert, dass es nicht mehr lustig war.

»Mommy!«, rief Nathan grinsend. »Bauklötze!«

Lächelnd setzte sie sich zwischen die beiden. »Ja, Bauklötze! Kannst du mir einen Turm bauen?«

Wegen der Krankenhausbesuche und der Nachsorge hatten sie in letzter Zeit den Kindergarten nicht so oft besuchen können, wie sie es sich gewünscht hätte. Daher gab sie ihr Bestes, die Feinmotorik der Kinder so gut wie möglich zu fördern. Sie streichelte James' Knie. »Könnt ihr zusammen einen bauen?«

»Hm«, erwiderte James, der die Aufmerksamkeit auf die Klötze vor ihm gerichtet hatte. Er musterte sie schweigend, bevor er nickte. Die Jungs wechselten sich von Tag zu Tag darin ab, wer der Lauteste war, und wenn diese Tage sich überlappten, so klingelten ihr die Ohren. Sie wuchsen zu kleinen Männern mit eigenen Persönlichkeiten heran und sie freute sich darauf zu beobachten, wie sie größer wurden. Sie hatte sich zu Herzen genommen, was Storm ihr ein paar Abende zuvor gesagt hatte, wie er und Wes sich zu eigenen Persönlichkeiten entwickelt hatten, während sie gleichzeitig lernten, wo sie als Zwillinge und in der Familie standen. Sie hatte zwar Gewissensbisse, weil sie ihre

Söhne oft als »die Zwillinge« bezeichnete, doch sie bemühte sich, auch die individuellen Leistungen und Bedürfnisse jedes einzelnen zu betonen. Und jetzt, da sie sich dessen noch mehr bewusst war, wollte sie das auch weiterhin so halten.

Sie spielten mit den Bauklötzen, bis es an der Tür klingelte, und sie unterdrückte wieder einmal einen Fluch, als sie auf die Uhr blickte. Es war eine Stunde vergangen, seitdem sie sich zu den Kindern gesetzt hatte, und jetzt hatte sie sich nicht nur den Hass ihrer Knie zugezogen, weil sie so lange in dieser Position verharrt hatte, sondern ihr blieb auch nicht mehr viel Zeit, um sich für ihre Verabredung fertig zu machen.

»Tür!«, schrie Nathan und sprang eilig auf, um ins Wohnzimmer zu laufen. Er und James liebten es, mit ihr an die Tür zu gehen, aber sie wollte nicht, dass sie sie allein öffneten.

Glücklicherweise war Everly schneller und nahm Nathan mit einem Arm hoch, bevor sie sich bückte und James mit dem anderen einsammelte. Ihr Bizeps spannte sich unter dem Gewicht und sie unterdrückte einen Seufzer. Ihre Babys waren keine Babys mehr und Zwillinge herumzuschleppen wurde immer schwieriger, je älter sie wurden.

Irgendwie schaffte sie es, die beiden auf dem Arm zu behalten und die Tür zu öffnen, nachdem sie durch den Spion gespäht und ihre Babysitter auf der Veranda gesehen hatte.

»Alex!«, quietschte James.

»Tabby!«, kreischte Nathan zur selben Zeit.

Everly schnaufte angesichts dieser Freude und trat

zurück, um das Paar einzulassen. Alex streckte James die Arme entgegen und Tabby Nathan. Everly ließ sich von den beiden die Zwillinge abnehmen und schloss die Tür hinter ihnen.

Ihre Jungen waren so glücklich und begrüßten Tabby und Alex mit Gekicher. Sie kannten Tabby seit ihrer Geburt und obwohl Alex relativ neu für sie war, hatten sie ihn schnell in ihr Herz geschlossen. Everly führte das auf Alex' Ähnlichkeit mit Storm zurück, auch wenn Alex etwas verlebter aussah. Er war durch die Hölle gegangen und auf allen vieren wieder herausgekrochen, wofür Everly ihn bewunderte.

»Du hast dich noch nicht umgezogen«, neckte Tabby sie, während sie die Jungs absetzte, damit sie im Wohnzimmer mit Alex spielen konnten. Sie mussten ihm unbedingt ihre Spielzeuge zeigen, eins nach dem anderen. Wieder einmal.

Everly blickte auf ihre Leggings und die Bluse hinab und zuckte zusammen. »Nein, und ich habe mich auch noch nicht geschminkt.« Sie stieß den Atem aus und blickte auf die Kinder.

»Alexander, kannst du eine Minute auf sie aufpassen? Ich werde Everly helfen.«

Alex blickte auf und zwinkerte seiner Verlobten zu. »Kein Problem, Baby. Das schaffen wir. Oder nicht, Jungs?« Er spannte seinen sehr muskelbepackten Arm an und knurrte. Everly hielt das Lachen zurück, als ihre Jungs ihn nachahmten. Sie waren einfach alle so entsetzlich süß.

Als sie mit Tabby in ihr Schlafzimmer ging,

bemerkte Everly, dass Tabby sich eine Träne aus dem Gesicht wischte. Sie runzelte die Stirn. »Was ist los?«

Tabby schüttelte den Kopf. »Nichts. Ehrlich.« Sie lächelte und man konnte echte Wärme dahinter spüren. »Ich werde nur so gefühlsduselig, wenn ich Alexander mit Kindern sehe.« Sie führte das nicht weiter aus und Everly nahm an, es steckte eine persönliche Geschichte dahinter.

Everly nahm ihre Freundin in den Arm und legte den Kopf auf die Schulter der anderen Frau. Sie waren schon füreinander da, seitdem sie sich kennengelernt hatten, und doch hatte jede ihre Geheimnisse, die sie einander nicht erzählten. Sie hatte mit Tabby bisher nicht über Rachel und Jacksons andere Familie geredet und sie hatte ehrlich keine Ahnung, wie sie das Thema anschneiden sollte. Sie wusste, sie würde ihr Geheimnis bald mit jemandem teilen müssen, andernfalls würde es in ihr gären, aber vorerst musste sie darüber nachdenken, was sie tun würde. Sie dachte daran, dass Storm es wusste. Storm wusste es und würde für sie da sein.

Sie stieß den Atem aus.

Und heute Abend hatten sie ihre erste Verabredung.

Sie wusste immer noch nicht, wie es dazu gekommen war. Er hatte sie an jenem Abend nach dem Gespräch auf der Couch beinahe beiläufig eingeladen, mit ihm zum Abendessen auszugehen. Zuerst hatte sie gedacht, er meinte sie und die Jungen, doch dann hatte sie die Hitze in seinem Blick gesehen. Und auch wenn sie mit Sicherheit wusste, dass er die Zwillinge willkommen geheißen hätte, wenn sie sie mitgebracht hätte, so wollte sie doch, dass dieser Abend ihnen beiden ganz allein gehörte.

Da war sie also nun, alles andere als zum Ausgehen bereit, und hielt ihre beste Freundin im Arm, weil sie keine Ahnung hatte, was sie tat.

»Dies ist deine erste Verabredung seit Jackson, richtig?«, fragte Tabby vorsichtig.

Everly bemühte sich, nicht zusammenzuzucken, als sie den Namen hörte. Es tat so weh, jetzt an ihn zu denken, aber nicht wegen des Verlustes. Wie konnte sie etwas verlieren, das sie bewiesenermaßen nie besessen hatte?

»Ja, aber es ist Storm.«

»Ja, es ist Storm.« Tabby stieß den Atem aus. »Diese Montgomerys überfallen dich mit geballter Macht, nicht wahr?«

Everly rieb sich die Schläfen. »Ich weiß nicht, wie es dazu gekommen ist, aber jetzt muss ich etwas zum Anziehen finden, das nicht für die Arbeit oder das Spielen mit den Kindern gedacht ist. Außerdem muss ich etwas mit meinen Haaren anstellen.« Sie zog an ihrem Pferdeschwanz. »Ich glaube, ich habe vergessen, wie man einen Lockenstab benutzt.«

Tabby verdrehte die Augen und zog an dem Haargummi auf Everlys Kopf. Ihr langes, honigblondes Haar musste geschnitten werden, aber dazu fehlte ihr die Zeit. Sie band es stets zurück. Gelegentlich färbte sie es sich selbst zu Hause dunkler, doch die Farbe verblasste schon nach ein paar kurzen Wochen.

»Hast du sie heute Morgen gewaschen?«, wollte Tabby wissen.

Everly versuchte, sich zu erinnern, doch es fiel ihr nicht ein.

Ihre Freundin schnaufte. »Nun, wenn du so lange darüber nachdenken musst, dann wahrscheinlich nicht. Geh und dusch dich und ich werde dir inzwischen deine Garderobe zusammenstellen.«

»Dazu habe ich keine Zeit. Ich brauche ewig, um mir die Haare zu frisieren.«

»Nicht mit dem Fön, den ich mitgebracht habe. Ich schaffe das in ungefähr drei Minuten. Er ist der König aller Föne.«

Everly zog eine Braue in die Höhe. »Sag mir nicht, du hast den Dyson gekauft.«

Tabby griff in die Umhängetasche, die sie trug und die Everly für eine übergroße Handtasche gehalten hatte. »Ich habe den Dyson gekauft.«

Everly hätte schwören können, die Engel singen zu hören, als ihre Freundin den sehr teuren, aber unglaublich guten Fön hervorholte. Er stand auf ihrer Wunschliste, falls sie einst eine Million Dollar machen würde – nicht dass er so viel gekostet hätte, doch es erschien ihr so.

»Alex hat ihn mir geschenkt.« Tabby errötete. »Sein letzter Auftrag ist sehr gut gelaufen und ich glaube, er war mein Jammern über meine Haare leid. Und heute Abend erlaube ich dir, ihn zu benutzen, damit du mit einer wunderschönen Frisur zu deiner Verabredung erscheinen kannst. Du wirst es nicht einmal glätten müssen oder so, wenn du das Zubehör benutzt.«

Everly musste skeptisch wirken, denn Tabby strahlte

und bot ihr an: »Ich werde dir helfen. Ich verspreche es. Und jetzt Abmarsch, Frau.«

Everly flitzte zur Dusche und schlüpfte schnell aus den Kleidern. Sie vertraute Tabby, dass sie etwas fand, das sie anziehen konnte. Es war schön, Freundinnen zu haben und sich einmal wie eine Frau zu fühlen – und nicht immer nur als Mutter oder Geschäftsinhaberin. Es war viel zu lange her, seitdem sie etwas Ähnliches empfunden hatte.

Sie seifte sich ein, wusch und rasierte sich, wobei sie sich bemühte, nicht auszurutschen und hinzufallen, da sie sich beeilte und die Dusche in Rekordzeit verließ. Sie fuhr sich mit der Bürste durch die Haare, massierte eilig irgendeinen Conditioner ein und begann, ihre Haut mit ihrer bevorzugten Bodylotion einzureiben. Hoffentlich gefiel Storm der Duft von Orangenblüten.

Sie hielt inne.

Sie hatte sich rasiert und sorgte sich um den Duft ihrer Haut.

Sie würde heute Abend mit Storm Montgomery Sex haben.

Sehr unanständigen und erotischen Sex, gemessen an dem Vorgeschmack, den sie bei dem Stelldichein im Wäschezimmer bekommen hatte.

Sie stieß den Atem aus und ignorierte die Schmetterlinge in ihrem Bauch. Sie konnte es tun. Es war Storm. Er war kein Neuer, er war jemand, dem sie vertraute und den sie gernhatte. Und das war das Problem.

»Hör auf zu grübeln«, sagte Tabby, die gerade das Badezimmer betrat. »Ich habe dir das blaue Kleid mit dem schwarzen Bolero herausgelegt. Es hing ganz hinten im Schrank. Du brauchst keine Strümpfe oder Ähnliches, denn es ist verdammt heiß draußen. Und ich leihe dir meine offenen Schuhe mit Keilabsatz. Das blaue Kleid wird so hübsch um deine Beine schwingen und du wirst anbetungswürdig aussehen. Und jetzt kümmern wir uns um deine Haare. Danach suchen wir den Schmuck aus, während du dich schminkst.«

»Du klingst wie ein Ausbildungsoffizier.«

»Danke«, erwiderte Tabby augenzwinkernd. »Und jetzt gib mir deine Bürste und lass mich dir den glorreichen Dyson zeigen. Er heißt tatsächlich Dyson. Man hat ihm einen Namen gegeben.«

In weniger als zehn Minuten waren Everlys Haare geföhnt und ihr Make-up aufgetragen. Sie schlüpfte gerade in die Schuhe, als Tabby mit einem Grinsen wieder hereinkam.

»Wunderbar, oder?«, fragte Tabby. »Der Fön. Ich meine, du wirkst ... oh mein Gott, so heiß ... und Storm wird in Ohnmacht fallen, wenn er dich sieht. Aber eigentlich habe ich von meinem Fön gesprochen.«

Everly lachte, angesichts Tabbys Liebe für einen toten Gegenstand fühlte sie sich etwas leichter ums Herz. »Wenn ich nicht so sicher wäre, dass du mich besiegen kannst, weil du Boxunterricht bei Alex nimmst, würde ich mich jetzt dafür mit dir anlegen.«

Tabbys Augen wurden schmal, doch ihre Lippen zuckten verräterisch. »Ich würde gewinnen, Everly. Leg dich nicht wegen Dyson mit mir an.«

»Ich denke, sie mag ihn lieber als mich«, meldete Alex sich von der Türschwelle zu Wort.

Tabby warf ihm eine Kusshand zu. »Die Entscheidung würde mir schwerfallen, das ist sicher.«

Alex legte sich die Hand aufs Herz und trat einen Schritt zurück. »Autsch, Baby.«

Everly lächelte, doch dann runzelte sie die Stirn und schnappte sich ihre Handtasche. »Wartet. Wo sind die Jungs?«

»Ich habe sie mit der Kettensäge nach draußen gelassen. Ist das schlimm?«

Sie stieß ein gespieltes Knurren aus. »Alex Montgomery.«

Er hielt beide Hände hoch; ein Lächeln spielte auf seinem Gesicht. Es war so gut, das zu sehen, denn er hatte nicht viel gelächelt, bis er Tabby gefunden hatte. »Storm hat an die Tür geklopft, anstatt zu klingeln. Er lässt sich gerade wieder einmal von James und Nathan die Bauklötze zeigen.«

Everly erstarrte. »Storm ist schon hier?«

Alex nickte. »Ja, und du wirst ihn umhauen, Everly. Du siehst heiß aus.«

»Wenn ich mich in unserer Beziehung nicht so geborgen fühlen und dir nicht zustimmen würde, so würde ich dir jetzt eine Ohrfeige geben«, sagte Tabby mit gespielt bösem Gesicht.

Everlys Herz pochte, doch sie war sich nicht sicher, ob das an der Plänkelei der beiden lag oder an der Tatsache, dass Storm sich im Haus aufhielt.

»Geh und hol dir deinen Mann«, sagte Tabby. »Er wartet.«

Everly stieß den Atem aus. »Also dann.«

Sie ging an dem Paar vorbei ins Wohnzimmer und

betete, sie möge nicht über ihre Absätze stolpern. Die Keilabsätze erleichterten das Gehen, aber sie hatte schon lange nichts anderes als flache Schuhe getragen.

Storm blickte auf, als sie ins Wohnzimmer schritt, und erstarrte. Er trug ein dunkelgraues Hemd und eine noch dunklere Hose. Auf Jacke und Krawatte hatte er verzichtet, aber das war gut so. Er sah zum Anbeißen aus. Zum Lecken gut. So verdammt sexy.

Und er gehörte ihr – wenn auch nur für eine Nacht.

Storm erhob sich langsam und ließ den Blick über ihren Körper schweifen. »Du siehst umwerfend aus.« Seine Stimme war heiser geworden und sie hätte beinahe die Beine zusammengepresst, um das Pochen da unten im Zaum zu halten.

»Das Gleiche habe ich gerade über dich gedacht.«

»Mommy ist hübsch«, sagte James grinsend.

Nathan errötete und kam zu ihr, um den Saum ihres Kleides zu betatschen. »Blau.«

Sie ging in die Hocke, um die beiden zu umarmen. »Danke, Jungs. Ihr habt keine Ahnung, wie gern ich das höre.« Sie liebte die beiden sehr und hätte alles für sie getan, doch heute Abend ging es um Storm und sie. Sie schaffte das. Sie musste einfach nur die Gelegenheit am Schopfe packen.

Storm reichte ihr die Hand, um ihr aufzuhelfen, und sie stieß den Atem aus. »Bereit zu gehen?«

Sie nickte. »So bereit, wie ich nur sein kann.«

Er schnaufte, drückte aber ihre Hand. »Das hört sich doch gut an.« Sie verabschiedeten sich und sie ignorierte die wissenden Blicke der beiden anderen Erwachsenen, als sie sich auf den Weg zu Storms Pick-up machten.

»Lass dir von mir helfen«, sagte er und kam an ihre Seite.

»Was ist mit deinem Rücken?«

Er zuckte mit den Schultern. »Solange du mir hilfst, kommen wir klar. Ich werde dich wahrscheinlich nicht zu oft tragen, da ich uns beiden keinen Schaden zufügen will.«

Sie runzelte die Stirn, als er ihr in die Kabine des Pick-ups half. »Am Tag des Brandes hast du mich aber getragen.«

Sein Gesicht wurde ernst und er umfasste ihre Wange. »Du warst verletzt. Ich habe etwas für dich getan.«

Sie schluckte heftig; ihre Hände zitterten. *Wir haben eine Verabredung*, sagte sie sich wieder einmal. Dies war Storm. Ihr Storm. Obwohl sie nicht wusste, wann er zu ihrem geworden war. Sie musste einfach im Augenblick leben, nur einmal.

Nur dieses eine Mal.

Sie hatten ein Steakhaus aufgesucht, das sie beide liebten. Während der Mahlzeit hatten sie zu viel gegessen und viel gelacht. Sie hatte nicht gedacht, dass es möglich war, sich so entspannt in seiner Nähe zu fühlen, doch nachdem sie die anfängliche Verlegenheit überwunden hatten, die daher rührte, dass es sich um ihre erste Verabredung handelte, war es wunderbar.

Und nun befanden sie sich auf der Rückfahrt zu seinem Haus, damit sie den Welpen kennenlernen konnte. Und obwohl dies eine legitime Ausrede war, so war es doch auch nur das, eine Ausrede.

Sie fuhren zu seinem Zuhause, um sich zu lieben, Sex zu haben und sehr unanständige Dinge zu tun. Sie wussten es beide, obwohl sie es nicht ausgesprochen hatten. Und obwohl sie nervös war, konnte sie es kaum erwarten.

Er fuhr in die Auffahrt und stellte den Motor ab. »Bist du bereit, Randy kennenzulernen? Er ist in seinem Zwinger, aber ich bin mir ziemlich sicher, dass das Ding größer als mein Bett ist.«

Sie lachte hell auf. »Ich liebe Welpen. Ich würde gern einen für die Jungs anschaffen, aber mir bleibt einfach keine Zeit für einen Hund.«

Storm nickte und stieg aus. Sie tat das Gleiche, nur langsamer, und sie trafen sich vor dem Wagen. Er nahm ihre Hand und sie kniff ihn in den Rücken. »Sie beanspruchen viel Zeit. Sobald er ein wenig größer geworden ist, nehme ich ihn mit zur Arbeit. Im Augenblick befindet er sich noch in der Phase, in der er viel jault, was die Kunden vollkommen entnerven würde. Das würde mich eigentlich nicht stören, aber Wes und Tabby gefällt es nicht, also warten wir noch etwas.« Er öffnete die Haustür und ließ sie ein. Von dort, wo sie standen, konnte sie das laute Jaulen hören, und Storm verdrehte die Augen. »Sein Bellen wird tiefer, wenn er älter und größer wird. Obwohl es nicht mehr so schlimm ist, wie es war. Wahrscheinlich nehme ich ihn bereits in dieser ihn hierzulassen.«

Sie schmiegte sich für einen Moment in seinen Arm, während sie in den hinteren Teil des Hauses gingen. Sie war zuvor schon in seinem Haus gewesen, obwohl das Jahre zurücklag, daher brauchte er ihr es nicht zu zeigen. Sie besaßen eine so lange gemeinsame Vergangenheit und doch war es jetzt nicht das Gleiche wie damals. Nichts war mehr so wie früher.

»Du bist ein guter Kerl, Storm Montgomery.«

Er schlang einen Arm um ihre Schultern und küsste sie auf den Scheitel. »Wenn du es sagst. Und jetzt bereite dich darauf vor, angesprungen und abgeküsst zu werden.« Er zwinkerte. »Nicht von mir. Noch nicht.«

Er öffnete den Zwinger und Randy hüpfte heraus. Seine Ohren und Pfoten wirkten viel zu groß für seinen Körper.

»Sitz, Randy«, sagte Storm in dem tiefen Befehlston, der Everly so erregte.

Der Welpe setzte sich eilig hin, wedelte dabei aber vor Begeisterung so sehr mit dem Schwanz, dass er umfiel. Sie sah, wie Storms Mundwinkel zuckten, aber er grinste nicht. Immerhin stand Randy mitten in seiner Erziehung. Sie hielt sich die Hand vor den Mund, um nicht darüber zu lachen, wie entzückend die beiden waren.

»Braver Junge«, sagte Storm und kraulte den Kopf des Welpen. »Und jetzt lass uns nach draußen gehen.«

Das musste ein Schlüsselwort gewesen sein, denn Randy sprang auf und lief in Richtung der Hintertür, wobei seine kleinen Pfoten auf den Fliesen ausglitten.

»Er benutzt seine Krallen nicht«, stellte sie fest, als

sie auf der Veranda standen und Randy sein Geschäft erledigte.

»Manchmal benutzt er sie, aber er lernt, mir den Fußboden nicht zu zerkratzen. Kluger Hund«, sagte Storm, dann stöhnte er auf, als Randy auf dem Weg zu ihm zurück mit dem Kopf voraus über seine Pfoten stolperte. »Und sobald er erst einmal in diese Pfoten hineingewachsen ist, wird er ein Riese mit hoffentlich ein bisschen mehr Eleganz sein.« Er schlug sich mehrmals auf den Oberschenkel. »Komm her, Junge. Komm her und lerne Everly kennen.«

Obwohl sie ein Kleid und Schuhe mit hohem Absatz trug, kniete sie sich hin, um mit Randy auf einer Höhe zu sein. »Hallo, Randy.«

Als der Welpe ihr die Pfote hinhielt, verliebte sie sich hoffnungslos in ihn. Als sie die Pfote schüttelte, bewegte sich der ganze Körper mit. Sie lachte und fuhr mit der Hand über seinen weichen Rücken. »Du bist so hübsch.« Sie blickte zu Storm auf. »Schimpf nicht mit mir, weil ich einen Rüden *hübsch* nenne. Sieh nur sein Fell. Er ist wunderschön.«

»Darüber werde ich mit dir nicht streiten«, erwiderte Storm schulterzuckend. »Er ist wirklich hübsch. Und süß. Und all die zärtlichen Adjektive, die Männer angeblich nicht denken. Du kannst ihn hochnehmen, wenn du willst, sodass wir wieder hineingehen können.« Er verzog das Gesicht. »Außer du willst dir dein Kleid nicht schmutzig machen.«

Ohne zu zögern, ergriff sie den Hund, drückte ihn ¨b¨¨ R¨¨¨¨ und stand auf. Der Welpe leckte ihr das

Gesicht und sie kuschelte es in sein Fell. »Er ist so weich.«

Storm umfasste ihre Wangen. »So wie du.«

Sie stieß den Atem aus. »Storm.«

Er beugte sich über den Hund und küsste sie, doch Randy schob sich dazwischen und verlangte seinerseits, geküsst zu werden. Glücklicherweise zogen sich beide rechtzeitig zurück, um der Zunge des Welpen zu entgehen.

Sie lachten und Storm schüttelte den Kopf. »Dummer Hund. Wie wäre es, wenn wir uns jetzt waschen und dann erkunden, wie weich du bist.« Er glitt mit der Hand ihre Taille hinunter und sie schmiegte sich an ihn. Sie wollte mehr.

»Ich will dich, Ev. Alles von dir. Ich will dich schmecken. Dich lecken. Dich verschlingen. Dann will ich in dich hineinhämmern, während du meinen Schwanz nimmst. Ich werde hart und grob sein, dann sanft und zärtlich. Alles, was du brauchst, Ev. Alles.«

Sie kniff die Beine zusammen, doch bevor sie etwas sagen konnte, klingelte ihr Telefon. »Verdammt. Das ist Tabbys Klingelton.«

Storm nahm den Welpen und sie zog ihr Handy hervor und nahm bereits beim nächsten Klingeln das Gespräch entgegen. »Tabby? Was ist los?«

»Nathan hat Bauchschmerzen. Wir haben die beiden getrennt, aber wenn es eine Magen-Darm-Erkrankung ist, hat James sich vielleicht bereits angesteckt. Alex kümmert sich gerade um Nathan und ich werde bei James bleiben, aber ich dachte mir, du würdest vielleicht nach Hause zurückkehren und bei den Jungs sein wollen. Sie fragen nach ihrer Mom.«

Everly stieß einen Seufzer aus; ihr tat das Herz weh für ihre Babys. Kinder wurden krank, das wusste sie, aber sie hasste es, wenn es ihre eigenen Kinder waren.

»Ich bin gleich da«, erwiderte sie. »Gib den Jungs einen Kuss.« Sie beendete das Gespräch und blickte Storm traurig an.

»Ich habe es gehört«, sagte er eilig. »Der Lautsprecher war eingeschaltet. Wir werden Randy mitnehmen, damit er nicht so lange im Zwinger bleiben muss.«

»Es tut mir leid.«

Storm legte eine Hand um ihren Hinterkopf und küsste sie heftig. »Es muss dir nicht leidtun. Die Jungs bedeuten dir alles und du bist eine der besten Mütter, die ich kenne. Komm, lass uns losfahren, und wenn du willst, kann ich bleiben und Tabby und Alex ablösen. Vorausgesetzt, das ist in Ordnung für dich und du störst dich nicht an Randy.«

Sie fuhr mit der Hand über den Kopf des Welpen. »Ich denke, das wird uns allen gefallen.« Sie seufzte. »Danke, Storm.«

»Du musst mir nicht dafür danken, dass ich die Jungs gernhabe.«

Das wusste sie. Er war immer für sie und die Jungen da gewesen, auch als noch diese seltsam angespannte Atmosphäre zwischen ihnen herrschte. Und so gern sie auch in diesem Augenblick mit ihm ins Bett gehüpft wäre, wusste sie, dass die Gnadenfrist vielleicht ganz gut war. Sie gab ihnen beiden mehr Zeit, nachzudenken ... ... sie dies beide ehrlich wollten.

Denn so sehr sie sich auch wünschte, im Augenblick zu leben, es war ihr nicht vergönnt.

Es war viel komplizierter. Es ging nicht nur um eine schnelle Affäre. Und als er sie zu ihrem Haus fuhr, wusste sie, dass ihnen beiden das gerade bewusst wurde.

Entscheidungen bezüglich Storm würden ihr nie leichtfallen, aber vielleicht, nur vielleicht war er die Komplikationen wert.

Sie wusste es einfach nicht.

Kapitel Zwölf

STORM LITT unter Kopfschmerzen und hatte in der Nacht zuvor schlecht geschlafen, doch es war seine eigene Schuld, denn er hatte auf Everlys Couch übernachtet. Die Jungen hatten ihn nicht gehen lassen, nachdem er geholfen hatte, sie ins Bett zu bringen, und ehrlich gesagt hatte er auch nicht gehen wollen. Und jetzt saß er an seinem Schreibtisch auf der Arbeit, kippte Kaffee hinunter und versuchte, seinen Verstand ans Laufen zu bringen.

»Bist du dazu gekommen, dir die Datei anzusehen, die ich dir geschickt habe?«, fragte Wes. »Und warum siehst du so beschissen aus?«

Storm zeigte ihm den Mittelfinger. »Wir sind Zwillinge, weißt du? Kannst du nicht aufhören, mein Aussehen zu kommentieren?«

»Wir sind zweieiige Zwillinge, das zählt also nicht. Was ist los, Storm?« Am Ende war Wes' Stimme leise ~~fühlte sich mies.~~ Er musste seinem

würde das auch tun, aber hier, an seinem Schreibtisch, war nicht der passende Ort. Viel zu lange war er ein Feigling gewesen und jetzt musste er nur noch herausfinden, wie er Wes erklären konnte, was geschehen war und warum er es ihm nicht erzählt hatte.

Das Letztere war es, was ihm Sorgen bereitete. Er konnte keinen anderen guten Grund anführen als den, dass er sich geschämt hatte. Und rückblickend war das überhaupt kein guter Grund.

»Storm?«

Er schüttelte seine Gedanken ab. »Entschuldige. Ich war die ganze Nacht bei Everly und habe nicht gut geschlafen.«

Wes' Brauen schnellten hoch. »Bedeutet das das, was ich denke?«

Da sie sich allein im Büro aufhielten, machte es Storm nichts aus, eine Erklärung abzugeben. Er hatte Alex von seiner Verabredung mit Everly erzählt, da sein Bruder als Babysitter eingesprungen war, doch den anderen hatte er nichts gesagt. Doch das hätte er tun müssen, verdammt noch mal. Er behielt schon so lange Geheimnisse für sich, dass er immer wieder vergaß, den Menschen, die er liebte, die wichtigen Dinge mitzuteilen.

»Nicht ganz.« Storm stieß den Atem aus. »Ich war vergangene Nacht mit Randy bei Everly, weil Nathan krank geworden ist und Ev Unterstützung brauchte.«

Wes erstarrte. »Ein Asthmaanfall? Geht es ihm gut?«

Obwohl Wes nicht gewusst hatte, dass Storm nach Jacksons Tod noch so viel Kontakt mit Everly hatte, hatte die Familie Montgomery Everly in ihre Reihen aufgenommen, seitdem Alex und Tabby begonnen hatten, sich miteinander zu verabreden. Die Tatsache, dass Wes sich so um die Jungen sorgte, zeigte Storm, welch großartiger Mensch sein Bruder war.

Und verdammt, Storm musste sich aufraffen und zu der Art Mann werden, wie sein Zwillingsbruder es war – auch wenn Wes ihn an den meisten Tagen zur Weißglut brachte.

»Nur eine Magen-Darm-Verstimmung, die er heute Morgen schon überwunden zu haben scheint. Aber da James gerade erst die Operation hinter sich hat, befürchteten wir, er könnte sich anstecken, und haben die Kinder deshalb voneinander getrennt. Erinnere dich an uns als Kinder, wir hassten es meist, wenn wir uns in verschiedenen Zimmern aufhalten mussten. Ich hatte also die Aufgabe, James abzulenken.«

»Ich bin froh, dass es ihnen wieder gut geht.« Wes machte eine Pause und schien seine Gedanken zu sammeln, während er sich auf den Stuhl vor Storms Schreibtisch sinken ließ. »Habt ihr beiden, du und Everly, jetzt also etwas miteinander?«

Storm nickte. »Ja?«

»Das war eine Frage, keine Antwort.«

Storm stieß den Atem aus. »Ja, wir haben etwas miteinander, aber ich weiß nicht was. Gestern Abend haben wir uns zum ersten Mal verabredet und es endete damit, dass wir uns beide um die Kinder gekümmert haben.« Den Vorfall im Wäschezimmer erwähnte er nicht. Das ging nur ihn und Everly etwas an.

wenn du dich mit einer Frau

Euch beide verbindet eine gemeinsame Vergangenheit. Werdet ihr zurechtkommen?«

Von einer gemeinsamen Vergangenheit zu reden traf den Punkt nur ansatzweise. Er hatte Wes nichts über Jacksons zweite Familie gesagt, und das würde er auch nicht, bis Everly ihm ihr Okay geben würde. Es war nicht seine Geschichte, obwohl er Anteil daran hatte.

»Wir arbeiten noch daran«, erwiderte Storm ehrlich. »Ich weiß nicht, aber ich hätte nicht meine Freundschaft mit ihr riskiert, wenn es nichts Wichtiges wäre. Verstehst du, was ich meine?«

Wes nickte. »Ja.« Er öffnete den Mund, um noch etwas zu sagen, hielt aber inne, als Jillian mit einem Stirnrunzeln auf dem Gesicht und einem Fleck auf dem Hemd hereinkam. Er wollte wirklich nicht wissen, woraus dieser Fleck bestand, wenn er daran dachte, dass sie der Klempner ihres Unternehmens war.

»Du bist spät dran«, stellte Wes mit schneidender Stimme fest und Storm unterdrückte einen Seufzer. Er wusste ehrlich nicht, warum diese beiden nicht miteinander auskamen, doch das war nicht sein Problem. Sie waren erwachsen und mussten ihre Probleme selbst lösen. Er hatte genug um die Ohren.

Jillian stemmte die Hände in die Hüften und machte ein finsteres Gesicht. »Eine meiner früheren Kundinnen hatte ein Problem mit ihrer Spüle. Als ich den Vertrag mit der zuständigen Firma unterschrieb, war ich einverstanden, eventuell bei einigen Kunden auftretende, spätere Schäden zu beheben. Ich habe Tabby angerufen, um sie zu informieren, denn das ist immerhin ihr

Job. Außerdem habe ich für zwei weitere Stunden keinen Termin. Ich mag vielleicht im Augenblick mit dem Papierkram nicht auf dem Laufenden sein, aber das bedeutet lediglich, dass ich länger bleibe oder ihn mit nach Hause nehme. Machen Sie sich keine Sorgen, Mr. Montgomery, ich werde meine Arbeit erledigen.« Sie stieß den Atem aus und blickte Storm an. »Ich hörte, die Zwillinge wären krank? Geht es ihnen gut?«

Storm nickte. Er nahm an, dass sie es von Tabby erfahren hatte. Letztendlich wurden sie alle zu Freunden. »Ja. Soweit ich weiß. Du kannst Everly anrufen, wenn du willst, und mit ihnen reden.«

Sie zog eine Braue in die Höhe. »Ich weiß nicht, ob das eine gute Idee ist.«

»Was ist das für eine rätselhafte Bemerkung?«, erkundigte er sich stirnrunzelnd.

Wes schnaufte. »Sie will damit sagen, dass deine Ex-Freundin nicht deine neue Freundin anrufen sollte, solange alles noch so frisch ist und sie ihren Platz in deinem Leben noch nicht genau kennen. Und um Gottes willen, behaupte jetzt nicht, ich dürfte nicht von festen Freundinnen reden. Denn das ertrage ich langsam nicht mehr.«

Jillian klappte der Unterkiefer herunter und Storm kniff sich in den Nasenrücken. Wes konnte geradezu ärgerlich hellsichtig sein, wenn er es wollte, aber das wusste Jillian nicht.

Wes erhob sich und streifte Jillian im Vorbeigehen. Storm hatte das Gefühl, dass es zufällig geschehen war.

Zusammenarbeit der beiden schwierig werden würde, doch er hatte nicht erwartet, dass es so schlimm wurde. Sie mussten einfach einen Weg finden, ihre Probleme zu lösen, denn Jillian und Wes waren die Besten in ihrem jeweiligen Job. Montgomery Inc. profitierte von beiden. Das mussten sie nur erkennen.

»Hast du mir die Datei schon geschickt?«, fragte Wes unvermittelt. »Die, nach der ich dich gefragt habe?«

Storm nickte. »Ja, das steht auf meiner Liste. Ich brauche mehr Kaffee und dann werde ich mich darum kümmern.«

Wes winkte ab. »Du bist mit einem kranken Kind wach geblieben. Mehr brauchst du nicht zu sagen.« Und damit kehrte er zu seinem Schreibtisch zurück, als hätte er Storm und Jillian nicht gerade vor ein Rätsel gestellt. Sein Bruder bereitete ihm Kopfschmerzen, aber wenigstens saß sein Herz am rechten Fleck.

Jillian begab sich an ihren Schreibtisch, der neben dem von Luc im hinteren Bereich stand, und machte sich an die Arbeit. Da der leitende Klempner und der leitende Elektriker nicht so oft im Büro arbeiten mussten, teilten sie sich einen Bereich. Decker und Harper teilten sich ebenfalls einen Bereich in der anderen Ecke, da auch sie sich gewöhnlich auf Baustellen aufhielten. Storm überlegte, dass sie mit der Zeit das Büro erweitern oder in ein anderes Gebäude ziehen mussten, da die Firma – und die ganze Familie – in rasendem Tempo wuchs.

Er rieb sich den Nacken und öffnete die Datei, die Wes ihm geschickt hatte. Gerade war er dabei, sie zu überfliegen, als die Tür sich wieder öffnete. Diesmal schritt Everly hindurch; sie biss sich auf die Lippe.

Storm erhob sich hastig und eilte zu ihr. »Was ist los?« Noch niemals zuvor hatte sie ihn auf der Arbeit aufgesucht, auch nicht, als sie nur Freunde gewesen waren. Daher machte er sich Sorgen.

Everly schüttelte den Kopf. »Alles gut. Ich meine, so gut es eben sein kann, wenn ich nicht arbeiten kann und meine Angestellten ohne Job und Gehalt leben müssen. Du hast heute Morgen deine Brieftasche liegen lassen und bist nicht ans Telefon gegangen.« Den letzten Satz flüsterte sie und er nahm an, sie tat das, weil er bei ihr übernachtet hatte.

Er küsste sie sanft, wohl wissend, dass sein Bruder zu ihnen herüberstarrte. Jillian konnte sie von ihrem Platz aus nicht sehen, da die Treppe sie verdeckte, daher scheute er sich nicht, seine neue Beziehung zu Everly offen zu zeigen. Er wollte es Jillian nicht gerade unter die Nase reiben, aber er würde einen Weg finden, alle Probleme zu lösen.

»Hi«, sagte er nach einem Moment.

Everly löste sich mit erröteten Wangen von ihm. »Hi.«

»Danke, dass du mir meine Brieftasche gebracht hast. Ich hatte mein Telefon auf Vibration gestellt, da ich ein Geschäftsgespräch hatte. Ich muss es nicht gespürt haben. Es tut mir leid.«

Sie zuckte mit den Schultern und sah sich im Büro um. Er konnte die Spannung in ihren Schultern sehen und er wusste, er musste ihr die Verlegenheit nehmen, an seinem Arbeitsplatz herumzustehen, nachdem er sie geküsst hatte.

»Kein Problem«, sagte sie schließlich.

»Wo sind die Kinder?«, fragte er, weil er sich wunderte, dass sie nicht bei ihr waren.

Everlys Augen wurden schmal. »Sie sind mit Nancy und Peter zusammen. Jacksons Eltern verbringen in letzter Zeit immer mehr Zeit mit ihnen und ich weiß einfach nicht, was das zu bedeuten hat.«

Sie sind verdammte Arschlöcher, die alles kontrollieren wollen, was Everly tut, dachte er, sprach es jedoch nicht laut aus. Stattdessen zog er an ihrer Hand und führte sie zu einem der hinteren Räume, wo sie ungestört reden konnten und Everly nicht das Gefühl hatte, auf einer Bühne zu stehen. Er wusste, er hätte sie wahrscheinlich nicht in der Öffentlichkeit küssen sollen, aber er war nicht in der Lage gewesen, sich zurückzuhalten. Beim nächsten Mal musste er sich anders verhalten.

Jillian winkte ihnen zu, als sie nach hinten gingen, und Everly versteifte sich. Ihr Blick wanderte zwischen ihm und der anderen Frau hin und her. Nun, war das nicht peinlich?

»Was wirst du heute tun?«, erkundigte er sich. Er wusste zwar, dass sie immer noch genug zu tun hatte, obwohl sie ihren Laden nicht betreten durfte, doch er wollte ihre Aufmerksamkeit von der Tatsache ablenken, dass er mit Jillian zusammenarbeitete.

»Papierkram und Terminplanung«, erwiderte Everly knapp. »Ich weiß, dass du Jillian eingestellt hast. Aber ist dir das nicht unangenehm?«, platzte sie dann heraus. »Ich meine, ich weiß nicht, ob ich mit meinem Ex zusammenarbeiten könnte.« Ein schmerzvoller Ausdruck huschte über ihr Gesicht und er wusste, sie dachte an Jackson.

Verflucht, alles war so verdammt kompliziert. »Es ist nur unangenehm, wenn die Leute es immer wieder ansprechen«, sagte er mit einem Schnaufen. »Wir arbeiten in zwei verschiedenen Bereichen des Unternehmens, daher sehen wir uns wirklich nur, wenn sie sich wie heute mit Papieren beschäftigen muss.« Er stieß den Atem aus. »Ich bin immer noch mit ihr befreundet, Ev. Ist das ein Problem für dich?«

Everly runzelte die Stirn, schüttelte aber den Kopf. »Nein, ich meine, es sollte kein Problem sein.« Sie kniff sich in den Nasenrücken. »Weißt du, noch vor ein paar Tagen hätte ich behauptet, es wäre überhaupt kein Problem. Und das ist es auch nicht. Es ist nur so, dass …«

»Dass du immer noch verarbeitest, was mit Jackson passiert ist.« Er ballte die Hände an seinen Seiten zu Fäusten und holte tief Luft. »Mir geht es ebenso. Zur Hölle, wenn ich könnte, würde ich ihm in den Hintern treten dafür, dass er es gewagt hat, dich so zu betrügen.«

Everly legte ihm eine Hand auf die Brust. »Er hat auch dich betrogen. Er hat eine andere Familie da draußen und er ist nicht hier, um Entschuldigungen vorzutragen. Ich weiß weder, was ich tun werde, noch, wie ich es seinen Eltern erzählen soll – denn ich werde ihnen erzählen müssen –, aber ich weiß, dass die einfach verschwinden, nur weil ich es

ihr ihm zu

vertrauen. Das war ihm bewusst und er verstand es, aber das machte es ihm auch nicht leichter, es zu schlucken.

»Wir gehen ein Problem nach dem anderen an.« Er strich ihr eine Haarsträhne hinter das Ohr. »Ich weiß keine Antwort, was Jackson anbelangt, aber ich werde da sein, falls und wenn du mich brauchst. Was Jillian betrifft, so sind wir befreundet. Es mag im Augenblick ein wenig peinlich sein, weil wir alle erst noch herausfinden müssen, wie es laufen wird, aber ich will damit sagen, dass wir befreundet bleiben werden. Falls das ein Problem für dich ist, muss ich es wissen.«

Sie schüttelte den Kopf. »Ich weiß nicht, was wir füreinander sind, aber ich weiß, dass du niemals jemanden betrügen wirst. Du kannst es nicht. Du stellst immer die Bedürfnisse der anderen über deine eigenen – was Jackson nie getan hat und wir haben es ihm durchgehen lassen. Also ist das vielleicht auch unser Fehler.«

Storm ließ seine Hände über ihre Arme gleiten. »Nein, das ist seine Schuld.« Er zog sie an sich, denn er musste sie in diesem Augenblick unbedingt berühren, und sie schlang ihm die Arme um die Taille. Er hatte keine Ahnung, was sie taten, aber er wusste, dies war wichtig und er würde es nicht vermasseln. Und weil die Stimmung viel zu ernst wurde und seinen Verstand verwirrte, langte er um sie herum und tätschelte ihren Hintern. Er lachte, als sie sich kurz versteifte, bevor sie sich auf die Zehenspitzen stellte, um ihn ins Kinn zu beißen.

»Pass auf deine Hände auf, Storm. Du bist auf der Arbeit.«

Er zwinkerte, um die Atmosphäre aufzuheitern. »Das Gebäude gehört mir.«

Sie verdrehte die Augen und er küsste sie.

»Ein paar von uns essen im Taboo zu Mittag. Willst du dich uns anschließen? Ich meine, falls du nicht schon andere Pläne hast. Ich glaube nicht, dass Tabby kommen kann, also wirst du nicht so viele so gut kennen wie hier.«

Sie biss sich auf die Lippe. »Ich habe keine anderen Pläne«, sagte sie zögernd. »Und da ich keinen Job habe, denke ich, ich kann das Mittagessen einplanen.«

»Verdammt. Ich wünschte, die Polizei könnte dir mehr sagen. Ich hasse es, dass dir bezüglich des Ladens immer noch die Hände gebunden sind.«

»Man sollte meinen, sie ließen mich zumindest einmal eine Runde durch den Laden machen, um den Schaden zu begutachten, aber sie wollen mich so weit auf Distanz halten, dass es nicht mehr lustig ist.« Sie runzelte die Stirn. »Das Taboo liegt der Buchhandlung genau gegenüber, also werde ich wenigstens den Laden noch einmal von außen betrachten können. Gott, er sah so schlimm aus, als ich ihn zum letzten Mal gesehen habe, Storm. Ich glaube nicht, dass wir noch irgendetwas retten können. Nichts.«

Er drückte sie fest an sich. »Es tut mir so leid, Ev. Ich hoffe, sie schnappen den verdammten Brandstifter bald und lassen dich in deinen Laden. Ja, es wird hart ˙˙˙ aber du wirst nicht allein sein.« Sie wäre auch ˙˙˙ bevor sie diese neue Ebene ihrer ˙˙˙ ˙˙chen ihnen mochte sich ˙ ˙˙vor immer versucht, für sie da zu sein. »Und, Ev? Du kennst Leute, die dir beim Wiederaufbau helfen können. Du wirst nicht allein sein«, wiederholte er.

Sie seufzte in seinen Armen. »Ich weiß.« Ihre Stimme klang dünn und er hätte am liebsten auf etwas eingeschlagen, weil sie so niedergeschlagen klang. »Es ist einfach alles zu viel. Ich möchte mich der Situation hocherhobenen Hauptes stellen, aber ich bin so müde.«

Er streichelte ihren Rücken. »Dazu hast du jedes Recht, Ev. Du bist immer so stark. Falls du dich ausruhen musst, ist meine Schulter dafür wie geschaffen.«

Sie kuschelte sich an ihn und er hielt sie fest umschlungen. Er wusste, dies war nur der Anfang. Er wusste weder, an welchem Punkt sie am Ende stehen würden, noch, ob er einen fatalen Fehler begangen hatte, indem er ihre Beziehung in diese neue Richtung gelenkt hatte, aber in diesem Augenblick spielte nur die Frau in seinen Armen eine Rolle.

Und für sie würde er es mit der ganzen Welt aufnehmen.

Auch wenn sie es selbst konnte.

Wes

Wes hatte sich niemals so fehl am Platze gefühlt wie in diesem Augenblick und er hatte keine Ahnung, warum es so war. Sie saßen in seinem Lieblingscafé, in dem er sich bereits unzählige Male aufgehalten hatte. Das

Taboo teilte eine Seitenwand mit Montgomery Ink, dem Tattoostudio seiner Familie, und er kam jede Woche, wenn nicht täglich, hierher, um Kaffee zu trinken und etwas zu essen. Das Lokal lag weder in der näheren Umgebung seines Büros noch seines Zuhauses, doch er liebte es nun einmal und außerdem wollte er Zeit mit seiner Familie verbringen. Es lag also nicht an der Umgebung, dass er sich unwohl fühlte.

An den Menschen lag es auch nicht – nicht wirklich. Sie kamen nicht oft dazu, als Familie zu Mittag zu essen, da sie alle arbeiten mussten, aber manchmal konnten sie es zeitlich so einrichten, dass sie sich treffen konnten. Nicht alle Montgomerys waren anwesend, denn von ihnen gab es etwa vierzig in der Umgebung, aber es waren genügend da, um eine vertraute Atmosphäre zu schaffen. Normalerweise. Decker, sein Schwager und leitender Subunternehmer, saß ihm gegenüber. Deckers Frau Miranda war Lehrerin und musste daher mittags arbeiten, andernfalls wäre sie auch hier gewesen. Meghan und Luc waren da und steckten die Köpfe zusammen, während sie über eine Geschichte über eines ihrer Kinder lachten. Sie arbeiteten beide bei Montgomery Inc., das ihnen zum Teil gehörte, daher konnten sie logischerweise am Mittagessen teilnehmen. Maya und Austin waren die Besitzer des Tattoostudios und waren herübergekommen, um ihnen zu essen, obwohl ihre beiden besseren der Runde nicht anschließen konnten.

ner steckten gerade selbst mitten

Austins Frau, war von

überrascht

worden. Ihr gehörte die Boutique auf der anderen Seite der Straße.

Seine seltsame Stimmung lag auch nicht daran, dass Hailey, die Inhaberin des Taboo, nicht da war. Normalerweise bediente sie sie und speiste am Ende mit ihnen, zusammen mit Sloane, ihrem Ehemann und Tätowierer. Doch sie hatte sich eine schlimme Erkältung eingefangen und ruhte sich zu Hause mit Sloane an ihrer Seite aus, der ihr höchstwahrscheinlich Suppe kochte. Die anderen hatten süß gelächelt, als Haileys Angestellte das erwähnt hatte, aber Wes hatte nur gegrinst, wobei er gewusst hatte, dass das Lächeln seine Augen nicht erreichte.

Er fühlte sich einfach … unbehaglich. Vielleicht lag es daran, dass Storm und er die letzten beiden Montgomerys waren, die noch nicht verheiratet oder auf dem Weg dorthin waren. Er hatte nicht vorgehabt, einer der letzten beiden Singles zu werden, aber alle anderen um ihn herum waren unter die Haube geraten und er und Storm waren übrig geblieben.

Aber so wie Storm sich zu Everly beugte, während sie eine geheime Unterhaltung führten, bekam Wes das Gefühl, auch Storm würde bald in festen Händen sein – falls das nicht bereits geschehen war –, und dann bliebe Wes allein zurück. Es hingen verschiedene vertrackte Probleme in der Luft. Everly war mit Jackson, Storms bestem Freund, verheiratet gewesen – ein Mann, den Wes gehasst hatte, auch wenn er sich sagte, es wäre keine Eifersucht gewesen. Er hatte Jackson ganz einfach ganz allgemein nicht gemocht. Und jetzt war Storm mit der Witwe des Mannes zusammen. *Kompliziert* beschrieb die Sache nicht ansatzweise.

Und die größte Komplikation saß auf der anderen Seite des verdammten Tisches.

Jillian.

Storms Ex. Oder nicht wirklich eine Ex. Nur seine Freundin. Oder seine Fick-Kumpanin. Die Frau, die seinen Bruder an den Eiern herumgeführt und ihn dazu gebracht hatte, so viel Zeit seines Lebens an eine Beziehung zu vergeuden, die niemals ernst gewesen war. Ja, Wes hatte seine eigenen Probleme und Gründe, warum er noch Junggeselle war, aber nicht wegen einer Beziehung, die immer wieder beendet und neu begonnen wurde und zu nichts führte.

Und irgendwie war sie am Ende in ihrem Unternehmen gelandet und arbeitete mit ihnen zusammen.

Die Tatsache, dass sie der beste Klempner war, den er je gesehen hatte, ärgerte ihn nur noch mehr. Aus irgendeinem Grund regte Jillian ihn stets aufs Neue auf und er konnte nicht genau herausfinden warum. Manche Leute waren eben so und Wes war normalerweise nicht von Grund auf ein Arschloch.

Offensichtlich lief es mit Jillian anders.

Er wusste, er musste unbedingt erwachsen werden und sich professionell verhalten. Er war sich sehr wohl bewusst gewesen, wie er sich benahm, als er sich in Storms Gegenwart über sie geärgert hatte. Er hatte auch versucht, sich zu beherrschen, aber sie hatte einfach etwas an sich, das ihn dazu brachte, sich wie ein Idiot aufzuführen.

... te ihn noch mehr.

Sicher, es half der Sache nicht, dass sie sich genau wie er verhielt. Sie blickte auf und sah zu ihm hinüber. Dann zwinkerte sie ihm zu und führte ihre Unterhaltung mit Maya fort.

Gott, er musste sich zusammenreißen. Denn der Mann, zu dem er wurde, gefiel ihm nicht. Und falls er tatsächlich der letzte alleinstehende Montgomery war, dann sollte er besser sein Leben in Ordnung bringen.

Bald.

Kapitel Dreizehn

EVERLY HÄTTE LIEBER EISKALT GEBADET und sich zu Tode gefroren, als das zu tun, was ihr bevorstand. Sie hätte lieber ihren ganzen Körper eingewachst, als die Haustür zu öffnen, wenn sie an ihrem Haus einträfen. Sie hätte lieber eine ganze Woche lang Rosenkohl gegessen – und nicht den leckeren, der in der Pfanne oder dem Wok in Öl und Sojasauce gebraten wurde. Nein, den stinkenden, gekochten, ohne Salz und Pfeffer. Das alles hätte sie lieber getan, als sich der anstehenden Situation zu stellen.

Aber da sie erwachsen war und wusste, was getan werden musste, würde sie es tun. Aber gefallen musste es ihr nicht.

»Ich habe James und Nathan ins Spielzimmer vor einen Film gesetzt und ich werde bei ihnen bleiben, wie du mich gebeten hast, während du mit deinen Schwiegereltern sprichst. Aber falls du mich noch für etwas anderes brauchst, bin ich da«, sagte Storm, als er ins

Taille. Sie lehnte sich an ihn und schloss die Augen, um sich auf seine Umarmung zu konzentrieren, anstatt daran zu denken, was sie vor sich hatte. Die beiden hatten nicht miteinander geschlafen, waren sich jedoch während der letzten paar Tage immer näher gekommen. Sie wusste, dass sie es jedoch bald tun würden, und dann würde ihre Beziehung eine neue Ebene erreichen. Doch daran konnte sie in diesem Augenblick nicht denken, nicht wenn sie sich auf eins der anderen tausend Dinge konzentrieren musste, die in ihrem Leben vor sich gingen.

»Ich denke, ich werde zurechtkommen«, sagte Everly, als sie sich von ihm löste und sich herumdrehte, um ihn anzublicken. »Ich reiße mich nicht gerade um dieses Gespräch mit ihnen und ehrlich, wenn ich einen Weg gefunden hätte, es zu umgehen, hätte ich es getan. Aber sie müssen wissen, dass es diese Frau da draußen gibt und was sich vielleicht daraus ergeben wird.« Sie kniff sich in den Nasenrücken; der vertraute Schmerz in ihrem Kopf machte sie schwindelig. »Ich muss noch einmal mit Rachel reden. Ich muss herausfinden, ob sie überhaupt die Wahrheit sagt, obwohl die Beweise sich mehren. Ich muss überlegen, ob und wann ich es den Jungs erzähle und wie ich mit der Tatsache umgehen werde, dass sie Halbgeschwister haben. Ich weiß auch nicht, was Rachel will, aber da sie im Testament definitiv mit keinem Wort erwähnt wurde, habe ich das Gefühl, es muss mit Geld zu tun haben – was ich nicht habe, außer dem Haus und dem, was ich für das College der Jungs zurückgelegt habe.« Sie stieß den Atem aus. »Also, ja, um all das muss ich mir Sorgen machen, und ich habe keine Ahnung, was ich tue, aber dies vor Nancy und Peter geheim zu halten würde am Ende alles nur noch schlimmer machen. Auch wenn sich alles am Schluss als Lüge herausstellt und ich diese Abscheulichkeiten an Jacksons Eltern weitergegeben habe, so habe ich es ihnen zumindest nicht verschwiegen.«

Storms Augen weiteten sich, während sie sprach, und sie verzog das Gesicht. Sie war ein bisschen ins Schwafeln gekommen, aber ehrlich, alles lag so weit außerhalb ihres Wissens, dass sie ihre Gedanken nicht ordnen konnte. Sie hatte versucht, vor dem Spiegel zu üben, was sie ihren Schwiegereltern sagen würde, und herausgekommen war nur, dass ihr Sohn ein wertloses Stück Dreck gewesen war. Ein wahrhaft wertloses Stück Dreck.

Nicht gerade hilfreich.

»Wie ich schon sagte, ich würde Jackson am liebsten verprügeln. Und ich weiß, dass Gewalt keine Probleme löst, aber …«

»Es wäre in diesem Augenblick zumindest ein wenig erleichternd«, beendete Everly den Satz für ihn.

Er fuhr mit der Hand über ihren Rücken und obwohl sie es nicht wollte, ließ sie sich von ihm trösten, nur ein bisschen. »Ich werde mit den Jungs im Hintergrund bleiben, sodass sie nicht hören müssen, was vor sich geht, und sich nicht damit auseinandersetzen müssen. Du musst dir also um sie keine Sorgen machen. Aber ich bin da, falls du mich brauchst. Das weißt du.«

»Ja, das weiß ich, aber …« Sie wusste nicht, wie sie ~~ ihn zu verletzen, aber da sie im wehtun würde, ließ sie ihren Worten freien Lauf. »Ich weiß nicht, ob jetzt der richtige Zeitpunkt ist, sie auch noch wissen zu lassen, dass wir beide zusammen sind. Ich meine, falls wir zusammen sind. Oder was auch immer wir sind.«

Bingo. Sie war ins Fettnäpfchen getreten.

Schon wieder.

Storm versteifte sich, dann blickte er auf sie hinab. Sie glaubte, Schmerz in seinen Augen aufflackern zu sehen, aber sie war sich nicht sicher. Er berührte ihr Gesicht und sie hätte sich gern wieder an ihn geschmiegt, doch sie tat es nicht. »Wir sind zusammen. Lass uns das öffentlich bekunden. Ich weiß nicht, was das darüber hinaus bedeutet, aber du und ich? Wir sind ein *Du und ich*. Und was das anbelangt, es Nancy und Peter nicht zu erzählen? Ich habe verstanden. Es gefällt mir nicht. Aber ich habe verstanden. Ich werde mich also mit den Kindern im Hintergrund halten und falls du mich brauchst, werde ich da sein, ohne die anderen wissen zu lassen, was zwischen uns läuft.«

Sie schloss die Augen und beugte sich vor, um den Kopf an seine Brust zu lehnen. Er streichelte ihr den Rücken und sie seufzte. »Ein Geheimnis. Etwas, was mir absolut nicht gefällt, aber ich kann ihnen nicht alles auf einmal erzählen. Und es sind Jacksons Eltern, nicht meine. Sie haben kein Recht zu bestimmen, mit wem ich zusammen bin, sie werden sich also einfach damit abfinden müssen. Wie auch immer, im Augenblick möchte ich sie nicht noch mehr stressen, da ich ihnen erklären werde, dass ihr perfekter Sohn überhaupt nicht so perfekt war.«

Und ihr perfekter Ehemann war nicht der Mann, für den sie ihn gehalten hatte.

Nein, dachte sie. In ihren Augen war er nie perfekt gewesen und das war in Ordnung gewesen. Sie hatte gedacht, er gehörte ihr. Das war das Problem. Doch er hatte auch Rachel gehört ... und vielleicht noch anderen, denn wenn er sie mit einer Frau betrogen hatte, konnte er es auch mit mehreren getan haben. Offensichtlich war er diese Art Mann gewesen und sie hatte es nicht gesehen. Sie mochte sich vielleicht entschieden haben, es nicht zu sehen, doch das warf sie sich nicht vor. Dazu hatte sie weder die Zeit noch die Energie.

Storm küsste sie zärtlich und riss sie so aus ihren Gedanken, wofür sie ihm dankbar war. »Sie werden nicht gerade glücklich sein, aber sie haben dir so lange das Leben zur Hölle gemacht, weil sie nicht wissen, wie sie trauern können, ohne um sich zu schlagen. Ich meine, sie werden es nicht gut aufnehmen, aber ich habe die Hoffnung, dass sie nicht ausflippen werden.«

»Dein Wort in Gottes Ohr«, sagte sie leise. In diesem Augenblick klingelte es an der Tür und sie seufzte. »Ich bringe es besser hinter mich.«

Storm küsste sie noch einmal und zog sie fest an sich. Sie wusste nicht, was sie angesichts der Tatsache empfand, dass sie sich durch seine Unterstützung besser fühlte. Ja, sie dachte viel zu viel darüber nach, was er ihr bedeutete, aber in Wahrheit musste sie sich davon abhalten, sich in ihn zu verlieben. Denn wenn sie sich zu sehr auf ihn stützte oder zuließ, dass sie etwas fühlte, was sie nicht fühlen sollte, würde sie am Ende nur wieder

wegen eines Mannes zusammengebrochen war, war mehr als genug.

Storm kehrte ins Spielzimmer zurück und Everly glättete ihr Baumwollkleid, bevor sie zur Tür ging, um diese zu öffnen.

»Wird schon schiefgehen«, flüsterte sie vor sich hin, als sie den Türknauf drehte. Das ältere Ehepaar stand auf ihrer Veranda, den üblichen, leicht arroganten Ausdruck auf den Gesichtern. »Nancy, Peter, danke, dass ihr so kurzfristig kommen konntet.« Sie hatte sie am Tag zuvor eingeladen, also war es eigentlich nicht so kurzfristig, aber sie wollte Nancy nicht schon zu Anfang verärgern.

Peter nickte ihr zu, bevor er Nancy ins Haus folgte. Nancy sagte nichts, beäugte Everly jedoch kritisch, bevor sie sich im Wohnzimmer umsah. Everly hatte das Haus vor ihrem Eintreffen gut geputzt und die Kinder ferngehalten, sodass das Zimmer länger als zwanzig Minuten sauber blieb. Normalerweise hätte Everly dem keine so große Bedeutung zugemessen, aber sie wollte nicht an allen Fronten kämpfen. Sie musste sich ihre Schlachten gut aussuchen.

»Darf ich euch beiden Tee bringen? Cola? Wasser?«

Peter schüttelte den Kopf und setzte sich mit einem Buch in der Hand hin. Der Mann redete nicht viel, da Nancy genug für beide sprach.

Nancy ließ sich mit ihrer Handtasche auf dem Schoß neben ihrem Mann nieder. »Nein danke. Worüber wolltest du mit uns reden? Geht es darum, dass wir uns mehr und mehr um die Bedürfnisse der Kinder kümmern wollen? Ich bin sicher, dass du das verstehst, jetzt, da dein Leben aufgrund des Brandes in eine solch große … Unordnung geraten ist. Aber auch, wenn du Vollzeit arbeiten würdest, kleine Jungen brauchen Anleitung und Fürsorge. Peter und ich sind bereit und fähig, dabei zu helfen, das zu verwirklichen.« Sie hielt beide Hände in die Höhe, als wollte sie jede Diskussion abwehren, und schenkte Everly ein kleines Lächeln.

Mein Gott, es würde schwieriger werden, als sie gedacht hatte. Falls Nancy aus welch verrückten Gründen auch immer glaubte, sie könnte die Erziehung übernehmen, so wäre ihr ein unsanftes Erwachen sicher, wenn sie erkennen musste, wie hart Everly um ihre Kinder kämpfen würde.

»Natürlich werden wir nicht das Sorgerecht beanspruchen. Es sind deine Kinder. Aber es waren auch Jacksons Kinder. Und da Jackson nicht mehr unter uns weilt«, sie legte eine Pause ein, um sich eine Träne wegzuwischen, die nicht echt war, wie Everly wusste, »wollen wir dafür sorgen, dass sein Vermächtnis weiterlebt.«

Everly blinzelte; unkontrollierter Zorn erfüllte sie. Sie hatte die meiste Zeit ihrer Ehe damit verbracht, Nancys Erwartungen zu erfüllen – und hatte versagt. Sie hatte gelernt, damit zu leben, auch wenn sie versuchte, in manchen Fällen nachzugeben, aber Nancy hatte nicht alle Tassen im Schrank, wenn sie glaubte, ihre Forderung wäre auch nur annähernd angemessen.

»Wirst du auch dafür sorgen, dass Jacksons andere Kinder richtig erzogen werden?«, platzte sie heraus, die Hände in ihrem Schoß zu Fäusten

Peter starrte sie an, aber Nancys Gesicht lief rot an. »Worüber redest du um alles in der Welt, Everly?«

Nun, sie hatte nicht vorgehabt, es ihnen so beizubringen, aber jetzt schien sie sich nicht mehr stoppen zu können. »Jackson hat drei weitere Kinder. Wusstet ihr das? Vielleicht hat er sogar noch mehr, weil ich von diesen drei auch nichts wusste, also wer weiß, er könnte zwanzig Kinder da draußen in verschiedenen Städten haben, die alle darauf warten, dass ihr Daddy nach Hause kommt.«

Everly war aufgesprungen und Nancy ebenso. Peter blieb geschockt sitzen, als könnte er nicht einmal die Energie aufbringen aufzustehen.

»Hör auf zu lügen, Everly«, spie Nancy hervor. »Ich weiß nicht, warum du glaubst, es könnte dir in irgendeiner Weise helfen, wenn du Lügen über meinen Sohn erfindest, aber du schadest dir nur selbst.« Nancys Lippen wurden schmal und ihre Augenbrauen zogen sich zusammen. »Du hältst den Mund. Unser Sohn hätte so etwas nie getan. Er war perfekt. Er starb viel zu jung und ich werde nicht zulassen, dass du seinen Namen beschmutzt. Du warst nicht gut genug für ihn, als du ihn geheiratet hast, und du bist jetzt definitiv nicht gut genug, um seine Kinder zu erziehen.«

Everly holte das Foto von Jackson und Rachel hervor. Ihre Hände blieben ruhig, obwohl sich ihr der Magen herumdrehte. Dies lief viel schlechter, als sie erwartet hatte, aber jetzt konnte nichts sie mehr aufhalten. »Dies ist dein perfekter Sohn und er hat seinen Arm um eine hochschwangere Frau gelegt. Seine Lippen berühren ihre Wange. Dies ist der Mann, von dem du behauptest, er könne keinen Fehler begehen.«

Everly hätte sich denken können, dass Nancy ausflippen würde, doch sie nahm die Ohrfeige nicht wahr, bis ihre Wange brannte. Sie hielt sich das Gesicht und blinzelte.

»Halt den Mund!«, fauchte Nancy sie an.

»Hast du mich gerade geschlagen?«, fragte Everly langsam, während sie ihre Wange betastete. Sie fühlte sich warm an und sie wusste, sobald sie die Hand vom Gesicht nähme, würde man einen roten Abdruck sehen.

»Ich werde es noch einmal tun, wenn nötig. Wie kannst du es wagen, Jackson zu beschuldigen, mit dieser Frau Kinder zu haben?«

»Du wirst deine Hände von ihr lassen«, ertönte plötzlich Storms Stimme aus dem Flur. Everly widerstand dem Drang, stöhnend die Augen zu schließen. Dies würde kein gutes Ende nehmen.

Peter war aufgestanden, als Nancy Everly geohrfeigt hatte, und jetzt legte er eine Hand auf den Arm seiner Frau. »Nancy, beruhige dich. Ich bin sicher, es gibt eine vernünftige Erklärung.«

Nancy blickte ihren Ehemann spöttisch an. »Ach ja? Sie ist eine Lügnerin. Eine Lügnerin, die glaubt, das Andenken an meinen Sohn beschmutzen zu können.« Sie drehte sich zu Storm herum. »Und was hast du hier zu so später Stunde zu suchen? Zu Lebzeiten meines Sohnes hast du nichts Besseres getan, als ihn zurückzuhalten, und jetzt bist du hier und glaubst, du kannst mir sagen, was ich zu tun habe? Du glaubst, du kannst versuchen, ihn zu ersetzen? Du kannst ihm nicht das Wasser reichen.«

Everly hatte genug. »Nancy. Halt den Mund und setz dich oder verlasse mein Haus.«

Nancy drehte sich wieder zu Everly herum. Ihre Augen weiteten sich für einen Moment, dann verengten sie sich zu Schlitzen. »Wie bitte?«

Storm trat näher heran, aber Everly hob eine Hand, um ihn aufzuhalten, bevor sie sich wieder an ihre Schwiegermutter wandte. »Dies ist mein Haus. Meine Familie. Wie kannst du es wagen, so mit mir zu reden? Wie kannst du es wagen, mich zu schlagen? Du hast mich mehr als zehn Jahre lang wie Dreck behandelt und ich habe es hingenommen, weil es der bequemste Weg war, aber jetzt ist Schluss. Falls du denkst, du kannst mich weiter so behandeln, werde ich dafür sorgen, dass du deine Enkel nie wiedersiehst.« Everlys Brust hob und senkte sich, aber sie war noch nicht fertig. »Ich habe euch nicht über Jacksons andere Familie informiert, weil ich euch verletzen will. Ich sage es euch, weil ihr wissen müsst, was da draußen lauert und was in der Vergangenheit eures Sohnes geschehen ist. Ich weiß nicht, was ich angesichts der Tatsache unternehmen werde, dass er außerhalb unserer Ehe drei Kinder hat, aber ich weiß, dass ich es nicht für immer ignorieren kann. Und wisst ihr was? Es könnte alles auch eine Lüge sein. Ich werde es herausfinden, weil ich dazu gezwungen bin, aber ich dachte, ich erweise euch heute Abend die Höflichkeit, euch die Wahrheit zu erzählen. Aber offensichtlich könnt ihr euch nichts anhören, was das perfekte Bild eures perfekten Sohnes zerstören könnte. Nun, weißt du was, Nancy? Er war nicht perfekt. Ich habe ihn nie für perfekt gehalten, auch schon bevor dies ans Licht gekommen ist. Aber ich glaubte, er gehörte mir. Und ich nehme an, ich habe mich geirrt. Denn auch wenn er nicht der Vater dieser Kinder ist, so hat er auf dem Foto immer noch eine andere Frau im Arm und das Bild wurde aufgenommen, nachdem wir zusammengekommen waren. Ich erinnere mich an das Hemd«, flüsterte sie. »Ich erinnere mich, dass ich es ihm gekauft habe. Ich erinnere mich, dass er diesen hässlichen Spitzbart trug. Und das war alles, nachdem wir ein Paar geworden waren.«

»Du lügst«, knurrte Nancy. »Du bist lediglich eine Hure aus der Unterschicht, die meinen Sohn verführt hat und jetzt versucht, seinen guten Namen vor seinen Söhnen zu beschmutzen.«

»Raus.« Storms Stimme war leise, jedoch autoritär, und Everly war nicht glücklich. Sie konnte mit der Situation allein zurechtkommen und brauchte keinen Mann, der sich einmischte und die Kontrolle übernahm. Das hatte Jackson zur Genüge getan. Sie konnte darauf verzichten, dass Storm sich ebenso verhielt.

Peter zog an Nancys Arm, bevor er den Blick zwischen Storm und Everly hin und her schweifen ließ. »Wir werden erst einmal gehen«, sagte er sanft.

»Wie bitte?«, fragte Nancy mit schriller Stimme.

Er bückte sich und reichte seiner Frau die Handtasche. »Wir müssen das bereden und auf uns wirken lassen. Wenn wir uns dann ein bisschen beruhigt haben«, er warf seiner Frau einen betonten Blick zu, als Nancy ihn anstarrte, während sie etwas vor sich hin murmelte, was sicher nicht nett war, wie Everly wusste. »Ich … ich hoffe, es ist nicht wahr.«

Und damit zog er seine schreiende, tobende Frau aus dem Haus. Storm folgte ihnen, als wollte er sichergehen, dass sie nicht zurückkehrten.

Er schloss die Tür hinter ihnen und drehte sich mit zu Stein erstarrtem Gesicht herum. »Ich kann es nicht fassen, dass sie dich geschlagen hat. Ich werde dir Eis bringen.«

»Es geht mir gut«, stieß Everly hervor.

»Nein, das stimmt nicht.« Er trat mit ausgestreckter Hand auf sie zu. »Deine Wange ist gerötet.«

Everly wich zurück, denn sie wollte in diesem Augenblick nicht von ihm berührt werden. Schmerz verschattete seine Gesichtszüge und er ließ die Hand sinken.

»Ich hatte nicht vor, dich zu schlagen, Ev«, sagte er mit rauer Stimme.

Sie schüttelte den Kopf. »Das weiß ich doch.«

»Warum weichst du dann vor mir zurück?«

Sie hob das Kinn. »Ich bin gut mit der Situation zurechtgekommen, Storm.«

Seien Augen wurden schmal. »Sie hat dich geschlagen.«

»Und sie hätte es nicht noch einmal getan. Beim ersten Mal hat sie mich überrascht, aber ich hätte es ihr kein zweites Mal erlaubt.« Sie stieß den Atem aus, nicht mehr so wütend wie zuvor, aber über alle Maßen müde. »Du kannst nicht einfach alles übernehmen, Storm. Du kannst nicht einfach so in mein Leben treten und glauben, du könntest all meine Probleme lösen. Das kannst du nicht. Du bist nicht mein Ehemann und offensichtlich war mein Ehemann auch nicht wirklich mein Mann.« Beim letzten Satz brach ihre Stimme und sie hasste sich dafür. Sie ging mit all dem falsch um, aber an einem gewissen Punkt war ihr alles zu viel geworden.

»Everly«, flüsterte er. »Ich versuche doch nicht, alles zu übernehmen.«

»Du hast es aber getan. Und du tust es immer noch. Versuch ... versuch bitte nicht, seinen Platz einzunehmen, Storm.« Sie schloss die Augen und hielt die Tränen zurück. »Geh einfach. Du musst gehen. Ich muss heute Nacht mit meinen Söhnen allein sein.«

»Ev –«

»Geh einfach.«

Sie öffnete die Augen und sah, wie er eine Weile da stehen blieb, bevor er sich herumdrehte und ohne ein weiteres Wort davonging. Als die Tür hinter ihm ins Schloss fiel, wäre sie am liebsten auf die Knie gesunken, um Jackson zu verfluchen und in Schluchzen auszubrechen. Stattdessen straffte sie die Schultern und verschloss die Tür, bevor sie ins Spielzimmer zurückkehrte, wo die Jungs sich friedlich einen Film anschauten. Sie würde sie in ihre kleinen Betten legen und ihnen eine Geschichte vorlesen. Und dann, wenn sie eingeschlafen wären, würde sie sich in die Badewanne sinken lassen und weinen.

Weil sie mit jedem Tag mehr und mehr von ihrer Vergangenheit verlor, von dem Traum, den sie mit dem

solche Angst hatte, noch mehr zu verlieren, wenn sie nicht in Bewegung blieb und versuchte, stark zu bleiben.

Sie hatte sich selbst verloren, als sie ihren Mann verloren hatte, und sie hatte es nicht einmal bemerkt.

Das durfte ihr nicht noch einmal passieren.

Auch nicht für Storm.

Ihr Telefon klingelte. Sie blickte auf den Bildschirm. *Unbekannt.*

Tränen rannen über ihr Gesicht, als sie sich meldete. »Hallo?«

Keine Antwort.

»Wer ist da?«, schrie sie. »Warum lassen Sie mich nicht in Ruhe?« Ihre Hände bebten und als die Verbindung abbrach, schleuderte sie das Handy auf die Couch. Sie glitt zu Boden; Galle stieg in ihrer Kehle auf.

Sie konnte nicht mehr. Es war alles zu viel.

Es war einfach alles zu viel.

Kapitel Vierzehn

STORM HATTE einige Fehler in seinem Leben begangen, aber der vergangene Abend hatte alles übertroffen.
Er war lange genug mit Everly befreundet, um zu
wissen, dass es ihr ganz und gar nicht gefiel, wenn
jemand für sie sprach. Zur Hölle, traf das nicht auf alle
Frauen zu, die er kannte? Und was hatte er getan? Er
war geradewegs ins Zimmer marschiert, hatte über
ihren Kopf hinweg das Wort ergriffen und Jacksons
Eltern aufgefordert, Everlys Haus zu verlassen. Dann
war er knurrend im Wohnzimmer herumgelaufen und
hatte das alte Ehepaar wie ein Neandertaler zur Tür
hinausgejagt.

Kein Wunder, dass Everly ihn auch hinausgeworfen
hatte.

»So spät bist du noch hier?«, fragte Jillian, als sie an
seinem Schreibtisch vorüberging.

Er riss sich aus seinen Gedanken und blickte auf.

Haare hinter das Ohr. Sie trug nicht den für sie typischen Pferdeschwanz, was ihn überraschte. Tatsächlich war sie auch nicht in ihrer gewöhnlichen Arbeitskleidung. In dem schmalen, schwarzen Kleid und den Schuhen mit hohen Absätzen wirkte sie eher so, als hätte sie eine Verabredung.

»Gehst du aus?«, fragte er und lehnte sich auf seinem Stuhl zurück, um den Rücken zu dehnen. Er hatte sich den größten Teil des Tages über seinen Schreibtisch gebeugt, da er seine Pläne so schnell wie möglich zu Papier hatte bringen wollen, nachdem ihm die Idee gekommen war.

Jillian schenkte ihm ein kleines Lächeln, bevor sie die Augen verdrehte. »Ja, es ist Freitagabend und ich habe eine Verabredung. Ich habe nur mein Telefon auf dem Schreibtisch vergessen, Idiotin, die ich bin. Glücklicherweise treffe ich den Kerl in einem Restaurant und ich habe hoffentlich nicht seinen Anruf verpasst.«

»Lass dich nicht von ihm zu Hause abholen, bevor du ihn einige Male getroffen hast. Heutzutage weiß man nie, wer einem über den Weg läuft.«

Jillian lachte und ging zu ihrem Schreibtisch, um das Telefon zu holen. Sie sah die Nachrichten durch und er blickte sie mit hochgezogener Braue an.

»Warum hast du gelacht?«

»Weil du so übertrieben beschützerisch bist. Das ist süß.«

Er runzelte die Stirn. »Das ist nicht süß.«

Jillian tätschelte ihm die Wange, dann trat sie wieder von ihm zurück. »Doch, das ist es. Da ich keine Brüder habe, ist es schön, dass du dich so darum sorgst, mit wem ich mich verabrede.«

»Da wir zusammen geschlafen haben, hoffe ich, dass du mich nicht als Bruder betrachtest.«

»Wer ist jetzt schräg? Ich meinte doch nur, dass es schön ist, jemanden zu haben, der sich um mich sorgt, weißt du?«

Storm lehnte sich zurück. »Ich habe dich immer gerngehabt, Jilly.«

»Ich weiß. Auch ich hatte dich gern. Und habe es immer noch. Aber nicht auf die gewisse Art. Und die Sache mit dir und Everly? Das ist genau das, was du haben solltest, anstatt dessen, was auch immer wir versucht haben aufrechtzuerhalten, nur weil wir einsam waren. Und jetzt gehe ich aus und verabrede mich und versuche, meinen Mr. Right zu finden.«

Das war viel auf einmal zu verarbeiten, doch jetzt, da sein Verstand ein bisschen besser funktionierte, fiel ihm auf, dass ihn etwas, was sie gesagt hatte, an ein Gespräch erinnerte, das sie geführt hatten. »Du hast es vorausgesehen«, sagte er nach einer Weile. »Du hast Everly und mich zusammen gesehen.«

Jillian errötete, obwohl sie mit den Schultern zuckte, als wäre es keine große Sache. »Ich glaubte etwas zwischen euch zu bemerken, das sich zu etwas Großartigem entwickeln konnte, und ich wollte nicht im Weg stehen. Ich wusste nicht genau was, aber ich sah ein gewisses Potenzial.«

»Und ich war mir dessen viel zu lange nicht

noch nicht bereit. Jetzt seid ihr es. Übrigens sieht man nicht das wahre Potenzial, wenn man sich so nahesteht.«

Er wusste nicht genau, was er daraus machen sollte, doch er schob den Gedanken beiseite, da er andere Dinge im Kopf hatte. »Ich habe mich mit dir niemals einsam gefühlt, Jillian. Wir waren Freunde und sind es immer noch.«

Sie lächelte ihn traurig an. »Wir mögen uns zusammen vielleicht nicht einsam gefühlt haben, aber es war trotzdem nicht das, was wir beide in Wahrheit brauchten. Ich werde niemals bereuen, was wir hatten, aber ich bin froh, dass wir beide Wege finden, nach vorn zu schauen, und dennoch am Leben des anderen teilhaben.« Sie machte eine Pause. »Vorausgesetzt, es stört Everly nicht. Nicht alle Frauen wären glücklich, eine Ex um sich zu haben, auch wenn ich das für dich theoretisch nicht bin.«

Er konnte nicht widersprechen. »Ich habe mit ihr darüber gesprochen und ich denke, sie ist einverstanden, und wenn sich der Staub erst einmal gelegt hat, werden wir einen Weg finden, alle drei miteinander befreundet zu sein. Ich möchte dich nicht verlieren, Jilly, aber Ev? Sie ...«

»Sie bedeutet dir alles. Oder zumindest wird es in Zukunft so sein. Und wirst du mir nun verraten, warum du hier so spät noch arbeitest, während du doch bei deiner Frau sein könntest? Ich meine, ich bin mir ziemlich sicher, dass du noch nicht mit ihr geschlafen hast, also warum tust du das nicht, anstatt in einem dunklen Büro herumzuhängen?«

»Woher zur Hölle willst du wissen, ob ich mit Everly geschlafen habe oder nicht?«

»Ich sehe alles. Ich weiß alles.«

Er zeigte ihr den Mittelfinger und sie lachte. »Ich mache mich in ein paar Minuten auf den Weg zu ihr, falls du es wirklich wissen willst. Ich musste nur noch ein paar Dinge fertigstellen und außerdem bin ich mir ziemlich sicher, dass sie ein wenig Abstand brauchte.«

Ihre Augen wurden schmal. »Was hast du getan?«

Er hielt beide Hände in die Höhe. »Etwas Dummes, das ich richtigstellen muss. Zumindest muss ich es versuchen. Wir beide loten uns noch gegenseitig aus und ich habe einen Fehler gemacht, den ich bereue und wiedergutmachen will.«

»Ich möchte dir nicht wehtun müssen.«

»Ich dachte, du wärst mit mir befreundet, nicht mit ihr.«

Jillian zuckte mit den Schultern. »Ich mag sie und ihre Jungen. Und Tabby ist im Augenblick ziemlich beschäftigt, also braucht Everly ein wenig mehr Frauenpower, um ihr den Rücken zu stärken.«

Storm lächelte wider Willen. »Ich denke, das würde ihr gefallen.« Er stieß den Atem aus. »Du solltest dich besser auf den Weg machen oder du wirst deine Verabredung verpassen. Ich bin da, wenn du jemanden zum Reden brauchst, Jillian. Vergiss das nicht.«

Sie lächelte ihn an, obwohl das Lächeln nicht ihre Augen erreichte. »Du bist ein guter Mann, Storm Montgomery. Pass nur auf, dass du nicht alles vermasselst,

ihrem Wagen. Sie hätte das zwar auch allein geschafft und außerdem gab es Überwachungskameras, aber in letzter Zeit hatte es einige Zwischenfälle gegeben und er wollte nach Einsetzen der Dunkelheit kein Risiko eingehen. Dann gingen sie jeder ihrer Wege und er fuhr zu Everlys Haus. Er hoffte, sie ließe ihn herein und schlüge ihm nicht die Tür vor der Nase zu. Er hatte ihr an diesem Tag weder eine Nachricht geschickt noch sie angerufen, weil er wusste, dass sie Abstand brauchte, und er sie nicht ersticken wollte, aber verdammt, er hatte sie vermisst.

Schon nach dem ersten Anklopfen öffnete sie die Tür und er nahm ihr Bild in sich auf. Sie trug eine Baumwollhose und ein ärmelloses Oberteil. Die Haare hatte sie sich auf dem Kopf aufgetürmt. Sie duftete nach der Seife, die sie benutzte, wenn sie die Jungen badete. Er musste sich beherrschen, sie nicht an sich zu ziehen und nie mehr loszulassen.

»Ich habe deine Scheinwerfer gesehen, als du die Einfahrt hochgefahren bist. Danke, dass du nicht die Klingel benutzt hast, da ich die Jungs gerade hingelegt habe.«

Er hatte sich sein Tablet unter den Arm geklemmt, denn sonst hätte er die Hände in die Taschen stecken müssen, um nicht versehentlich die Arme auszustrecken und sie zu berühren. »Das habe ich mir gedacht. Denkst du, ich könnte hereinkommen? Ich verspreche, nicht länger zu bleiben, als du es willst.«

Sie trat zurück und winkte ihn herein. »Ich bin froh, dass du hier bist. Ich hätte dich heute Abend angerufen. Es tut mir leid, Storm. Ich wollte nicht alles an dir auslassen, aber ich glaube, es war alles einfach zu viel für mich, und so habe ich es einfach an allen ausgelassen.«

Er runzelte die Stirn und legte das Tablet auf den Tisch neben der Tür. »Entschuldige dich nicht. Ich bin derjenige, der sich entschuldigen sollte. Ich habe dir die Kontrolle über die Situation aus der Hand genommen, weil ich es nicht ertragen konnte, dich verletzt zu sehen, aber das stand mir nicht zu. Zur Hölle, du kannst gut auf dich selbst aufpassen und ich hätte einfach nur zur Unterstützung da sein und nicht aktiv einschreiten sollen. Es tut mir leid, Ev. Du kannst gut darauf verzichten, dass ich mich wie ein Arschloch benehme und dir das Gefühl gebe, du könntest nicht allein klarkommen.«

Sie schüttelte den Kopf und schlang ihm die Arme um die Taille. Als er sie in den Arm nahm und fest an sich drückte, lehnte sie den Kopf gegen seine Brust.

»Die Situation war ein wenig aus dem Ruder gelaufen. Aber so geht es einfach … einfach mit allem.« Sie seufzte an seiner Brust und er strich mit der Hand über ihren Rücken.

»Ja, so war es. Und es tut mir leid, hereingeplatzt zu sein und versucht zu haben, mich einzumischen. Du … du bedeutest mir einfach so viel und als sie dich geschlagen hat, habe ich die Beherrschung verloren.«

Sie blickte mit großen Augen zu ihm auf. »Du bedeutest mir auch viel, Storm.«

Er umfasste ihr Gesicht und senkte den Kopf, um mit den Lippen über ihren Mund zu streichen. »Also, ich habe etwas getan, was dir vielleicht nicht gefällt.

haupt versucht zu haben, aber ...« Er löste sich von ihr und griff nach seinem Tablet.

Everly runzelte die Stirn. »Du machst mir Angst.«

»Ich wusste nichts mit mir anzufangen, also habe ich ein wenig herumgespielt und mir überlegt, was wir mit Beneath the Cover tun könnten.«

Sie wurde blass und riss die Augen auf. Er hätte sich selbst in den Hintern treten können. »Du hast was getan?«

»Mist. Ich wusste, es war eine schlechte Idee.« Er rief die Skizzen auf, an denen er gearbeitet hatte, und drehte den Bildschirm so, dass sie einen Blick darauf werfen konnte. »Wir hatten doch noch die Pläne aus der Zeit, in der unsere Firma im Gebäude gearbeitet hat, erinnerst du dich? Einiges muss sicher geändert werden, aber ich dachte mir, ich könnte ein Gespür dafür entwickeln. Du hast einmal erwähnt, dass du dir bessere Zugangsmöglichkeiten hinten zwischen den Sitzecken und den Regalen wünschst, also habe ich Pläne entworfen, die auf Einbauten basieren, die weniger Platz in Anspruch nehmen.«

Sie schaute auf den Bildschirm hinab und fuhr mit der Hand durch die Luft darüber, bevor sie zu ihm aufblickte. »Das hast du alles entworfen?«

Er nickte und rief verschiedene Entwürfe auf. »Und auch wenn keiner dir gefällt, ist es in Ordnung. Wenn ich mich gestresst fühle, arbeite ich. Und da etwas zu entwerfen eine der Möglichkeiten ist, mich zu beruhigen, habe ich dies für dich ausgearbeitet. Ich weiß, du hast noch keine Informationen, daher konnte ich nur aus einer improvisierten Perspektive heraus planen. Ich kann sie alle wegwerfen. Vielleicht ist es auch noch zu früh für dich und das würde ich verstehen. Ja, wir wissen noch nicht einmal, wie der Laden jetzt aussieht, aber mein Verstand konnte einfach nicht aufhören zu arbeiten, also habe ich es einfach getan.«

Sie blinzelte heftig und er wusste, er hatte es vermasselt. Die Buchhandlung war ihr zweites Zuhause und er hatte sich eingemischt und die Führung übernommen. Schon wieder.

»Mist, Mist, Mist. Es tut mir leid. Ich hätte überhaupt nichts planen sollen. Ich habe einfach die Kontrolle übernommen und den gleichen Fehler gemacht wie zuvor.«

Sie streckte die Hand aus und verschloss ihm damit den Mund. »Hör auf zu reden, Storm.«

Er küsste ihre Fingerspitzen, unfähig, sich zurückzuhalten. Als sie seufzte, hielt er den Mund und hoffte, sie würde ihm erlauben zu bleiben, und ihm eine zweite Chance geben.

»Ich kann kaum glauben, dass du das gemacht hast«, flüsterte sie.

»Es tut mir leid.«

Sie schüttelte den Kopf. »Ich kann nicht glauben, dass du das gemacht hast, weil es großartig ist. Du hast ein so großes Talent. Ich weiß, du hast einige Skizzen entworfen und ich liebe jede einzelne aus verschiedenen Gründen. Und dabei habe ich noch nicht einmal die Möglichkeit gehabt, sie eingehender zu studieren. Ich weiß, du hast es nicht in dem Glauben gemacht, dein Weg wäre der einzige. Du hast es getan, weil du es

klaren Kopf zu bekommen, und weil du mich glücklich machen wolltest. Das habe ich verstanden. Und ich liebe es.« Sie stieß den Atem aus. »Und ich kann es nicht treffend ausdrücken, aber Storm? Danke, dass du an mich gedacht hast, und danke, dass du auf all die kleinen Wünsche geachtet hast, die ich über die Jahre geäußert habe, und sie bei deinen Entwürfen einbezogen hast. Du hast recht, wir wissen noch nicht, was mit dem Laden auf uns zukommt.« Ihre Worte wurden ein wenig zittrig und sie sog tief die Luft ein. »Aber am Ende spielt das keine Rolle. Ich meine, es spielt eine gewisse Rolle, aber ich weiß, du wirst mir helfen können, wenn es so weit ist.«

Sie umfasste sein Gesicht und er stieß endlich die Luft aus, die er angehalten hatte. »Gefallen dir die Entwürfe?«, fragte er mit rauer Stimme.

»Ja.«

Da lächelte er. »Wenn es so weit ist und du bereit bist, die Buchhandlung wiederaufzubauen, kannst du tun, was immer du musst, und ich werde es mit dir tun. Nicht für dich. Ich hoffe, das hast du verstanden.«

»Ja.« Sie fuhr mit den Fingern seine Lippen entlang. »Die Jungen schlafen«, flüsterte sie.

Er schluckte heftig, denn sein Schwanz schwoll an und drückte gegen seine Jeans. »Ja?«

»Komm mit zu mir ins Bett.« Sie biss sich auf die Lippe und wirkte ein wenig schüchtern. »Bitte.«

Er legte das Tablet beiseite, sodass er ihr Gesicht zwischen die Hände nehmen konnte. »Bist du sicher, dass du bereit dazu bist?«

»Ich bin bereits viel länger bereit, als ich zugeben möchte«, sagte sie und wurde knallrot.

»Das ist etwas, das ein Mann hören will.« Er lächelte, dann küsste er sie. Zuerst war es nur ein sanftes Berühren von Lippen, dann vertiefte sich der Kuss, während er sich an sie presste und sie ihm die Arme um die Taille schlang. Sie stöhnten in den Mund des anderen und erkundeten sich gegenseitig. Ihr Geschmack erschien ihm als eine köstliche Leckerei auf seiner Zunge.

Auf dem Weg ins Schlafzimmer küssten sie sich immer wieder und erforschten einander mit den Händen. Er hätte sie am liebsten auf die Arme gehoben und sie zum Bett getragen, doch sie wussten beide, er hätte sich am Ende nur Schaden zugefügt. Sie wusste, warum er Schmerzen hatte – und nicht nur ihretwegen. Und diese Tatsache verstärkte sein Verlangen nur noch mehr. Er hatte ihr sein tiefstes Geheimnis anvertraut und nun tat sie das Gleiche.

Er zog an ihrem Haarband und die Locken fielen ihr in Kaskaden den Rücken hinunter. Sie waren so lang, dass er sie sich um die Hand wickeln und daran ziehen konnte, wenn er es wollte. Nur dass er nicht wusste, wie sie gern berührt und wie sie gern geliebt wurde. Sie hatten sich diesem Punkt zwar schon einmal genähert und sie war an seiner Hand gekommen, aber er wusste immer noch nicht ganz genau, was sie gern mochte.

Und er konnte es kaum erwarten, es herauszufinden.

Sie ließ ihre Hände unter sein Hemd gleiten und fuhr ihm fest mit den Fingernägeln über den Rücken. Er presste sich an sie und sein Schaft drückte gegen ihren

Bauch. Sie stöhnten beide auf und zitterten am ganzen Körper.

»Sanft oder grob?«, fragte er, während ein Lächeln auf seinen Lippen spielte.

»Beides?«, gab Everly mit strahlenden Augen zurück. »Vielleicht zuerst sanft, dann richtig grob und dann wieder sanft?«

Er schnaufte, bevor er sie wieder küsste. »Ich bin keine zwanzig mehr, ich brauche also zwischendurch vielleicht etwas Zeit zum Erholen.«

Sie lachte und biss ihn ins Kinn. »Da finde ich Wege.« Sie wanderte mit der Hand zwischen ihre Körper und umfasste die Schwellung in seiner Jeans.

»Ach ja?« Er kippte die Hüften nach vorn, sodass er ihre Hand noch mehr füllte. »Warum zeigst du es mir nicht?«

»Wir müssen leise sein«, sagte sie sanft, während sie ihn langsam streichelte. »Die Jungs schlafen, aber sie können jederzeit aufwachen.«

Er küsste sie langsam und begierig auf ihren Geschmack. »Dann wirst du auf ein Kissen oder Ähnliches beißen müssen, um deine Schreie zu ersticken.«

Sie zog eine Braue in die Höhe. »Du glaubst, du kannst mich zum Schreien bringen?«

Er senkte die Hände auf ihren Hintern hinunter und drückte ihre Pobacken. Als sie stöhnte und lachte, sagte er: »Ich weiß es.«

Er fuhr mit den Händen über ihren Körper und genoss es, wie sie sich anfühlte. Dann half er ihr aus dem T-Shirt und dann aus dem BH. Und obwohl sie leicht errötete, überließ sie sich vollkommen ihren

Gefühlen, als er ihre Brüste umfasste. Sie waren nicht zu groß für seine Hände, sondern wie geschaffen für seine großen Handflächen. Als er mit den Fingern über ihre Nippel strich, warf sie den Kopf in den Nacken und wölbte sich ihm entgegen. Er sehnte sich nach mehr, also senkte er sein Gesicht und leckte an den festen Knospen, bevor er eine nach der anderen in den Mund saugte.

»Storm.«

Er leckte sie und hätte sich am liebsten zwischen ihren Brüsten vergraben, doch er wusste, das musste er sich für später aufheben. Im Augenblick musste er sie unbedingt nackt ausziehen und unter sich spüren. Also griff er zwischen sie, um ihr die Leggings herunterzuziehen. Plötzlich stieß er einen Fluch aus.

»Was ist los?«, fragte sie und ihre Augen klärten sich.

»Ich habe kein Kondom dabei.«

Sie schüttelte den Kopf. »Ich habe welche. Ich habe eine Packung besorgt.« Sie errötete, dann fasste sie sich wieder. »Ich wusste, dass wir im Bett landen würden, also habe ich welche gekauft. Ich kann kein Verhütungsmittel nehmen, da ich Probleme mit Blutgerinnseln habe, wollte aber vorbereitet sein.« Sie umfasste sein Gesicht und küsste ihn sanft. »So sehr es mir auch gefiele, dich ohne Kondom zu spüren, müssen wir uns beide erst testen lassen und ich möchte nicht schwanger werden.« Sie runzelte die Stirn. »Ich … ich muss mich wirklich rundum testen lassen. Ich habe nicht daran gedacht.« Ihre Augen füllten sich mit Tränen. »Wegen Jackson. Was, wenn …«

Gedanken aus ihren Köpfen zu vertreiben. »Wir werden uns beide so bald wie möglich testen lassen. Und weil du solche Angst hast und es ohnehin eine kluge Idee ist, werden wir Kondome benutzen und dem Drang widerstehen, Oralsex zu haben, bis wir uns sicher sind.« Er lehnte die Stirn an ihre und seufzte. »Aber ich werde weiter davon träumen, wie du auf meinem Gesicht reitest, bis du kommst. Leider.«

Sie seufzte. »Und ich hätte dich so gern oral befriedigt, da du mich zweimal zum Kommen gebracht hast und ich noch nicht das Vergnügen hatte, mich zu revanchieren.«

Er küsste sie wieder. »Du hattest das Vergnügen«, sagte er leise. »Ich dachte, darum ging es.«

»Ha, ha.« In ihren Augen tanzten Sterne. Und obwohl sie jetzt lächelten, lastete das Gewicht der Vergangenheit, die zwischen ihnen lag und sie immer wieder einholte, immer noch auf ihnen. Aber heute Nacht würden sie sich lieben und morgen vielleicht auch. Er würde sie in den Armen halten und sich immer mehr in ihr verlieren. Denn nur weil sie mit der Vergangenheit und den Fehlern anderer Menschen leben mussten, bedeutete das nicht, dass sie nicht für das Jetzt leben konnten.

Als sie von Neuem begannen, sich zu küssen und einander zu berühren, ließ Storm sich von ihr ausziehen. Er stieg aus Schuhen und Hose, bevor er sich auf die Knie niederließ, um ihr die Leggings und das Höschen von den Beinen zu ziehen.

»Ich würde dich wirklich gern dort küssen, aber ich werde der Versuchung widerstehen.«

Sie presste die Schenkel fest zusammen, als er mit den Händen über die weiche Haut strich. »Hör auf, mich so zu verlocken.«

»Das könnte ich auch zu dir sagen.« Er küsste sie auf die Knie und auf die Oberschenkel und dann erhob er sich, um nicht etwas so Dummes zu tun, wie sie zu lecken, bis sie käme. Er hatte ein Versprechen gegeben und er würde es halten – auch wenn es ihn beinahe umbrachte.

Endlich nackt, schlangen sie die Arme umeinander und leckten einander abwechselnd am Hals, bevor ihre Lippen sich trafen. Sie pressten sich aneinander und bald schon lag er auf dem Rücken und sie auf ihm. Sie hielt ein Kondom in der Hand, während sie saugten und küssten und bissen. Sie hatten nicht darüber gesprochen, aber er nahm an, dass sie dafür gesorgt hatte, dass er bei ihrem ersten Mal auf dem Rücken lag, um diesen zu schonen. Es störte ihn nicht, da er so besseren Zugang zu ihren Brüsten, ihrem Mund und ihren Lippen hatte, und ja, es war unwahrscheinlicher, dass er seinem Rücken schadete.

»Zieh es mir über«, befahl er mit einem Knurren.

Sie öffnete die Packung und zog das Kondom über seinen Schaft. Als sie den Ansatz seines Schwanzes umfasste und drückte, verdrehte er die Augen und hielt ihre Hand fest. »Wenn du mich so zum Kommen bringst, werde ich nicht zu meinem Spaß kommen.«

Sie biss sich auf die Lippe und setzte sich aufrecht hin. »Das wollen wir aber nicht«, keuchte sie.

Er legte die Hände um ihre Hüften, um sie zu stabi-

Munde auf, als ihr enger Schlitz gegen seinen Schwanz drückte, der warm und bereit für sie war.

»Mein Gott, wie groß er ist«, stöhnte sie.

»Und ich musste dich nicht einmal darum bitten, das zu sagen.«

Sie lachte, doch als er begann, sich zu bewegen, kippten ihre Augäpfel nach hinten.

»Umfasse deine Brüste, Ev. Spiel mit deinen Nippeln, während ich dich ficke.«

Sie sagte kein Wort, tat jedoch, was er von ihr verlangte. Er stieß in sie hinein und zog sich wieder zurück, wobei er die Füße auf dem Bett absetzte, um seine Hüften in einen besseren Winkel zu bringen. Als sie dann auch ihre Hüften bewegte und ihm Stoß für Stoß entgegenkam, nahm er Tempo auf, denn sein Körper sehnte sich nach ihr.

Seine Hoden wurden hart und er wusste, er war nahe dran, daher ließ er eine Hand zu ihrer Muschi wandern und strich mit dem Daumen über ihre bereits geschwollene Klitoris. Das kleine Nervenknötchen lugte unter seinem Hütchen hervor und ihm lief das Wasser im Mund zusammen. *Bald*, dachte er. Bald würde er sie schmecken und die geschwollene Knospe in seinem Mund haben. Vorerst musste er sich mit den Händen begnügen.

Und als sie kam, fiel sie vornüber und klammerte sich an seine Schultern, während sie seinen Namen schrie. Er kam kurz nach ihr, sein Körper glitschig von Schweiß und vor Erleichterung zitternd.

Sie schlangen die Arme umeinander. Sein Schwanz

war noch in ihr, als sie nach Luft schnappten. Er hatte gewusst, Everly endlich lieben zu können, würde etwas bedeuten. Aber mit dem hier hatte er nicht gerechnet. Dieser überwältigende Drang, sie festzuhalten und nie wieder loszulassen, sie zu beschützen und sie währenddessen dabei zu beobachten, wie sie kontinuierlich zu der selbstbewussten und großartigen Frau wurde, die sie war.

Er hatte das getan, was er sich versprochen hatte, niemals zu tun.

Er hatte sich in das Mädchen seines besten Freundes verliebt.

Und doch … das war sie eigentlich nicht mehr. Sie war Everly.

Und Storm dachte: *Sie gehört mir.*

Zumindest hoffte er das.

Jillian

Ihr Herz schmerzte und doch konnte sie nichts dagegen tun. Wie oft sie sich auch einreden mochte, sie wäre stärker, als die Leute dachten, sie wusste, sie belog sich nur selbst.

»Und jetzt Schluss mit dem Selbstmitleid.« Sie straffte die Schultern und stieg aus ihrem Pick-up. Die Tür schloss sich knarrend und sie wusste, das verdammte Ding lag in den letzten Atemzügen. Ein weiterer Punkt auf ihrer stets wachsenden Aufgabenliste.

länger als ihr Wagen, aber

jetzt, da sie für Montgomery Inc. arbeitete, konnte sie tatsächlich beginnen, sie abzuarbeiten.

Mit ihrem Ex zu arbeiten, der eigentlich kein Ex war, hatte seine Vorteile. Sie hatte eine Krankenversicherung, ein festes Gehalt und Menschen um sich, die sie respektierten, sogar als Frau in einem sogenannten Männerberuf. Sicher, damit einher ging auch das Einzige, was sie nicht tun wollte, nämlich ... mit *ihm* zusammenzuarbeiten.

Wes Montgomery.

Storms Zwillingsbruder und eine wahre Nervensäge. Er hasste sie, solange sie Storm kannte, und scheute sich nicht, es alle Welt wissen zu lassen. Obwohl es eigentlich nicht wichtig war, denn sie liebte ihren Job und Wes konnte ihr gestohlen bleiben.

Sie stieß den Atem aus und versuchte, die Tränen zu ignorieren, die in ihren Augen brannten. Sie würde nicht weinen. Sie brauchte einfach Schlaf oder Kaffee oder beides. Von beidem hatte sie nicht viel bekommen wegen all dem, was am gestrigen Abend geschehen war.

»Ignoriere es«, murmelte sie vor sich hin. »Alles ist gut. Alles wird gut. Reiß dich zusammen.«

»Na, Selbstgespräche auf dem Parkplatz?«

Natürlich, er musste sehen, wie sie versuchte, sich gut zuzureden. Natürlich. Warum musste gerade Wes hier auftauchen? Hätte es nicht Godzilla oder jemand anderes sein können? Aber nein, es musste Wes Montgomery sein.

»Da ich niemanden mit genügend Hirn gefunden habe, mit dem ich hätte reden können, habe ich mit mir selbst geredet.« Wenn sie nervös wurde, wurde sie gemein, und sie hasste diesen Zug an sich.

»Aha.« Wes musterte sie kurz, bevor er zur Tür ging, sie öffnete und ihr bedeutete hindurchzugehen. »Nach dir.«

Sie lächelte ihn strahlend an, doch es war nur gespielt. »Danke.«

Sobald sie das Büro betreten hatte, blickte Storm sie an und runzelte die Stirn.

»Was ist los?«

Sie hielt eine Hand in die Höhe. »Nichts.«

»Du lügst.«

Everly, die neben Storm stand und einige Papiere durchsah, runzelte ebenfalls die Stirn. »Storm, hör auf, sie zu bedrängen. Aber Jillian? Stimmt etwas nicht?«

Die meisten Leute glaubten vielleicht nicht, dass Everly und Jillian langsam Freundinnen wurden, doch da kannten sie die beiden schlecht. Jillian liebte Storm, aber eben nicht auf die gewisse Art, und sie hatte das Gefühl, dass Everly sich auf die bestmögliche Art in ihn verliebte. Falls die beiden nicht miteinander klargekommen wären, hätte es Probleme gegeben. Aber Gott sei Dank schienen sie einander zu verstehen und es gab keinen Zickenkampf.

Nein, einen solchen gab es nur zwischen Wes und ihr.

Sie hatte Storm zwar gesagt, sie wollte ihr Glück finden und einen Mann, der sie verdiente, aber in Wahrheit hatte sie die Verbindung zwischen ihnen abgebro-

Funken zwischen Storm und der

Witwe seines besten Freundes gesehen hatte. Auf keinen Fall hätte sie sich dem in den Weg gestellt.

Die beiden starrten sie so lange an, dass sie wusste, es wäre zwecklos, etwas zu verschweigen. »Dad ist gestern beim Reinigen der Dachrinne gestürzt und hat sich ein Bein gebrochen. Außerdem hat er sich einige Prellungen am Oberkörper zugezogen, die den Ärzten Sorgen bereiten.«

Sie stieß den Atem aus und ihre Augen füllten sich mit Tränen. Ärgerlich blinzelte sie sie fort. »Er ist immer noch im Krankenhaus, aber sein Zustand ist stabil.«

»Mist«, knurrte Storm und ging sogleich zu ihr hinüber, um sie fest zu umarmen. Storm konnte einen wunderbar umarmen. Als er sich von Jillian löste, war Everly bereits zur Stelle und schloss sie ebenfalls in die Arme. Und dann kam Tabby und umarmte sie und am Ende war Jillian nur noch ein Häufchen Elend.

Sie wusste nicht, was mit ihrem Vater geschehen würde, aber Menschen um sich zu haben, die sie trösten wollten, half ihr ungemein. Und obwohl Wes sie nicht umarmte, so stand er doch in der Nähe und blickte sie mitfühlend an. Das rechnete sie ihm positiv an, obwohl er sie immer noch ohne Ende nervte.

Ihr Leben verlief zwar nicht genau so, wie sie es geplant hatte, aber sie konnte einen Weg finden, es in die richtige Bahn zu lenken. Das hatte sie immer getan und sie sollte verflucht sein, falls sie sich jetzt von irgendetwas dazu bringen ließe zusammenzubrechen.

Nicht noch einmal.

Kapitel Fünfzehn

EVERLY VERSUCHTE, sich nicht zu große Hoffnungen zu machen, aber sie konnte nicht anders. Dies musste einfach gut gehen. An diesem Morgen waren sie bei der Sprachtherapie und heute würden sie mit den Implantaten arbeiten, um zu sehen, ob James' Gehör voll funktionierte. Dies war erst der erste Schritt von vielen in dieser neuen Lebensphase, doch sie konnte die Intensität des Tages spüren.

Ihr Baby war auf einem neuen Weg und sie war bei ihm.

Gott sei Dank war Storm bei Nathan im Wartezimmer, also musste sie sich nicht auch noch damit belasten. Sie wusste, sie musste das im Auge behalten, denn sie konnte nicht ständig Storm in Anspruch nehmen, auf einen der Zwillinge oder sogar auf beide aufzupassen, wenn sie einen Babysitter brauchte. Er war nicht ihr Vater und sie bewegten sich in ihrer Beziehung auf neuem Terrain. Grenzen mussten gezogen und einge-
halten

Es war merkwürdig, sich in Situationen, in denen es für sie leichter war, wenn sie Hilfe hatte, auf jemanden verlassen zu können. Das war neu für sie. Jackson war keinen einzigen Tag im Leben seiner Kinder für sie da gewesen und sie hatte alles allein tun müssen.

Nein, verbesserte sie sich. Jackson war keinen Tag im Leben der Zwillinge da gewesen. Offensichtlich jedoch in dem seiner beiden älteren Kinder und vielleicht sogar für ein paar Tage im Leben seines dritten Kindes mit Rachel.

Galle überzog ihre Zunge und sie schob diese Gedanken beiseite. Sie hatte immer noch nicht entschieden, wie sie mit dieser speziellen Situation umgehen würde. Es war beinahe so, als verdrängte sie das Problem, aber sie hatte so viele andere Dinge im Kopf und in ihrem Terminkalender, dass es ihr leichtfiel, die Existenz des Problems zu leugnen.

Vorerst.

Sie stieß den Atem aus und streichelte James den Rücken. Ihr Baby lächelte zu ihr auf und sie verliebte sich wieder einmal in das süße, kleine Gesicht.

»Sind Sie bereit?«, erkundigte sich der Arzt. James' Sprachtherapeut sowie zwei Krankenschwestern standen um sie herum.

»Ja«, sagte sie mit fester Stimme, als James seine kleine Hand in ihre schob. »Wir sind bereit.«

»Bereit«, wiederholte James, der an ihren Lippen hing, als würde er sie lesen. Sie wusste, er konnte auf einem Ohr hören, aber oft verpasste er Worte, weil er den Sprecher nicht anblickte oder jemand ihn entweder von der falschen Seite aus ansprach oder zu schnell redete. Hoffentlich hatten sich all der Schmerz und der Stress gelohnt, den die Entscheidungsfindung für den Eingriff gekostet hatte.

In Zeiten wie diesen sehnte sie sich nach jemandem, auf den sie sich stützen und mit dem sie reden konnte. Storms Gesicht stieg in ihr auf, doch sie schob den Gedanken beiseite. Sie waren in ihrer Beziehung noch lange nicht an diesem Punkt angelangt und sie war sich nicht sicher, ob sie ihn jemals erreichen würden. Sie war sich auch nicht sicher, ob sie überhaupt einen solchen Partner haben wollte. Hatte sie doch noch nie einen gehabt. Was, wenn es nicht funktionierte? Was war mit ihren Jungen?

Sie stieß noch einmal den Atem aus und konzentrierte sich auf das, was um sie herum vor sich ging, anstatt auf die Gedanken in ihrem Kopf. Sie befanden sich nicht in einer dieser Situationen, wie sie manche Videos auf YouTube zeigten, in denen ein Baby die Stimme seiner Mutter zum ersten Mal hörte und am Ende alle schluchzten. James kannte sowohl ihre als auch seine eigene Stimme, doch jetzt konnte er vielleicht ein bisschen besser mit seinem anderen Ohr hören. Auch wenn es nicht vollkommen funktionierte, so hofften die Ärzte doch, dass es seiner Ausgeglichenheit und seinem Selbstbewusstsein zugutekäme.

Sie begannen mit den Vorbereitungen für den Test, brachten verschiedene Gegenstände an James' Kopf und Ohr an und stöpselten Kabel in den Computer. Sie wusste, was jedes einzelne Teil war und wozu es diente, da sie alles gründlich im Internet und anhand ihrer vielen Bücher studi...

fiel ihr nichts mehr ein. Sie konnte nichts anderes sehen als ihren kleinen Jungen und seine strahlenden Augen.

Dann tätschelte die Krankenschwester Everlys Arm und nickte. Sie sollte etwas sagen. Sie wollten, dass Everly die Erste wäre, und jetzt füllten sich ihre Augen mit Tränen. Am Ende würde dies doch noch wie in den besagten Videos enden, zumal die andere Krankenschwester Everlys Handy zur Hand genommen hatte und die Szene aufnahm, nur für den Fall.

»James? Kannst du Mommy hören?«

James' Augen weiteten sich und er betastete die Stelle, an der das Implantat saß. Jetzt rannen Everly die Tränen übers Gesicht und sie strich James mit dem Finger über die Nase.

»James?«

»Mommy! Du hörst dich merkwürdig an.« Ihrem Baby standen die Tränen in den Augen und sie beherrschte sich, ihn nicht zu fest an sich zu drücken, da immer noch einige Kabel im Weg waren.

»Du klingst perfekt«, sagte sie, als sie zu Atem gekommen war. »Einfach perfekt.«

»Du bist auch perfekt, Mommy«, erwiderte er lächelnd, während er die Haut unter seinem Ohr rieb. »Ich liebe dich.«

Jetzt schluchzte sie ungehemmt und die zwei Krankenschwestern schlossen sich ihr an. Sie fragte sich, warum sie sich heute Morgen überhaupt geschminkt hatte. »Ich liebe dich auch.«

Dann erlaubten sie ihr, ihren Sohn auf den Arm zu nehmen, und irgendjemand rief Storm und Nathan herein. Sie fing Storms Blick ein. Er schaute auf den

Jungen in ihren Armen hinab, dann lächelte er breit und sie wusste, sie hatte sich bis über beide Ohren in ihn verliebt.

Sie betete, keinen Fehler zu begehen.

Später am Nachmittag saßen sie in einem Straßencafé, das Hunde erlaubte, und sie konnte kaum glauben, wie sie an diesen Punkt gelangt war. Die Jungs saßen sich in ihren Hochstühlen gegenüber, zwischen ihr und Storm. Randy hatte sich vor über einer Stunde auf Storms Schoß zusammengerollt, nachdem er wild und wie verrückt im Park herumgetollt war und sein Futter bekommen hatte. Und jetzt lag der Welpe ausgestreckt mit dickem, vollem Bauch auf Storms Schoß. Die Jungs hatten Randy auch etwas von ihren eigenen Mahlzeiten abgeben wollen, aber Storm hatte ihnen bestimmt erklärt, Randy dürfte keine Nahrungsmittel für Menschen fressen und würde außerdem gerade ausgebildet.

James und Nathan hatten altklug genickt und versprochen, beides zu beachten. Sie waren einfach entzückend.

Und als die Kellnerin gesagt hatte, wie wohlerzogen die Jungen und was für eine großartige Familie sie wären, hatten die Kinder nichts bemerkt und auch Storm schien sich nicht daran gestört zu haben. Tatsächlich hatte er es ganz natürlich aufgenommen und Nathan weiterhin mit dessen Sandwich geholfen. Offensichtlich war Everly heute die Einzige, deren Nerven blank lagen. Der Mann hatte sich sogar trotz seines vollen Terminkalenders einen Tag freigenommen,

verstanden, auch wenn das bedeutete, dass er noch mehr um die Ohren hatte. Storm hatte ihnen erzählt, dass bald eine verrückte Zeit auf ihn zukäme, wenn Tabby Urlaub machte, aber Everly wusste, er konnte damit umgehen. Es bedeutete lediglich, dass er vielleicht nicht mehr so viele Nachmittage an den Wochenenden oder Abende mit ihr verbringen konnte wie bisher.

Die Kellnerin hatte sie für eine Familie gehalten.

Everly schluckte heftig in dem Versuch, das Gefühl loszuwerden, das ihr die Kehle zuschnürte. Sie konnte das Gefühl jedoch nicht genau benennen.

Storm warf ihr einen merkwürdigen Blick zu. »Alles in Ordnung mit dir?«

Sie schluckte noch einmal und nickte, bevor sie James half, sich das Gesicht abzuwischen. Storm tat das Gleiche für Nathan. Sie musste die Tränen zurückhalten. Sie wusste nicht, warum sie sich so verhielt, aber sie musste sich zusammenreißen. Storm hatte sich immer großartig ihren Kindern gegenüber verhalten und das hatte sich nicht geändert. Es war die Tatsache, dass er immer um sie herum war, die sie so durcheinanderbrachte. Sie wusste nicht, wie sie sich in seiner Nähe verhalten sollte, wenn sie nicht allein waren. Das war also ihr Problem und sie musste darüber hinwegkommen.

Wenn sie nicht ihr abgebranntes Geschäft und die Geschichte mit Rachel im Kopf gehabt hätte, so wäre sie vielleicht in der Lage gewesen zu funktionieren. Aber so wie es nun einmal war, hatte sie immer das Gefühl, ein paar Schritte hinterherzuhinken.

Als sie ihre Mahlzeit beendet hatten, bezahlte

Storm, was sie zu vermeiden versucht hatte, da sie immer noch Geld hatte, auch wenn ihr Job buchstäblich in Flammen aufgegangen war, aber Storm hatte ihr einen Blick zugeworfen. Und nun fuhren sie in ihrem Geländewagen zu ihrem Haus zurück. Er hatte seinen Pick-up bei ihr stehen lassen, da sie Kindersitze im Wagen hatte und er nicht.

Er saß am Steuer, weil sie ein Telefongespräch mit dem Feuerwehrhauptmann führen musste, das sie nicht auf Bluetooth durch den Wagen leiten wollte, weil die Kinder anwesend waren. Leider gab es keine Neuigkeiten und sie durfte den Laden immer noch nicht betreten, da noch ermittelt wurde. Der Hauptmann hatte sie lediglich auf den neuesten Stand bringen wollen und ihr das wenige mitgeteilt, was sie wussten.

Ja, es war Brandstiftung.

Nein, sie waren sich nicht sicher, ob der Brief damit im Zusammenhang stand.

Nein, sie glaubten nicht, dass sie es gewesen war.

Ja, sie suchten immer noch nach dem Täter.

Sie hatte keine Ahnung, was sie tun würde, falls sie nicht bald mit dem Wiederaufbau beginnen konnte – falls sie das überhaupt wollte. Es mochte vielleicht nicht genug zu retten sein, aber verdammt, die Buchhandlung war ihr Traum und ihr Einkommen gewesen. Jetzt war sie nichts.

Sie schluckte heftig und ignorierte die Bauchschmerzen, die bei diesen Gedanken stets einsetzten.

Storm tippte aufs Lenkrad und sie blickte zu ihm ~~M ü . Al~~ er sie schnell anlächelte, bevor er die

machte ihr Herz diesen Sprung, der sie so sehr ängstigte.

»Ich denke darüber nach, mir Kindersitze für den Pick-up anzuschaffen. Das wäre einfacher, falls wir einmal meinen Wagen benutzen wollen, obwohl es mich nicht stört, mit deinem zu fahren.«

Sie runzelte die Stirn. »Du willst Kindersitze für die Jungs kaufen?«

Er warf ihr einen Blick zu, bevor er sich wieder der Straße zuwandte. Sie wusste jetzt, warum er so eifrig darauf achtete, sich auf die Straße zu konzentrieren, anstatt sie anzublicken, und sie machte ihm keinen Vorwurf daraus. Es tat ihr weh, dass er immer noch die Schuldgefühle mit sich herumschleppte. Und während manch anderer sich vielleicht kritisch fragte, wie das alles mit Jackson und Rachel zusammenhing, war sie sich nicht im Geringsten unsicher. Storm hatte sein ganzes Leben lang für Sünden gebüßt, die man ihm nicht wirklich anlasten konnte, und das Gefühl, Anteil an Jacksons Ehebruch zu haben, sollte ihn nicht auch noch belasten.

»Ev? Bist du hier?«

Sie blinzelte und riss sich aus ihrer mentalen Zeitreise. Sie schien sich heute auf nichts konzentrieren zu können.

»Entschuldige, äh … warum solltest du Kindersitze kaufen wollen?«

Er blickte sie stirnrunzelnd an, um dann den Kopf wieder nach vorn zu wenden. »Weil ich immer mehr Zeit mit dir verbringe und man nie weiß, wann du mich vielleicht brauchst. Aber wenn das ein Problem ist, sag es mir.«

Sie hörte die Verletztheit in seiner Stimme und hasste sich dafür. Nur weil sie vorsichtig war, musste sie doch nicht gleich zum Arschloch werden. Er versuchte zu helfen und sie musste herausfinden, wie sie dazu stand.

»Das ist wirklich süß von dir«, sagte sie nach einem Augenblick, in dem sie sich überlegt hatte, was sie sagen wollte.

»Wir können noch darüber reden«, erwiderte Storm nach einer Weile. »Kein Grund zur Eile.«

»Den Jungs gefällt dein Pick-up«, sagte Everly. Sie versuchte − und scheiterte −, nicht wie eine Idiotin zu klingen.

Storm grinste sie an und sie unterdrückte einen Seufzer der Erleichterung, als das Lächeln seine Augen erreichte. »Weil mein Pick-up einfach großartig ist.«

Sie lachte leise, weil sie die Jungs nicht wecken wollte, die auf dem Rücksitz schliefen. Schon bald nachdem sie sie in den Geländewagen gepackt hatten, waren sie, mit Randy zwischen ihnen, eingeschlafen.

Als sie schließlich die Jungs zu einem verspäteten Mittagsschlaf in ihre Betten gelegt und Randy sicher im Wäschezimmer mit einem Kauknochen abgelegt hatten, war Everly mit den Nerven am Ende. Sie sagte immer wieder etwas Falsches und wusste nicht, was sie denken sollte. Aber verdammt, sie konnte sich das nicht verübeln bei allem, was vor sich ging. Sicher, so war sie normalerweise nicht und deshalb ärgerte sie sich doch

»Jetzt, da die Jungs ein Nickerchen machen und wir ein paar Minuten für uns haben, warum sagst du mir nicht, was los ist?«, fragte Storm, als er die Küche betrat. Sie hatte gerade zwei Gläser für Wasser heruntergeholt und drehte sich jetzt herum, den Rücken der Arbeitsplatte zugewandt und Storm genau vor ihr.

»Was meinst du?«

Er seufzte, nahm ihr die Gläser aus der Hand und stellte sie beiseite. »Komm schon, Ev. Du verhältst dich seltsam. War es das, was die Kellnerin gesagt hat? Oder die Tatsache, dass ich den ganzen Tag bei dir war, während du normalerweise die Jungs für dich allein hast? Sie wissen nicht, was zwischen uns läuft, andernfalls hätten sie etwas gesagt. So sind sie. Aber wenn meine Anwesenheit alles durcheinanderbringt, muss ich es wissen. Gehen wir zu schnell vor für dich?« Er umfasste ihre Wange und liebkoste mit dem Daumen zärtlich ihre Haut.

»Ich fühle mich nur ein wenig überfordert«, erwiderte sie ehrlich. »Und nicht nur, weil du und ich gerade zusammenfinden.«

Er stieß den Atem aus. »Du machst so viel durch und ich hasse es, dass ich nicht helfen kann.«

»Aber das tust du doch«, entgegnete sie rasch. »Die Tatsache, dass du hier bei mir bist, hilft mir.«

»Obwohl meine Anwesenheit dir ein wenig auf die Nerven geht?«

Sie verzog das Gesicht. »Ich weiß nicht, wie ich mich in deiner Nähe verhalten soll. Wir sind Freunde. Wir waren Freunde. Dann waren wir so merkwürdig nach Jacksons Tod. Und jetzt sind wir mehr als Freunde. Und du bist so großartig. Aber du weißt auch so viel über mich und bist mit allem verbunden, was vor sich geht, während du gleichzeitig eine ganze Liste eigener Probleme zu bewältigen hast. Es ist alles einfach ein wenig zu viel, wenn ich an alles gleichzeitig denke.«

Er senkte den Kopf, sodass er nahe an ihrem war, und seufzte. »Dann denk in kleinen Schritten. So habe ich in den vergangenen zwanzig Jahren zu leben gelernt. Wenn du alles auf einmal bewältigen willst, wird es dich erdrücken, bis du nicht mehr atmen kannst.«

Sie legte ihm die Hände auf die Brust und lehnte sich an ihn, anstatt ihn wegzuschieben. Den ganzen Tag über hatte sie das getan, ihn von sich gewiesen, um ihre Beherrschung wiederzuerlangen, aber das war nicht der richtige Weg, das Problem anzugehen. Sie konnte nicht so weitermachen und ihre Vergangenheit mit Jackson auf Storms Schultern laden. Ja, sie hatte Angst, jemandem zu vertrauen und sich auf ihn zu stützen, aber Storm war nicht Jackson, und das wusste sie.

»Du bist nicht Jackson«, flüsterte sie und Storm erstarrte.

»Das weiß ich«, sagte er vorsichtig und beugte sich zurück, um ihr ins Gesicht zu blicken. »Aber bist du dir sicher, dass du es weißt?«

Sie schluckte heftig und nickte. »Ja. Manchmal bin ich etwas verwirrt, aber ich weiß, du bist nicht er. Er war während des größten Teils, wenn nicht sogar während unserer ganzen Beziehung, niemals wirklich da. Ich dachte immer, es läge daran, dass er seine Arbeit liebte

»Er war ein Arschloch«, stieß Storm hervor.

»Ja, das war er. Er hat mich betrogen und verdammt, auch Rachel, aber ich weiß nicht, ob diese Frau so darüber denkt. Er hat mich betrogen, Storm, und bis vor Kurzem habe ich nicht einmal gewusst, wie sehr.«

»Wenn ich ihn verprügeln könnte, würde ich es tun.«

»Aber du kannst es nicht. Er ist von uns gegangen und hat uns sein Chaos hinterlassen und wir müssen jetzt damit klarkommen. Es überrascht mich nur, dass es so lange gedauert hat, bis es ans Licht gekommen ist.«

»Wenn ich dieses Foto nicht gefunden hätte … verdammt, wenn ich die beiden einander nicht vorgestellt hätte, wäre nichts von alledem geschehen.«

Sie schüttelte den Kopf und starrte ihn an. »Mach dir keine Vorwürfe. Er hätte einen anderen Weg gefunden. Eine andere Frau. So sind Männer wie er eben, richtig?« Sie stieß den Atem aus. »Aber, wie dem auch sei, ja, er hat mich am Boden zerstört und ich habe die letzten drei Jahre damit verbracht zu lernen, eine alleinerziehende Mutter zu sein. Ich kann das nicht über Nacht mit dir ändern. Und ich weiß, das tut weh und ich bin hart, aber ich muss zuerst an meine Kinder denken.«

»Ich würde ihnen niemals wehtun. Sie waren mir immer wichtig.«

Ihre Augen füllten sich mit Tränen und sie wischte sie ärgerlich fort. In letzter Zeit schien sie nur noch zu weinen und sie hasste es. »Das weiß ich. Und das ist einer der Gründe, warum ich mit dir zusammen bin. Du kümmerst dich um andere. Du stellst die Bedürfnisse der anderen über deine eigenen, auch wenn es wehtut. Du bist mein Freund, Storm. Mein Freund und mein Liebhaber. Und ich weiß nicht, wie ich das in das Bild des Mannes einfügen kann, den ich kenne. Ich brauche einfach Zeit, das alles herauszufinden.«

Ohne ein weiteres Wort umfasste er ihr Gesucht und küsste ihre Lippen. Als er sich zurückzog, waren sie beide außer Atem. »Du musst es weder jetzt gleich herausfinden, noch musst du es allein tun. Bezüglich der Buchhandlung kannst du im Augenblick nichts unternehmen und du wirst bald wissen, was du bezüglich Rachel tun willst. Ich weiß es. Und was mich anbelangt? Ich bin hier. Ich werde dich nicht verlassen. Ja, in den nächsten Wochen wird es vielleicht bei Montgomery Inc. viel zu tun geben, aber ich werde nicht wegbleiben. Ich will dich in den Armen halten, Everly. Ich will einfach nur da sein. Alles andere werden wir herausfinden. Zusammen, wenn du willst. Oder jeder für sich, wenn es das ist, was du zu brauchen glaubst. Ich werde dich nicht zwingen, Entscheidungen zu treffen, oder sie gar für dich fällen. Der Mann bin ich nicht, obwohl es einen Neandertaler in mir gibt, der gern so wäre.«

Sie lachte, da er zu seinen Worten zwinkerte. Sie streckte die Hände nach ihm aus und küsste ihn aufs Kinn. »Du bist unglaublich, Storm Montgomery.«

»Meine Mutter glaubt das jedenfalls. Da wir gerade von meiner Mutter sprechen …«

Sie runzelte die Stirn. »Das war ein merkwürdiger

und die Jungs gern zum Familiengrillen am nächsten Wochenende in ihr Haus einladen. Und ich sollte dich warnen, es werden viele, viele Montgomerys dort sein. Alle acht von uns Kindern aus der Umgebung und ich glaube, sie hat auch unsere Cousins aus Colorado Springs eingeladen, da sie an der Reihe sind. Wir sind viel zu viele, vier Familien von Vettern und Cousinen, um uns alle gleichzeitig an einem Ort zu versammeln. Wir Montgomerys haben Denver überrannt.«

Sie bekam Kopfschmerzen. »Deine Mutter möchte, dass wir kommen?«

Er nickte. »Sie hätte dich auch eingeladen, wenn du nicht mit mir zusammen wärst. Sie hat dich und die Jungs jetzt unter ihre Fittiche genommen, das heißt, man wird sich um dich kümmern.«

»Sie und dein Vater sind anlässlich von James' Operation ins Krankenhaus gekommen«, stellte sie abwesend fest.

»Ja, darin sind meine Eltern großartig. Ich sollte dich warnen, sie weiß, dass wir zusammen sind, und wird wahrscheinlich etwas sagen und dich näher kennenlernen wollen, aber du bist stark. Du kannst mit ihr fertigwerden. Zumindest meist.« Er lächelte, als er das sagte, und sie schmiegte sich lachend an ihn.

»Was habe ich mir nur mit dir und den Montgomerys eingehandelt?«

Storm grinste. »Eine Menge Schwierigkeiten. Das ist eins unserer Mottos.«

»Ihr habt mehr als eins?«

»Wir haben sogar ein spezielles Tattoo. Einmal ein Montgomery, immer ein Montgomery.«

Sie konnte noch nicht ganz verarbeiten, dass sie eine solche Familie haben sollte. Sie hatte niemals eine gehabt und mit Jacksons Eltern war sie nicht warm geworden. Aber die Montgomerys. Die waren eine ganz besondere Spezies.

Und sie hatte keine Ahnung, was sie davon halten sollte.

»Was soll ich mitbringen?«, wollte sie wissen und stieß den Atem aus.

Storm lächelte und in seinen Augen tanzte Freude. »Nur dich und die Jungs. Das ist alles, was sie brauchen wird.« Seine Stimme wurde tiefer. »Das ist alles, was ich brauche.«

Sie schmiegte sich an ihn und er küsste sie. »Die Jungen schlafen, weißt du.«

Er küsste sie wieder. »So hörte ich.« Ein Kuss auf ihren Hals. Hinter ihr Ohr. Dann ein Biss in ihre Wange. Sie schmolz in seinen Armen dahin. Er fuhr mit den Händen über ihren Körper und sie küsste seine Schulter. Sie sehnte sich nach mehr.

Er zog sie in ihr Zimmer und rieb sich an ihr, was ihr Schauer die Wirbelsäule entlang sandte. »Ich will dich schmecken.« Sie hatten sich testen lassen und endlich ihre Ergebnisse erhalten: Sie war gesund.

Sie schüttelte den Kopf. »Ich muss dich zuerst schmecken.« Noch bevor er etwas sagen konnte, ging sie vor ihm in die Knie. Glücklicherweise protestierte er nicht, als sie seinen Gürtel löste und den Reißverschluss hinunterzog, um seinen Schwanz zu befreien. Stöhnend

drückte, stieß er ein krächzendes Lachen hervor. »Ich werde zu schnell für dich kommen, Baby. Ich möchte aber in dir kommen.«

»Wenn du in meinen Mund kommst, bist du auch in mir.« Sie zwinkerte ihm zu, bevor sie mit der Zunge über seine gesamte Länge fuhr. »Und wenn ich dich jetzt zum Kommen bringe, wirst du mehr Zeit haben, jeden Zentimeter von mir zu lecken, während du dich erholst, bevor du mich hart in die Matratze fickst.« Sie wusste, ihr Gesicht war knallrot, als sie sprach, doch das kümmerte sie nicht. Sie mochte zwar ein bisschen verlegen sein, aber es war so sexy, mit Storm so schmutzig daherzureden. Und an der Art, wie seine Augäpfel quasi in den Hinterkopf kippten, konnte sie sehen, dass es auch ihm gefiel.

»Das hört sich nach einer Herausforderung an.« Er grinste sie animalisch an. »Das gefällt mir.«

Und bevor er sie irgendwie von etwas anderem überzeugen konnte, saugte sie an der Spitze seines Schwanzes und ließ ihre Zunge darüber schnellen.

»Mein Gott.«

Als Antwort gab sie ein ersticktes Geräusch von sich, während sie den Kopf auf und ab bewegte und mit der Hand bearbeitete, was sie nicht in ihren Mund aufnehmen konnte. Sie umfasste seine Hoden und rollte sie in ihrer Hand, während sie an der Seite seines Schwanzes saugte und ihn mit nassen, schmatzenden Küssen bedeckte. An der Art, wie er sich in ihrer Hand versteifte, erkannte sie, dass es ihm gefiel, wie sie an der Vene leckte, die an seinem Schaft entlanglief.

Als sie ihre Lippen wieder um ihn schloss und mit

der freien Hand über den Hautstrang hinter seinen Hoden fuhr, stöhnte er auf und zog noch kräftiger an ihren Haaren. Sie brachte ihre Zunge zur Ruhe und leckte jeden Tropfen seiner Säfte auf, als er zum Orgasmus kam und seine Beine an ihrer Haut zitterten.

Sobald er aus ihrem Mund herausgeglitten war, zog er sie hoch, um ihr mit seinen Küssen den Atem zu rauben. Mit bebenden Körpern und keuchendem Atem rissen sie sich den Rest ihrer Kleider vom Leib.

»Auf die Knie, vor mir«, befahl Storm und gab ihr einen leichten Klaps auf den Hintern, als er sie herumdrehte. »Ich werde mein Gesicht zwischen deinen Beinen vergraben und dich verschlingen, bis du kommst. Zweimal.«

»Hört sich nach einer Herausforderung an«, sagte sie und wiederholte so seine Bemerkung von zuvor. Und sie protestierte nicht, als er sie über die Bettkante beugte, sodass er sie von hinten lecken konnte. Sie stöhnte auf, als er zwei Finger in sie hineingleiten ließ und gleichzeitig ihre Klitoris leckte. Sein rauer Bart, der über die seidige Haut der Innenseiten ihrer Oberschenkel strich, brachte sie dem Orgasmus schneller näher, als sie es vorgehabt hatte. Und bevor sie auch nur seinen Namen rufen konnte, hatte er einen dritten Finger in sie eingeführt und drehte ihn genau richtig, um das kleine Nervenknötchen zu treffen, was sie schneller zum Kommen brachte, als sie für möglich gehalten hätte.

»Storm«, keuchte sie, so nahe am Abgrund, dass sie bereit war, noch einmal zu kommen.

ihre Klitoris und sie schrie,

Leben. Sie ritt immer noch auf den Wellen des Orgasmus, als er seine Finger aus ihr herausgleiten ließ und sie auf den Rücken drehte.

»Bereit für meinen Schwanz?«

Sie blinzelte zu ihm auf, ihr Körper war warm und weich, ihre Brüste schwer und ihre Nippel hart. »Bist du schon bereit?«

Er zwinkerte ihr zu. »Ich scheine niemals ein Problem zu haben, hart zu werden, wenn es um dich geht.« Er zog ein Kondom über seinen Schwanz, dann hob er ihre Beine an und legte beide auf eine seiner Schultern. »Ich werde dich jetzt so ficken, aber du musst in deine Nippel kneifen. Spiel mit deinen süßen Brüsten, Ev. Zeig mir, was für ein böses Mädchen du bist.«

»Solange du mein böser Junge bist.«

Er grinste und zeigte dabei seine Zähne. »Zum Teufel, ja, Ev. Immer.«

Sie leckte sich die Lippen und umfasste ihre Brüste. Ihre Nippel waren so empfindlich, dass sich schon bei der leichtesten Berührung ihre Muschi zusammenzog. Im selben Moment drang Storm in sie ein und beide stöhnten auf.

»Baby, in dieser Position bist du so verdammt eng, dass ich viel zu schnell kommen werde.«

»Dann schließ die Augen und denk an England und mach endlich«, sagte Everly lachend, errötete aber wieder. Solche Sprüche hatte sie bisher nur in Liebesromanen gelesen und niemals zuvor laut ausgesprochen. Aber mit Storm wollte sie unanständig sein. Je schmutziger, desto besser.

»Ganz wie Sie wünschen, Euer Hoheit.« Dann begann er, sich zu bewegen.

Sie umfasste ihre Brüste und spielte mit den Nippeln, während er sie hart in die Matratze fickte, und als sie wieder kam, stöhnte er und spreizte ihre Beine, ohne in der Bewegung innezuhalten, sodass er auf ihr liegen und sie lieben konnte, auch während sie fickten. Trotz all der schmutzigen Wörter war dies der romantischste Augenblick ihres Lebens – oder zumindest einer davon. Immer wenn sie mit Storm zusammen war, schien sie den Augenblick für den höchsten Ausdruck der Leidenschaft zu halten.

»Ich will dich«, ächzte er. »Du bedeutest mir alles, Ev. Alles.«

Er bewegte sich immer noch, als er sie küsste, und sie streichelte seinen von Schweiß glitschigen Rücken. Sie schlang ihm die Beine um die Taille und kam ihm Stoß für Stoß entgegen, obwohl sie mehr als erschöpft war.

Und als sie noch einmal kam, kam er mit ihr, füllte das Kondom und wärmte sie von innen heraus auf. Sein Bart hatte sie ziemlich zerkratzt und sie wusste, am nächsten Morgen würde sie wund sein. Doch das kümmerte sie nicht.

Danach lag sie sorglos in seinen Armen.

Die Sorgen würden morgen zurückkehren, das wusste sie, aber vorerst lebte sie im Hier und Jetzt.

Das war alles, was sie tun konnte.

Kapitel Sechzehn

EVERLY BRAUCHTE DRINGEND EIN NICKERCHEN, wusste aber, dass sie so bald nicht dazu kommen würde. Obwohl ein Bett verlockend klang, hatte sie ihren Freundinnen versprochen, tatsächlich an deren Frauenabend teilzunehmen. Ihre Jungen waren bei Marie und Harry, da diese sich freiwillig angeboten hatten, sich um all die verschiedenen Kinder zu kümmern, weil die Männer ihrerseits einen Männerabend hatten. Wie das Ehepaar mit so vielen Kindern gleichzeitig fertigwerden konnte, wusste sie nicht, doch die beiden hatten acht Kinder allein großgezogen, daher nahm sie an, sie besäßen eine Art von Superkraft.

Sie hatte die Kinder bei Austin und Sierra abgesetzt, da die älteren Montgomerys heute Abend dort auf alle Kinder aufpassten. Und jetzt saß sie in ihrem Wagen auf dem Parkplatz hinter Montgomery Ink und dem Taboo. Da es so schwer war, in der Innenstadt von Denver einen Parkplatz zu finden, war es großartig, dass

er sehr klein war. Sie besaß nur einen und einen halben Parkplatz hinter ihrem Gebäude und trotzdem fand ihr Geländewagen an Tagen mit viel Schnee oder Regen nicht genügend Platz.

Everly konnte immer noch nicht glauben, dass sich ihr Leben in so kurzer Zeit so sehr verändert hatte. Zuvor hatte es nur Tabby in ihrem Leben gegeben und Storm an der Peripherie, und nun hatte sie eine Gruppe von Freundinnen und eine ganze Familie, die nicht ihre war, ihr aber dennoch anbot, auf ihre Jungen aufzupassen, sodass sie ein paar Augenblicke geschenkt bekam, um durchzuatmen.

Als es an ihre Scheibe klopfte, schrie sie auf, und als sie sich herumdrehte, sah sie Maya mit weit aufgerissenen Augen an ihrem Wagen stehen.

»Du hast mich zu Tode erschreckt.« Die andere Frau musste geschrien haben, denn Everly konnte sie durch die Scheibe hören.

Everly stieß den Atem aus und öffnete die Tür, was Maya zwang, einen Schritt zurückzutreten. »Nein, du hast mich zu Tode erschreckt.« Sie lachte und schüttelte den Kopf. »Ich dachte, du wärst ein Axtmörder.« Oder Rachel. Everly unterdrückte ein Stirnrunzeln. Warum um alles in der Welt hätte es Rachel sein sollen? Sie wusste nicht warum, aber dass das Problem mit der anderen Frau und deren eventuellen Plänen noch nicht gelöst war, machte sie nervös. Sie dankte Gott für den Frauenabend, der sie vielleicht von den Millionen Dingen ablenkte, die ihr Stress verursachten.

Maya grinste. »Ah, ich hätte bestimmt nicht mit der Axt an die Scheibe geklopft, wenn ich dich hätte ermorden wollen. Ich hätte schon längst auf dem Rücksitz gesessen, um dir von hinten den Kopf abzuschneiden, ganz unerwartet.«

Everly erstarrte. »Du bist eine sehr interessante Person, Maya.«

Die andere Frau lachte. »Ich versuche es. Und jetzt komm, wir gehen in die neue Kneipe unten an der Straße. Wir nehmen ein oder zwei Drinks, je nachdem, wer fährt, essen Kneipenfraß, der sich direkt auf unsere Hüften setzen wird, und dann kehren wir zu unseren Ehemännern nach Hause zurück, völlig angetörnt von Zucker und Fett, und machen sie wahnsinnig.«

Nun, das war sehr anschaulich beschrieben. Everly hatte nicht erwartet, dass Maya so tief in das Thema einsteigen würde. Aber wenn sie genauer darüber nachdachte ... sollte sie sich vielleicht mit Storm treffen, nachdem sie sich mit den Mädels vergnügt hätte, und ein bisschen Zeit mit ihm allein verbringen, bevor sie die Jungs abholen musste.

»An dem Glanz in deinen Augen kann ich sehen, dass du über das nachdenkst, was ich gesagt habe. Wie auch immer, da du wahrscheinlich dabei auch an meinen Bruder denkst, werde ich nicht nach Einzelheiten fragen.« Maya schauderte gespielt, dann zog sie Everly am Arm, um ihr die Richtung zu zeigen, in die sie gehen mussten. »Lass uns gehen. Ich denke, wir werden als Letzte ankommen. Ich habe länger als gewöhnlich gebraucht, um mich zu verabschieden.«

»Weil du zwei Männer hast, die zu Hause auf dich warten?« Everly wusste nicht, wie Maya mit all dem

zurecht und sie waren nicht einmal in etwas so Ernstes verstrickt wie eine Ehe oder eine Vollzeit-Beziehung.

Maya lachte. »Nun, normalerweise wäre das so, aber diesmal meinte ich meinen anderen, kleinen Mann, Noah. Er kann schwierig sein, aber ehrlich, das ist allein meine Schuld. Ich war und bin ein wahrer Plagegeist laut verschiedener Aussagen, daher ist es nur natürlich, dass mein kleiner Junge es auch ist. Und da ich ein Waschlappen bin, wenn es um ihn geht, hat es eine Weile gedauert, ihn bei meinen Eltern zurückzulassen.«

»Da kann ich dir keinen Vorwurf machen. Ich liebe meine Jungs so wahnsinnig, dass ich sie manchmal nicht aus den Augen lassen will.«

»Es muss sogar noch schwieriger sein wegen Nathans Asthma und James' Operation.«

»Wohl wahr, aber irgendwie funktioniert es. Obwohl Frauenabende neu für mich sind.«

»Nun, auch wenn du nicht mit Storm zusammen wärst, bist du immerhin Tabbys Freundin, und Tabby ist eine von uns. Wir Montgomerys saugen die Leute quasi auf. Ja, so ist es.« Maya lachte, während sie sprach, und Everly fragte sich, was sie sich mit den Montgomerys eingehandelt hatte.

Sie überquerten die Straße und strebten auf die neu renovierte Kneipe zu, die früher ein Café gewesen war. Denver besaß an jeder Ecke ein Café, doch sie überlebten meist nicht lange, außer es handelte sich um eine große Kette oder der Laden konnte etwas Besonderes anbieten, das die Kunden anlockte. Es gab einfach zu viele. Obwohl, das Gleiche konnte man von den Kneipen in Denver auch behaupten.

Die Musik plärrte, als sie die Kneipe betraten, und Everly zuckte zusammen. Maya warf ihr einen Blick zu und schnaufte. »Ja, dieses Lokal ist eher etwas für Jüngere«, schrie sie über den Lärm hinweg.

»Everly! Maya! Hier drüben!«, brüllte Tabby aus der Ecke, in der ihre Freundinnen bereits mehrere Tische besetzt hatten.

Sie gingen zu ihnen hinüber und umarmten die anderen lachend, während sie versuchten, sich über die Musik hinweg zu verständigen, obwohl es in dieser Ecke nicht so laut war wie am Eingang. Meghan und Miranda saßen auf der anderen Seite des Tisches und sahen hinreißend aus. Meghan trug ein grünes, Miranda ein blaues Kleid. Maya trug einen schwarzen Overall, der exquisit und maßgeschneidert wirkte, und zusammen mit all ihren Tattoos und Piercings sah sie echt abgefahren aus. Tabby hatte sich für ein glänzendes Oberteil und schwarze Lederleggings entschieden, in denen man sich laut ihrer Aussage so behaglich wie in einer Schlafanzughose fühlte, wie Everly wusste. Autumn trug ein rot-schwarzes Kleid, das ihre roten Locken betonte, heiß und verführerisch mit minimalem Aufwand. Und Sierra war in einem violetten Kleid erschienen, das um ihre Oberschenkel floss und den Eindruck vermittelte, sie wäre zum Tanzen bereit.

Everly hatte ein schwarzes Kleid und einen Bolero gewählt, da sie eigentlich nichts anderes Passendes besaß. In den letzten Jahren hatte sie nicht wirklich Cocktailkleider oder glänzende Klamotten gebraucht, während sie stillte und versuchte, Zwillinge aufzuziehen.

»Also … wie geht es euch?«, fragte Sierra mit hochgezogener Braue.

Everly presste die Lippen aufeinander, um nicht zu lachen, als die anderen Frauen versuchten, so auszusehen, als ginge es ihnen prächtig.

»Ich sehe schon …« Sierra stieß den Atem aus. »Ich kann nicht verstehen, was die Kinder heutzutage so tun. Ich dachte, ich würde Leif eine coole Mutter sein, und jetzt sieht es so aus, als wäre ich nicht so cool, wie ich dachte.«

»Nennt man das heutzutage wirklich *cool*?«, fragte Everly und errötete, als die anderen sie ansahen. »Ich meine, ich weiß, *geil* sagt man nicht mehr, aber gibt es ein anderes Wort für *toll*?«

Maya hielt eins der Gläser in die Höhe, die die anderen Frauen zusammen mit dem Wasserkrug und den Margaritas vor sie hingestellt hatten. »Auf das cool, toll, geil, dufte sein, und was auch immer die Kids heutzutage benutzen.«

Everly hielt lachend ihr Wasserglas in die Höhe und versuchte, nichts zu verschütten, als sie als Gruppe anstießen. Sie trank nicht viel und da sie Auto fahren musste, wollte sie auf der sicheren Seite bleiben.

»Okay, lasst uns tanzen!« Miranda erhob sich und wackelte mit den Hüften. »Schnell, bevor die Männer auftauchen und unseren Frauenabend beenden.«

Everly runzelte die Stirn. »Die Männer tauchen hier auf?« Das hatte Storm weder erwähnt, als sie ihn an diesem Morgen gesehen hatte, noch als sie sich während ihrer vielen Termine gegenseitig SMS geschickt hatten. Die anderen mochten vielleicht vorhaben zu kommen, aber Storm sicher nicht. Sie versuchte, nicht allzu verwirrt zu sein.

»Das tun sie immer«, erklärte Meghan und verdrehte die Augen. »Auch wenn dies ein Frauenabend ist. Ihr Männerabend endet immer damit, dass sie sich uns anschließen, auch wenn sie es nicht ankündigen.«

Damit fühlte sie sich schon besser, aber sie wusste trotzdem nicht, was sie angesichts der Tatsache empfand, dass sie so enttäuscht war, dass Storm sich ihnen nicht anschließen würde. Ja, ihre Beziehung nahm ernstere Formen an, aber mit Jackson war es auch ernst gewesen.

»Hör auf zu grübeln«, sagte Tabby und legte ihr einen Arm um die Taille. »Lass uns tanzen.«

Everly verzog das Gesicht. »Ich tanze nicht. Ich meine, ich kann nicht tanzen.«

»Deshalb tanzen wir in Gruppen«, erklärte Miranda. »Dann fällt es nicht auf.«

»Gib den Raubtieren zu viel zum Hinschauen und sie können sich nicht entscheiden, wohin sie blicken sollen«, fügte Autumn hinzu und warf sich die Haare über die Schulter. »Oder etwas in der Art. Ich weiß nicht mehr genau, was diese Naturserie darüber sagte, aber kommt schon. Lasst uns tanzen!«

Die Gruppe besetzte eine Ecke der Tanzfläche und die Frauen schwangen ihre Hüften und Arme zu der Musik. Sie sahen geradezu umwerfend und gleichzeitig übermütig aus. Es waren viel jüngere Leute anwesend, aber zur Hölle, Everly war in den frühen Dreißigern und es war ja nicht so, als wäre sie der Totenwächter

Gelegentlich versuchte ein Mann, den Kreis zu durchbrechen, aber Maya oder Autumn wiesen sie höflich ab, wenn sie nett waren, oder drohten ihnen, sie in die Eier zu treten, wenn sie aufdringlich wurden. Es zahlte sich aus, in der Gruppe zu tanzen.

Als ihr einer die Arme um die Taille schlang, wirbelte Everly herum, bereit, dem Kerl in den Unterleib zu treten, dafür, dass er sie ohne ihre Erlaubnis berührte, aber dann hielt sie inne, als sie sah, dass es Storm war.

Er trug ein dunkelblaues Hemd zu einer knackigen Jeans und doch konnte sie nur den Ausdruck in seinen Augen sehen. Er war so verdammt sexy und zumindest für heute gehörte er ihr. »Hey.«

Sie leckte sich die Lippen, denn sie war sich bewusst, dass die anderen Männer sich zu ihren Frauen gesellten und diese auf weitaus interessantere Art begrüßten. »Hey«, sagte sie leise. »Ich wusste nicht, dass du kommen würdest.«

»Ich hatte es auch nicht vor, aber ich hätte es einplanen sollen.«

»Und ich werde mir ein Getränk holen«, ertönte Wes' Stimme. »Irgendwie fühle ich mich wie das dreizehnte Rad am Wagen.«

Everly zuckte zusammen und blickte zu dem einzigen übrig gebliebenen alleinstehenden Montgomery, wenn es zählte, dass Storm mit ihr zusammen war. »Du kannst bei uns bleiben, wenn du willst.«

Storm schüttelte den Kopf. »Ich teile nicht.« Er küsste sie auf den Hals und sie unterdrückte ein Schaudern.

Wes kniff sich in den Nasenrücken. »Wir teilen nicht. Obwohl auf dem College einige Frauen aus irgendeinem Grund der Ansicht waren, es könnte Spaß machen, mit uns beiden gleichzeitig …«

Everlys Augen weiteten sich. »Oh.«

»Wir haben es nicht getan«, erklärte Wes und Storm lachte leise. »Nicht einmal ansatzweise. Mach dir keine Sorgen. Wir stehen nicht auf Dreier.«

»Gut zu wissen«, erwiderte Everly lachend und schüttelte den Kopf, als Wes vor sich hin murmelnd davonging.

Storm küsste sie noch einmal auf den Hals und sie schmiegte sich an ihn. »So sehr es mir auch gefällt, deinen Hintern zu betrachten, während du tanzt, aber wollen wir nicht zu mir nach Hause fahren und dort ein bisschen Zeit verbringen, bis du die Jungs abholen musst?« Er biss in ihr Ohrläppchen und sie presste sich fest an ihn.

»Macht, dass ihr hier rauskommt, ihr beiden«, stichelte Maya, die zwischen Border und Jake tanzte. Ihre beiden Ehemänner hielten sie nicht eng umschlungen, wie sie es vielleicht in anderen Kreisen getan hätten, aber das konnte Everly ihnen nicht verdenken. Vor Kurzem hatte es in der Umgebung einige Verbrechen aus Hass gegen polygame Paare gegeben, daher ließen sie Vorsicht walten, obwohl das Trio der Meinung war, Gewaltangriffe könnten jedem passieren.

»Das lasse ich mir nicht zweimal sagen.« Storm ergriff ihre Hand und zog sie von der Tanzfläche. Sie winkten den anderen zum Abschied zu. Sobald sie die

küsste sie heftig. »Wir können wieder reingehen, falls du tanzen willst. Ich sah dich tanzen und wurde so hart, dass ich nicht mehr geradeaus denken konnte. Wenn du aber Spaß am Tanzen hast, werden wir tanzen. Ich verspreche es.«

Sie stellte sich auf die Zehenspitzen und küsste ihn aufs Kinn. »Lass uns zu dir fahren. Ich habe getanzt. Ich habe gelacht. Jetzt will ich dich.«

»Gut.« Er küsste sie noch einmal, dann führte er sie die Straße entlang. »Ich nehme an, du hast deinen Wagen auf dem Parkplatz der Montgomerys abgestellt?«

»Ja, da meiner im Moment nicht zur Verfügung steht.« Sie verscheuchte den Gedanken an ihren Laden, da sie sich im Augenblick nicht damit beschäftigen wollte. Sie wollte nur an Storm denken und was sie gleich tun würden. Ihre Sorgen konnten bis zum nächsten Morgen warten. »Wo hast du geparkt?«, fragte sie, um vom Thema abzulenken.

»Wes ist gefahren und hat auch dort geparkt. Wir hatten geplant, dass er mich nach Hause fährt, aber ich halte diese Lösung für noch besser.«

Sie hielt ihn fest, bevor sie die Straße überquerten, und küsste ihn. Er fuhr mit den Händen durch ihr Haar und sie seufzte. Sie war sich bewusst, dass sie mitten in der Innenstadt von Denver an einer Straßenecke standen, doch in den wenigen kostbaren Augenblicken wie diesem kümmerte es sie nicht. »Das hört sich doch perfekt an.«

Storm presste sie mit dem Rücken gegen die Tür. Er verteilte Küsse auf ihrem Hals und ihrer Wange, während sie ihre Hände über seinen bekleideten Rücken gleiten ließ. Sie hatten gerade erst sein Haus betreten und konnten ihre Hände nicht bei sich behalten.

Er ließ eine Hand unter ihr Kleid gleiten und umfasste ihre Brüste in dem halterlosen BH. Sie erzitterte unter seiner Berührung und wölbte sich ihm entgegen.

»Mehr«, ächzte sie. »Fester.«

Sie zerrte an seinem Hemd und er an ihrem Kleid. Bald waren sie beide nackt. Die Kleidung türmte sich um ihre Füße, und die Schuhe hatten sie auf die andere Seite des Raumes geschmissen, wo sie sie später in Eile nicht so schnell finden würde. Er ließ seine Hand zwischen ihre Falten gleiten und sie schlang ihre Finger um seinen Schwanz. Sie stöhnten beide auf. Ihre Körper waren glitschig vor Schweiß, als sie einander streichelten und reizten.

Als er mit zwei Fingern in sie eindrang, kam sie. Ihr Körper wölbte sich und sie schrie seinen Namen, während sich die Lider schwer über ihre Augen senkten. Sie atmete schwer und es wurde glitschiger um seine Hand herum. Als er seine Finger zurückzog, wimmerte sie. Er setzte sich auf den Sessel in der Nähe und reichte ihr ein Kondom.

»Zieh es mir über.«

Mit zitternden Händen öffnete sie die Verpackung und streifte das Gummi über seinen Schaft. »Bereit?«

»Immer, Ev. Immer bereit für dich. Und jetzt reite

Während er ihre Hände hielt, stellte sie sich mit gespreizten Beinen über ihn und ließ sich langsam auf seine Männlichkeit hinabgleiten. Als sie ganz auf ihm saß, stand sie in Flammen. Ihre Haut war heiß und ihre Nippel so hart, dass es wehtat.

»Reite mich, Ev. Du kannst es, Baby.«

Sie beugte sich vor und küsste ihn auf die Lippen. Dann legte sie ihm die Hände auf die Schultern und begann, ihre Hüften zu bewegen. Sie stöhnten beide auf. Er umfasste ihre Taille und half ihr, die perfekte Reibung zu halten, als sie sich höher und höher in den siebenten Himmel katapultierten. Everly lehnte sich zurück. Sie spürte jeden Zentimeter von ihm in sich. Er füllte sie so vollkommen, dass sie glaubte, an der Ekstase zu zerbrechen. Storm nutzte den Augenblick, um sich vorzubeugen und ihre Nippel in den Mund zu nehmen, einen nach dem anderen.

Als sie ihre inneren Muskeln zusammenzog, stieß Storm einen Fluch aus. »Mach das noch einmal.«

Als sie den Kopf senkte und ihm in die Augen blickte, während sie ihre inneren Muskeln noch einmal zusammenzog, stöhnten beide auf.

»Härter«, flüsterte sie. »Ich bin beinahe so weit.«

»Wird erledigt«, knurrte er und stieß so hart in sie hinein, dass sie aufschrie. Sie wurde so schnell und heftig von der Lust gepackt, dass sie augenblicklich kam. Storm folgte ihr. Er pumpte immer weiter in sie hinein, bis sie beide, glitschig vor Schweiß und schlaff, auf dem Stuhl zusammenbrachen.

Er streichelte ihr den Rücken und murmelte, wie sehr er sie wollte, wie sehr er sie begehrte …

Und sie hielt ihn fest und wünschte sich, dieser Moment würde niemals enden. Und doch wusste sie es besser. Denn nichts Gutes war in ihrem Leben von Dauer, nichts außer ihren Jungen.

Nichts.

Kapitel Siebzehn

ES WAR SICHER NICHT die klügste Idee gewesen, Everly zu ihrem ersten gemeinsamen Abendessen mit der Familie als Paar mitzubringen, wenn mehr als zwanzig Montgomerys anwesend waren. Doch jetzt konnte er keinen Rückzieher mehr machen, also fand er sich damit ab.

Hoffentlich.

»Ich hoffe, der Kartoffelsalat schmeckt ihnen«, bemerkte Everly, die auf dem Beifahrersitz saß. Sie hatten den Pick-up genommen, dessen Rückbank jetzt mit neuen Kindersitzen für die Jungen und einem speziellen Brustgeschirr für Randy ausgestattet war. Storm hatte das als Zeichen betrachtet, dass es mit ihrer Beziehung vorwärtsging, aber bei Everly wusste man nie. Sie stand kurz vor einem Zusammenbruch bei all der Anspannung, unter der sie litt, und er konnte nichts daran ändern.

~~Auch seine Frau hatte ihre Grenze der Belastbarkeit~~

und einen Mann wie Storm brachte es beinahe um, ihr nicht helfen zu können.

»Der Kartoffelsalat wird ihnen schmecken«, beruhigte Storm sie lächelnd. »Eigentlich hättest du überhaupt nichts mitbringen müssen. Das habe ich dir doch gesagt.«

»Ich gehe nicht mit leeren Händen zu meinem ersten Grillabend bei der Familie Montgomery. Als ich mit deiner Mutter telefonierte, meinte sie, ich könnte eine Beilage mitbringen, falls ich das wirklich wollte, und ich habe meinen Kartoffelsalat erwähnt.«

»Ich mag deinen Salat«, erwiderte er, seine Aufmerksamkeit auf die Straße gerichtet, während er sich gleichzeitig mit einem Blick in den Rückspiegel versicherte, dass mit den Jungen alles in Ordnung war. Sie unterhielten sich in der Geheimsprache miteinander, die nur Zwillinge kannten. Er und Wes hatten das Gleiche getan, doch bei der großen Anzahl der Familienmitglieder hatte das nicht so lange gedauert, wie es vermutlich bei Nathan und James anhalten würde.

»Wann hast du ihn probiert?«, fragte sie. Ihr Tonfall verriet ihm, dass sie einer Panik nahe war.

»Du hast ihn damals öfter serviert, wenn du am Wochenende Gäste hattest.« Als sie mit Jackson zusammen und Storm nur der Freund der Familie gewesen war. Er erwähnte das jedoch nicht, da sie bereits wusste, woran er dachte. Die Zeiten hatten sich geändert, seine Vorliebe für ihren Kartoffelsalat jedoch nicht.

»Oh«, sagte sie, wobei ihre Stimme dünner wurde. »Die Leute sind nur leider so wählerisch in diesen

Dingen. Sie stehen entweder auf Senf oder Essig oder echte Mayonnaise in der Soße. Manche mögen ihn mit Dill oder einfach Paprika. Ich hätte eine neutralere Soße machen sollen, um den allgemeinen Geschmack zu bedienen.«

Storm unterdrückte ein Lachen, weil es ihr nicht gefallen hätte, und ergriff ihre Hand. Sie schlangen ihre Finger umeinander und er drückte ihr sanft die Hand. »Ihnen wird schmecken, was du mitbringst. Wir werden so viele sein, dass es auch für dein Kartoffelsalatrezept eine Menge Liebhaber geben wird. Sie werden sich mit mir darum prügeln müssen. Das wollte ich nur gesagt haben.«

Sie seufzte und blickte zu ihm hinüber, als er am Straßenrand parkte. Die Montgomerys verfügten zwar über einen geräumigen Parkplatz, aber es waren immer noch zu viele von ihnen, als dass jeder einen Platz am Haus hätte finden können. Sie würden einen Block weit laufen müssen, aber das war nicht allzu schlimm.

»Ich benehme mich wie eine Irre«, murmelte sie vor sich hin. »Ich habe so etwas noch nie getan, weißt du?« Sie warf einen Blick auf die Jungs, die sie mit erhöhter Aufmerksamkeit beobachteten. Das bedeutete, dass sie jetzt nicht auf die Einzelheiten ihrer Beziehung und was sie im Zuge dessen alles zum ersten Mal taten eingehen konnten. Er nahm an, dass die Jungen es mit der Zeit mitbekommen würden, aber er stimmte mit Everly überein, dass sie sich erst darauf konzentrieren sollten, wie es mit ihnen klappte, bevor sie den Jungs einen ... vorstellen konnten.

wandte sich nach hinten. »Okay, Gentlemen, seid ihr bereit für eine Veranstaltung bei den Montgomerys?«

»Ja«, schrie Nathan, während James in die Hände klatschte und Randy bellte. Everly lachte, als Storm sich scherzhaft das Ohr rieb. Zwei dreijährige Jungen und ein Welpe sorgten in der kleinen Kabine eines Pick-ups nicht gerade für Ruhe.

»Na, dann mal los«, sagte Storm lachend, bevor er Everly zuzwinkerte. Es war nicht so leicht, wie er gedacht hatte, da er definitiv neu auf diesem Gebiet war, aber irgendwie schafften sie es und schließlich standen sie vor der Tür, die beiden Kinder zwischen den beiden Erwachsenen mit Randy an der Leine allen voraus, und mit all ihren Taschen und sogar dem Kartoffelsalat, und das alles in einem Rutsch. Warum die Zwillinge ihre eigenen Taschen voller Spielzeug brauchten, wusste er nicht, aber er stellte Everly nicht infrage. Sie wusste, was sie tat.

»Ihr seid da!«, rief Marie Montgomery, seine Mutter, als sie die Tür öffnete. »Harry, komm her und hilf mir, all die Sachen hereinzutragen. Oh, Everly, Liebes, ich bin so froh, dass du den Kartoffelsalat mitgebracht hast. Er sieht wunderbar aus. Und seht euch nur die Jungs an. Ich schwöre, ihr seid dreißig Zentimeter gewachsen, seitdem ich euch zum letzten Mal gesehen habe. Und Randy, mein Liebling, dich sehe ich auch. Du bist so ein braver Junge.«

Seine Mutter stieß all das in einem einzigen, langen Atemzug hervor, während sie gleichzeitig alle umarmte und sie ins Haus scheuchte. Wie sie es schaffte, jedem Einzelnen das Gefühl zu geben, willkommen zu sein und als Individuum wahrgenommen zu werden, erstaunte ihn immer wieder, obwohl er wusste, dass das zum Teil daran lag, dass sie acht wilde Kinder aufgezogen hatte.

Die Kinder wurden in den Spielbereich gebeten, wo seine Schwester Maya und ihre zwei Männer, Jake und Border, über eine Meute Kinder wachten. Er hatte tatsächlich nicht mehr nachgehalten, wie viele Nichten und Neffen er besaß, da die Zahl ständig zunahm, aber der älteste war mittlerweile ein Teenager und der jüngste konnte noch nicht laufen, also war jedes Alter vertreten.

Everly hielt sich an Storms Seite und er fuhr mit der Hand über ihre Hüfte. »Bist du bereit?«, fragte er. Die meisten Mitglieder der Familie kannte sie bereits und war mit vielen befreundet, aber heute war sie zum ersten Mal als seine feste Freundin hier.

»Nein, aber bringen wir es hinter uns.«

Austin und Sierra kamen als Erste herbei. Sierra ging sofort zu Everly, um sie zu umarmen, und Austin nickte Storm kurz zu, bevor auch er Everly in den Arm nahm.

»Es tut mir leid, das mit deinem Laden«, sagte Sierra leise. »Hast du noch immer nichts gehört?«

Storm drückte Everlys Hand und sie blickte ihn zärtlich an. »Nein«, erwiderte sie. »Nur, dass immer noch ermittelt wird.«

»Wann kannst du mit dem Neuaufbau beginnen?«, fragte Austin. »Falls du das überhaupt vorhast.«

Atem aus. »Bald, hoffe ich. Und ja,

hoffe es. Es ist noch alles in der Schwebe, aber verdammt, ich liebe die Buchhandlung. Und sie gehört mir, weißt du?«

Austin nickte. »Das verstehe ich. Wenn so etwas mit unserem Tattoostudio passieren würde, wären Maya und ich am Boden zerstört, würden es aber trotzdem wiederaufbauen wollen.«

»Mit meinem Laden würde es mir ebenso ergehen«, fügte Sierra hinzu. Ihr gehörte die Boutique namens Eden auf der anderen Straßenseite, gegenüber von Montgomery Ink. Storm erinnerte sich, dass Sierra deshalb auch Austin kennengelernt hatte.

»Falls du Hilfe brauchst, lass es uns wissen«, sagte Austin mit dem tiefen Knurren, das Autorität verriet.

»Das werde ich«, antwortete Everly. »Ich danke euch für eure Anteilnahme.«

»Natürlich berührt es uns«, sagte Sierra.

»Ja, du bist jetzt eine von uns, auch wenn du nicht mit diesem Idioten hier zusammen wärst.« Austin grinste zwar dabei, aber Storm boxte seinen Bruder trotzdem in die Schulter.

»Männer«, sagte Sierra lächelnd und verdrehte die Augen.

Sie unterhielten sich noch ein paar Minuten, bevor sie auseinandergingen und Everly und Storm auf Luc und Meghan trafen. Miranda und Decker gesellten sich zu ihnen und schon bald kam Everly nicht mehr aus dem Lachen heraus. Storm hielt sie im Arm, denn er wusste, sie brauchten Momente wie diese, um einen Ausgleich zu allem anderen zu schaffen, das in ihrem Leben vor sich ging.

»Wenn du so weit bist, rufst du uns an und wir helfen dir beim Wiederaufbau«, sagte Decker. »Ich weiß, du könntest das auch mit Jakes Brüdern machen, aber komm schon, entscheide dich für die Montgomerys. Du magst uns lieber.«

»Das habe ich gehört!«, rief Jake und Maya schlang ihm einen Arm um die Taille, um ihn wegzuziehen.

Everly lachte und Storm kniff sich in den Nasenrücken. »Das ist doch kein Konkurrenzkampf, weißt du«, sagte er.

»Sicher nicht«, erwiderte Luc augenzwinkernd, bevor er seine Frau auf die Schläfe küsste. Obwohl die beiden inzwischen seit geraumer Weile verheiratet waren, errötete Meghan und schmiegte sich an ihren Mann. »Nein, kein Konkurrenzkampf.«

»Das meinte ich eigentlich nicht«, sagte Storm, lächelte jedoch. Die beiden Firmen hatten verschiedene Spezialgebiete und es mangelte beiden nicht an Aufträgen. Die Tatsache, dass sie nun durch Heirat verbunden waren, machte es lediglich interessanter, einander zu necken.

»Aber ehrlich, wir sind da, um zu helfen«, bemerkte Meghan. »Ich weiß, du hast keinen Bedarf an Landschaftsgärtnerei, da sich dein Laden in der Innenstadt befindet, aber wer weiß, vielleicht brauchst du ja eine Topfpflanze.«

Everly lächelte. »Ich bringe jede Pflanze um, also benötige ich vielleicht tatsächlich deine Hilfe.«

»Mir geht es genauso«, warf Miranda ein und
schelmisch an. »Glücklicherweise

»Wenn du sie außer Reichweite von Kindern und Haustieren hieltest, würden sie vielleicht länger leben«, argumentierte Meghan.

Die beiden scherzten nun miteinander herum und Storm winkte ihnen zu, als er Everly mit sich zog. Er wollte, dass sie mit allen sprach, sich dabei aber nicht überfordert fühlte. Er war selbst nicht gerade der Gesprächigste der Meute, daher neigte er dazu, in einem Zimmer des Hauses zu bleiben und zu warten, bis die Leute zu ihm kamen. Oder er ließ sich von Gruppe zu Gruppe treiben und hörte zu, was sie sagten, bevor er zur nächsten weiterging. Er liebte sie, aber zur Hölle, seine Familie war so groß, dass es manchmal zu überwältigend wurde.

Griffin und Autumn saßen mit Tabby und Alex um einen Tisch herum, den seine Eltern aufgestellt hatten, und er winkte ihnen zu. Everly hob ebenfalls die Hand zum Gruß und die vier lächelten sie an, ebenfalls winkend. Wes schloss sich ihnen an und sie lachten und plauderten über Dinge, die in dieser Woche geschehen waren. Da sie einander oft sahen, war es überraschend, wie viel sie trotzdem noch zu bereden hatten. Er und Everly beteiligten sich für eine Weile an dem Gespräch, bis der Hunger sie überwältigte und Storm Everly zu den Jungen zurückschleppte.

»Es wird noch weitere vier Stunden dauern, bis wir mit jedem gesprochen haben, also lass uns die Jungen füttern und dann unsere eigenen Mägen füllen.«

Sie verdrehte die Augen und pikste in seinen Bauch. »Du hast kein Gramm Fett an dir, wie ist das möglich?«

Er zwinkerte. »Gute Gene und die Tatsache, dass Alex mich dazu bringt, mehr zu trainieren.«

»Ich sollte ihm danken«, sagte sie heiser und er schluckte heftig. Er durfte hier vor seiner allwissenden Familie keinen Ständer haben. Das würde er nicht überleben.

Er küsste sie auf den Scheitel, da sie sich mitten im Wohnzimmer seiner Eltern befanden, bevor er losging, um dafür zu sorgen, dass die Jungen ihr Mittagessen bekamen. Doch er hätte sich keine Sorgen machen müssen, denn seine Mutter hatte den Kindern bereits eine eigene Mahlzeit serviert.

Sie trennten Kinder und Erwachsene beim Essen nicht immer so wie heute, aber da draußen die Grills mit ganzer Kraft glühten, war es aus Sicherheitsgründen angebracht.

Nachdem er und Everly sich vergewissert hatten, dass die Zwillinge versorgt waren, häuften sie sich ihre Teller voll – einschließlich Everlys Kartoffelsalat – und ließen sich an einem der leeren Tische am Rande des Gartens hinter dem Haus nieder. Sie blieben jedoch nicht lange allein, denn drei seiner Cousinen hatten beschlossen, sich zu ihnen zu gesellen. Da sie zu den wenigen gehörten, die Everly bis jetzt noch nicht kennengelernt hatte, störte es ihn nicht.

»Everly, dies sind Adrienne, Thea und Roxie. Sie sind meine Cousinen aus Colorado Springs. Shep ist ihr großer Bruder. Er lebt jetzt zwar in New Orleans, hilft aber immer noch im Tattoostudio aus, wenn er in

Bezeichnung für sie und beide versteiften sich, doch dann fassten sie sich wieder.

Everly lächelte sie an und begrüßte sie. »Werdet ihr immer so genannt oder gefällt euch einfach die Stadt?«

Adrienne verdrehte die Augen. Sie war das älteste der drei Mädchen und Shep war weitaus älter als seine Schwestern, daher waren sie ein bisschen anders aufgewachsen als der wilde Shep – obwohl das Adrienne nicht davon abgehalten hatte, ebenso wild zu sein. Doch Storm war sich nicht sicher, ob Adrienne wirklich so verrückt war, wie sie behauptete.

»Die Montgomerys aus Denver nennen uns gern nach unserer Stadt, da sie uns zahlenmäßig überlegen sind«, erklärte sie mit einem Augenzwinkern.

»Aber wir neigen dazu, uns als Montgomerys zu betrachten«, warf Thea lächelnd ein, die nächste in der Reihe.

»Und wir nennen sie die aus Denver, anstatt die Großen Acht, wie Wes es gern hätte«, fügte Roxie hinzu.

»Und es gibt sogar noch mehr von euch?«, fragte Everly, die ein bisschen überwältigt klang. Er machte ihr keinen Vorwurf daraus, da sie so viele waren und die Montgomerys zu großem Wuchs neigten und laut waren, auch wenn nur wenige von ihnen beisammen waren. Die Männer waren alle groß, bärtig und tätowiert, während die Frauen ihre Größe in Charakter und Körperkunst zeigten. Sie waren auffällig.

»Ein paar mehr«, erwiderte Adrienne. »In unserer Generation sind wir ungefähr einundzwanzig oder so, glaube ich. Obwohl ich nach dem zehnten den Überblick verloren habe.«

»Wow.«

Storm schnaufte, weil Everly das Wort beinahe keuchend hervorgestoßen hatte, und streichelte ihr beruhigend den Rücken. Sie war an so viele Menschen nicht gewöhnt, und das verstand er. Sie war wie Jackson ein Einzelkind. Und zur Hölle, keiner ihrer Eltern war übermäßig warm und liebevoll gewesen. Sich nun unter so vielen Montgomerys aufzuhalten musste also eine echte Herausforderung für sie sein.

Er war froh, dass seine Familie nicht begonnen hatte, sie zu löchern. Das würde noch kommen, vielleicht nicht heute, aber beim nächsten Mal, wenn sie ihn begleitete. Er fand es merkwürdig, dass er sich nicht seltsam fühlte, sie an seiner Seite zu haben. Doch es war, als wäre sie schon immer da gewesen. Sie passte einfach zu ihm. Dies war seine Ev und es fühlte sich richtig an.

Er hoffte nur, dass es sich für sie auch richtig anfühlte.

Nachdem sie ihr Mittagessen beendet hatten, blieben sie bei seinen Cousinen sitzen. Plötzlich kamen Nathan und James angelaufen. Sie kicherten und jagten Randy, der bellte und über den Boden schlitterte, als er zu Storms Füßen anhalten wollte. Storm beugte sich vor, um den Kopf des Welpen zu streicheln. Als James auf seinem Schoß landete, unterdrückte er ein Brummen. Nathan kletterte auf Everlys Knie und dann plapperten die beiden gleichzeitig drauflos, was sie am Nachmittag erlebt hatten. Randy kehrte zu seinem Spiel mit den Familie zurück und Storm legte

während er dem kindlichen Geplapper ihrer Söhne lauschte.

Dabei entgingen ihm nicht die wissenden Blicke nicht nur seiner Cousinen, sondern auch die eines jeden, der zufällig vorbeikam. Dies störte ihn nicht so sehr, wie er gedacht hatte. Immerhin hatte er jetzt den Rest der Familie eingeholt, da jeder von ihnen bereits den Menschen gefunden hatte, mit dem er zusammen sein wollte.

Er runzelte die Stirn.

War es das? War sie die Eine, mit der er jetzt und für immer sein Leben teilen wollte? Bedeutete das Kinder und Ehe und alles, was damit zusammenhing? Er hatte immer gedacht, er würde wie einer seiner Onkel enden, die immer da waren, aber keine eigene Familie gegründet hatten. Er hatte lange gebraucht, um einzusehen, dass er vielleicht trotz seiner Schuld ein eigenes Leben verdiente. Doch als er so weit gewesen war, war er bereits Mitte dreißig und hatte keine Frau gefunden, mit der er zusammen sein wollte.

Bis Evelyn kam.

Er stieß den Atem aus. Vielleicht, nur vielleicht konnte sie seine Zukunft sein.

Er wusste nur nicht, was er davon halten sollte.

Die Jungs waren vollkommen aufgedreht gewesen, als sie sie später am Abend in den Pick-up gesetzt hatten. Das Grillen hatte sich bis zur Abendessenszeit hingezogen und alle hatten sich mehr zu essen geholt. Aber sobald sie auf der Schnellstraße waren, schliefen alle wie auf Befehl ein. Sogar Randy lag schnarchend dort auf dem Rücken, die Füße in die Luft gestreckt und das Maul geöffnet.

»Dieser blöde Hund sieht aus wie ein Idiot, wenn er so schläft«, murmelte Storm vor sich hin.

»Aber süß«, bemerkte Everly, die sich auf dem Beifahrersitz herumdrehte, um ein Foto von dem Trio aufzunehmen.

Storm schnaufte. »Das ist wahr.« Er rieb sich den Nacken, glücklicherweise hatte er eine Tasse Kaffee getrunken, bevor er sich hinters Lenkrad gesetzt hatte. Er war nicht unbedingt müde, denn nichts in der Welt brachte ihn dazu zu denken, es wäre in Ordnung, im müden Zustand Auto zu fahren – nicht nach den Geschehnissen jener regnerischen Nacht vor Jahren –, aber er hatte einen Muntermacher gebraucht.

»Ich hatte heute eine Menge Spaß«, meinte Everly gähnend. »Mehr als ich erwartet hatte.«

Storm blickte sie an. »Was, du dachtest, wir könnten uns langweilen?«

Sie verdrehte dramatisch die Augen. »Als könnten die Montgomerys jemals langweilig sein. Ich meinte, ich dachte, ich wäre zu gestresst, um mich zu amüsieren. Ich bin froh, dass ich mich geirrt habe.«

Er nahm ihre Hand und führte sie an seine Lippen, um sie zärtlich auf die Handfläche zu küssen. »Ich bin auch froh.«

Sie seufzte glücklich und sie fuhren in friedvollem

sitzen hoben. Randy musste dringend sein Geschäft erledigen und die Kinder schienen das Gleiche nötig zu haben. Also verschwand Storm mit dem Hund im Garten, während Everly die Jungs bettfertig machte. Bevor er ins Haus zurückkehrte, um dabei zu helfen, die Kinder zu Bett zu bringen, vergewisserte er sich, dass Randy genügend Wasser hatte, da der Welpe bei seinen Eltern viel zu viel gefressen hatte. Er und Everly hatten nicht darüber gesprochen, ob er an diesem Abend bei ihr übernachten würde, aber beide hatten es stillschweigend angenommen. Sogar Randy hatte hier mittlerweile seine eigene Ausstattung für die Nächte, in denen Storm hierblieb.

Er bekam mehr und mehr das Gefühl, sie wären eine Familie, und obwohl Storm immer noch ein wenig vorsichtig war, so begann er doch, sich darauf zu verlassen.

»Wirst du Onkel Storm noch einmal küssen?«, fragte James, als Everly ihm ein Hemd über den Kopf zog. Nathan lag bereits in seinem Schlafanzug im Halbschlaf in seinem Bett. Da sie ihm den Rücken zugewandt hatte und James das Hemd über den Augen hatte, konnte nur Storm sehen, dass Everly erbleichte.

»Was meinst du damit?«, fragte sie scheinbar ruhig. Storm sagte nichts, aber er wusste, sie hatte bemerkt, dass er auf der Türschwelle stand. Sie hatten noch nicht darüber gesprochen, wie sie es den Jungs sagen wollten, und er wusste, es war ihre Sache zu entscheiden, was sie sagen wollte. Er würde sich dem anschließen, denn auch wenn er sich in die Familie verliebt hatte, blieb sie doch immer noch die Mutter.

»Du und Onkel Storm, ihr küsst euch. Ganz viel.« Nathan gähnte mit weit geöffnetem Mund und Storm dachte, der Junge wäre eingeschlafen. Doch dann fuhr Nathan fort: »Das ist okay. Wir mögen ihn.«

»Du solltest Onkel Storm noch öfter küssen«, sagte James und lächelte verschlafen. Dann gab er seiner Mom einen Kuss auf die Wange. »Dann kann nämlich Onkel Storm unser Daddy sein. Und dann sind wir eine Familie. Dann haben wir ein Hündchen und niemand kann uns wehtun, weil Onkel Storm den sonst verprügelt.«

»Er ist groß und stark und kennt die X-Men. Wir lieben ihn, und das musst du auch tun.«

Storms Herz schwoll um das Zehnfache an, auch wenn sein Magen sich zusammenzog angesichts dessen, was die Jungs dachten. Zur Hölle, diese Kinder konnten verdammt gut beobachten. Er hatte bei Everly eine eventuelle Hochzeit noch nicht zur Sprache gebracht und ganz sicher hatte er noch nicht einmal selbst viel darüber nachgedacht. Aber die Jungs waren offensichtlich ganz dafür.

Er brauchte einen Drink.

»Ich bin froh, dass ihr Storm mögt«, sagte Everly vorsichtig, als legte sie jedes Wort auf die Goldwaage. Er konnte ihr keinen Vorwurf daraus machen und deshalb schwieg er. Dies war nicht seine Sache, aber er würde sie unterstützen, falls es nötig wäre. »Ich mag ihn auch.«

Und er mochte sie noch viel, viel mehr.

»Okay«, erwiderte James schlicht, bevor Everly ihn ... schnarchte bereits. Er war mit

Kind so leicht einschlafen konnte, ging über seinen Verstand.

Everly gab jedem ihrer Söhne einen Kuss auf den Kopf, bevor sie das Licht ausschaltete und die Thor-Nachtlampen hell aufleuchteten.

»Oh mein Gott«, flüsterte sie, während sie in Richtung ihres Schlafzimmers eilte. Storm folgte ihr, drehte sich jedoch wieder um, als er sah, dass Randy ins Zimmer der Jungs tapste. Der Hund war stubenrein und wohlerzogen, aber er wusste nicht, ob er bei den Jungs schlafen durfte.

»Ev, bevor wir uns darüber streiten, darf Randy bei den Jungs schlafen? Dem Gekicher nach zu urteilen macht er es sich bereits neben James bequem.«

Everly schlug sich die Hände vors Gesicht und stieß einen kleinen Schrei aus, der nicht allzu laut war. »Das ist in Ordnung. Alles ist in Ordnung. Oh mein Gott.«

Er schloss die Tür hinter sich und nahm ihr die Hände vom Gesicht, sodass er sie umarmen konnte. »Du bist großartig damit umgegangen, Baby.« Er fuhr ihr mit der Hand über den Rücken und sie klammerte sich an ihn.

»Ich hätte nicht gedacht, dass sie Bescheid wissen.« Sie barg ihr Gesicht an seiner Brust und stöhnte auf. »Und sie waren … glücklich darüber.«

»Offensichtlich gelingt es uns nicht, es zu verheimlichen.« Er küsste sie auf den Scheitel.

»Wir sind ja auch nicht besonders dezent.«

Er lächelte und schob sie etwas von sich, sodass er

ihr in die Augen blicken konnte. »Nein, das sind wir nicht.«

»Ich … Ich bin so erleichtert, dass für die Jungs alles okay ist. Aber ich möchte für einen Augenblick die Welt um mich herum vergessen. Können wir das?«

Er legte eine Hand um ihren Hinterkopf und küsste sie zärtlich. Sein Schwanz drückte gegen den Reißverschluss seiner Hose. »Das können wir.« Er begehrte sie mehr, als er es in Worte fassen konnte – diese Frau, seine Freundin, die nicht mehr nur seine Freundin war.

»Gut«, keuchte sie. Sie ließ die Hände über seine Brust gleiten und er küsste sie wieder, denn er musste sie schmecken.

Langsam wanderten sie mit ihren Händen über den Körper des jeweils anderen, lernten einander kennen und wie sie sich als Einheit bewegten. Bedächtig zog er ihr das Oberteil aus, dann die Hose, bis sie nur in Unterwäsche vor ihm stand, in jeder Hinsicht perfekt. Er liebte es, wie ihre Brüste die Körbchen des BHs füllten und wie ihre Hüften hervorstanden, sodass seine Hände den perfekten Halt fanden.

»Du bist so wunderschön«, flüsterte er.

Ev verdrehte die Augen. »Ich habe Schwangerschaftsstreifen und habe immer noch nicht das Gewicht erreicht, das ich vor den Babys hatte. Ich sehe besser aus, wenn ich angezogen bin, glaube mir.«

Er beugte sich vor und biss ihr in die Lippe. Als sie keuchte, grinste er sie an. »Da ich dich so und so gesehen habe, werde ich dir sagen, wie unrecht du hast.«

Und ich werde es dir zeigen.«

warzen in den Mund, eine nach der anderen. Dann ging er in die Knie und streifte ihr das Höschen an den Beinen hinunter. Auf jeden Oberschenkel drückte er einen Kuss. Sein Schwanz war so hart, dass er dachte, er würde aus der Jeans platzen, als wäre er ein verdammter Teenager.

»Ich will dich, Ev«, sagte er sanft, während er noch einen Kuss auf ihren Schenkel drückte. Sie fuhr ihm mit der Hand durchs Haar und er leckte über die Stelle, die er zuvor geküsst hatte. »Ich weiß, wir müssen zur Verhütung immer noch Kondome benutzen, aber ich will dich schmecken, Ev.«

Sie zog an seinen Schultern, als er gerade ihre Muschi küssen wollte, und er erhob sich, um stattdessen ihren Mund zu küssen. Als er sich zurückzog, lächelte sie ihn herausfordernd an. »Ich möchte dich gern zur selben Zeit schmecken.«

Er erwiderte das Grinsen. Sein Schwanz war nun so hart, dass er wahrscheinlich bei der ersten Berührung käme. »Ich denke, das lässt sich einrichten.« Sie half ihm, das Hemd auszuziehen und die Hose zu öffnen. Sie keuchten beide, als er die Hose zusammen mit den Boxershorts hinunterzog und sein Schwanz in die Freiheit sprang. Er klatschte gegen seinen Bauch und beide stöhnten auf.

»Der sieht aus, als hätte er Schmerzen.«

Er zwinkerte. »Nun, ich kenne ein paar Möglichkeiten, wie du mir helfen kannst.«

»Lass mich raten. Mit meinem Mund? Und wenn ich nun behaupte, ich hätte Kopfschmerzen, würdest du mir dann erklären, du hättest die perfekte Medizin für mich?«

Er streckte die Arme aus und zog sie an seine Brust, sodass er sein Gesicht an ihrem Nacken vergraben konnte. »Sollen wir das herausfinden?«

Sie küssten und streichelten sich, bis sie schließlich einander entgegengesetzt auf dem Bett lagen. Im nächsten Augenblick war sein Gesicht zwischen ihren Beinen und ihr Oberschenkel auf seiner Schulter, während er sie leckte und saugte. Sie schmeckte süß und exotisch und er wusste, er würde sie bis ans Ende seiner Tage begehren. Und als sie ihn in den Mund nahm, stöhnte er auf. Sie umfasste seine Hoden und drückte den Ansatz seines Schaftes, während sie an seinem Schwanz saugte.

»Mein Gott«, knurrte er, bevor er über ihre Schamlippen leckte, hinauf und hinunter. Dann saugte er an ihrer Klitoris. Wie er es liebte, wie sie unter seinen Liebkosungen anschwoll! Sie war dem Orgasmus so nahe, er konnte es spüren. Sobald er mit den Fingern in sie eindrang, kam sie, und er leckte alles auf. Er wollte mehr.

Und weil er wusste, er war dem Orgasmus viel zu nahe, zog er sich zurück.

»Ich war noch nicht fertig«, beschwerte sie sich mit dunklen, glasigen Augen.

»Wenn ich in deiner Kehle komme, werde ich mich nicht schnell genug erholen, um dich hart in die Matratze zu ficken.« Er drehte sich herum und glitt

nahm, das er neben den Kissen auf dem Bett bereitgelegt hatte, und es sich überstreifte.

»Ich glaube, wenn wir Sex miteinander gehabt hätten, als wir beide noch in den Zwanzigern waren, wäre es anders gewesen.« Sie zwinkerte ihm zu und er kniff sie in den Oberschenkel.

»So ein alter Mann bin ich nun auch wieder nicht«, knurrte er, dann packte er ihre Hüften und drang mit einem Stoß in sie ein.

Sie keuchte und er stöhnte. »Also gut, kein alter Mann.«

»Gut zu hören.« Dann beugte er sich zu ihr hinunter und fing ihre Lippen mit seinen ein, während er immer wieder in sie hineinstieß und ihre Körper bebten und schwitzten. Zur Hölle, er war süchtig nach ihr; er wusste, er würde nie aufhören, sie zu begehren … sie zu brauchen.

Und über diese Droge musste er später nachdenken. Vorerst brauchte er nur die Frau in seinen Armen und das Gefühl, das ihn in diesem Augenblick überwältigte.

Er rollte die Hüften und wusste, er traf genau den richtigen Punkt bei ihr, als ihre Lippen sich teilten und sie den Rücken durchdrückte, sodass ihre Brüste sich an seinen Oberkörper pressten. Er hämmerte in sie hinein, schneller, fester, bis sie beide aufschrien und gleichzeitig kamen, am ganzen Körper zitternd, verausgabt und erschöpft.

Er brach neben ihr zusammen, den Schwanz immer noch halb erigiert in ihr, und zog sie an sich, um sie zu küssen.

»Das war …« Sie keuchte. »Das war …«

»Mir fällt auch kein passendes Wort ein«, lachte er. »Lass uns einfach bei *das war* … bleiben.«

»Ja.« Sie kuschelte sich an ihn und er drückte sie fest an sich. Wenn sie ihm so nahe war und in seinen Armen lag, konnte er beinahe glauben, dass sich alles zum Guten wenden würde und nichts geschehen konnte, womit sie nicht klarkommen konnten.

Beinahe, dachte er. Aber vorerst hielt er sie in den Armen und wusste, mit der Zeit würden sie sich mit dem auseinandersetzen, was nötig war. Denn sie war neben ihm, um ihn herum und ein Teil von ihm. Das war alles, was er brauchte.

Kapitel Achtzehn

»ICH WEISS, ein keltischer Knoten ist für manche nichts Besonderes, aber, Mann, ich sammle sie seit meiner Kindheit.«

Storm blickte auf Clay hinab und schnaufte. »Er erscheint nur denen als nichts Besonderes, die nicht wissen, wie schwierig das Design ist.«

»Amen«, sagte Austin abwesend, denn seine gesamte Aufmerksamkeit galt Clays frischem Tattoo.

Storm hatte Clay zum ersten Mal nach Denver mitgenommen, damit dieser zumindest einige seiner Familienmitglieder kennenlernen konnte. Da Austin über Clay und den Unfall Bescheid wusste, erschien es Storm logisch, dass er der Erste war, den der Junge traf. Storm wusste, es war höchste Zeit, den anderen zu erzählen, was geschehen war, auch wenn es etwas in ihm aufbräche, das schon seit Langem verschlossen und begraben war. Aber wenn Everly sich ihren Ängsten und Verlusten jeden Tag mit hocherhobenem Kopf stellen

Also war Storm nun hier mit Clay und beobachtete, wie der Junge sein erstes Tattoo bekam. Maya war an diesem Tag nicht im Studio und ja, Storm hatte das gewusst, als er den Termin vereinbart hatte. Seine Schwester sah viel zu viel und Wes musste der Erste sein, dem er es erzählte, sobald er einen Weg gefunden hätte, es zu tun. *Schluss mit dem Verstecken*, sagte er sich. Das war niemandem gegenüber fair.

Das einzige Thema, worüber Clay und er nicht geredet hatten, war Clays Tante. Sie hatten bewusst vermieden, Rachel zu erwähnen. Sobald Everly einen Plan hätte, würde er zur Stelle sein und ihr helfen und tun, was er konnte, aber bis dahin ging es ihn nichts an. Sich zurückzuhalten fiel ihm nicht leicht, doch er hatte auf die harte Tour gelernt, was geschah, wenn er versuchte, Everlys Angelegenheiten in die Hand zu nehmen.

»Sieht gut aus«, stellte Storm fest, bevor er die Aufmerksamkeit wieder seinem Tablet zuwandte. In der letzten Nacht war er mit den Zwillingen lange aufgeblieben, nachdem Nathan zu husten begonnen hatte. Everly hatte ihn dazu gebracht einzuschlafen, nachdem sie den Inhalator benutzt hatten, aber James hatte Angst gehabt, also hatte Storm ihn in seinen Armen geschaukelt, bis der Schlaf sie beide übermannt hatte. Das bedeutete, dass Storm während des halben Arbeitstages, den er hinter sich hatte, viel zu erschöpft gewesen war und jetzt noch ein paar Pflichten erledigen musste, während er auf Clay wartete. Clay hatte es nicht gestört, aber Wes war nicht zufrieden gewesen. In letzter Zeit war sein Zwillingsbruder nur selten zufrieden mit ihm.

Storm hoffte, alles würde sich ändern, wenn er Wes erst einmal alles erzählt hätte, was er geheim gehalten hatte, doch er war sich dessen nicht sicher. Etwas hatte sich zwischen ihnen geändert und er wusste nicht, wie er es wieder reparieren konnte.

»Ist alles okay bei dir da drüben?«, erkundigte Clay sich, als Austin das Tattoo abwischte.

Storm nickte. »Ich denke nur nach.«

»Das tust du recht oft in letzter Zeit«, bemerkte Austin. »Möchtest du reden?«

»Ich komme klar«, sagte Storm ehrlich. Vieles war ein wenig aus dem Ruder gelaufen, aber er würde die Probleme lösen.

»Du würdest es mir sagen, wenn du jemanden zum Reden bräuchtest«, sagte Austin und das war keine Frage. Sein großer Bruder kümmerte sich um sie alle und versuchte überdies auch noch, seine Vettern und Cousinen im Auge zu behalten. Er war der Älteste der einundzwanzig und benahm sich auch so. »Okay, Clay, steh auf und sieh dir dein neues Tattoo an.«

Clay hatte verkehrt herum auf einem Stuhl gesessen, da er den keltischen Knoten auf der Schulter haben wollte. Er stand mit Leichtigkeit auf. Storm konnte immer noch kaum glauben, dass Clay sich keinen einzigen Kratzer bei dem Unfall zugezogen hatte, der seinen Vater das Leben gekostet und Storm für den größten Teil seines Lebens Rückenprobleme beschert hatte, doch er war verdammt dankbar dafür.

Jax, Brandon und Derek – die drei anderen Tätowierer, die in diesem Augenblick im Studio arbeiteten –

anzusehen. Storm kannte die drei nicht so gut wie die anderen Künstler, die nicht zur Familie gehörten, doch er mochte sie. Jax war so neu, dass er noch nicht einmal seinen Nachnamen kannte, aber wenn Maya und Austin ihn hier arbeiten ließen, vertrauten sie ihm offensichtlich, und das war alles, was zählte.

»Mann.« Clays Augen weiteten sich, als er sich zum Spiegel herumdrehte. »Das ist verdammt perfekt.«

Storm verdrehte die Augen und fotografierte eilig die Reaktion des Jungen. Er hatte bereits während des Prozesses ein paar Aufnahmen gemacht und würde sie Clay auf dessen Handy weiterleiten. Er mochte zwar nicht der Vater des Jungen sein, aber er wollte in einigen wenigen wichtigen Augenblicken für ihn da sein, wenn er konnte.

»Du arbeitest gut«, sagte er zu Austin, als die anderen Künstler näher an Clay herantraten, um das Tattoo eingehender zu betrachten.

Austin grinste und strich sich über seinen langen Bart. »Ja, so ist es. Da wir gerade davon sprechen. Wirst du dir eines Tages noch mehr Tattoos stechen lassen oder gibst du dich mit denen zufrieden, die du hast?«

Storm hatte einige Tätowierungen, aber nicht so viele wie manch anderer in der Familie. Und im Unterschied zu dem Rest der Montgomerys ließ er nur Austin an sich heran. Maya wäre seinen Narben zu nahe gekommen und hätte zu viele Fragen gestellt. Doch das mochte sich ändern, dachte er.

»Ich habe eine Idee, aber ich lasse es vielleicht von Maya machen.«

Austins Brauen schnellten in die Höhe. »Du lässt mich fallen?«

Er verdrehte die Augen. »Vielleicht ist es an der Zeit, nicht mehr alles zu verheimlichen.«

Sein großer Bruder nickte, dann boxte er ihn in die Schulter. »Gut. Es wird auch Zeit. Wirst du von hier aus zu Everly fahren? Oder zurück zur Arbeit?«

Storm schüttelte den Kopf. »Ich muss zu Hause ein paar Dinge erledigen und sie wird später zu mir kommen. Tabby und Alex hüten heute Nacht mit den Kindern das Haus.« Storm hatte das Gefühl, das Paar wollte Everly und ihm ein wenig Privatsphäre gönnen. Und da es Alex und Tabby als Paar auch weiterhalf, hatte er nichts dagegen.

»Es wird langsam ernst zwischen euch beiden.« Wieder war es keine Frage, aber Storm antwortete trotzdem.

»Ja, sieht ganz danach aus.« Er stieß den Atem aus. »Aber ich weiß nicht, wie es weitergeht.«

Austin lächelte breit. »Du wirst die Probleme lösen. Das tun wir immer. Tu nur nichts Dummes.«

Storm lachte. Ja, sie alle neigten dazu, sich dumm zu verhalten, wenn es darauf ankam, aber er würde die Probleme lösen. Everly war die Mühe wert und mehr.

Nachdem Clay bezahlt hatte, verabredeten sie sich zum Mittagessen und gingen dann getrennte Wege. Storm kehrte zu seinem Haus zurück, um ein paar Dinge für die Arbeit abzuschließen. Er hatte sich zu Hause ein Büro eingerichtet und arbeitete an manchen T_____ _____, wenn sein Verstand bei all dem Lärm nicht

büros bei Montgomery Inc. unvermeidbar war. Falls Tabby ihn für irgendetwas brauchte, rief sie ihn an, und so machte es keine großen Umstände. Außerdem konnte er so Randy aus dem Zwinger lassen, denn er hatte ihn nicht mit ins Tattoostudio nehmen können, auch wenn er begonnen hatte, ihn mit ins Büro zu nehmen.

Doch sobald er in seine Einfahrt einbog, wusste er, der Tag würde nicht so einfach verlaufen, wie er es sich gewünscht hatte. Er seufzte, stellte den Motor ab und warf Wes' Pick-up, der neben seinem parkte, einen letzten Blick zu, bevor er in sein Haus ging.

Wes saß auf Storms Couch, mit Randy auf dem Schoß und einem Stirnrunzeln auf dem Gesicht. Als Wes aufblickte, wusste Storm, er war schon viel zu lange ein Feigling.

»Hey«, sagte Storm mit rauer Stimme.

Wes schwieg eine Weile, bevor er Randy auf dem Boden absetzte und sich erhob. »Ich habe mir ungefähr zwanzigmal überlegt, was ich sagen muss, und habe einiges davon sogar aufgeschrieben, aber es erscheint mir alles nicht richtig. Ich weiß nicht, was ich sagen soll, weil ich nicht weiß, was los ist. Ich weiß lediglich, dass etwas nicht stimmt und du mir nicht genug vertraust, um es mir zu erzählen. Wir sind Zwillinge, verdammt noch mal, Storm. Wir sind nicht einfach nur Brüder. Wir sind mehr als das. Und doch verbirgst du etwas vor mir, benimmst dich merkwürdig und weist mich ab. Ich dachte, es hätte vielleicht etwas mit Everly zu tun, aber das stimmt nicht, weil es schon lange davor begonnen hat. Und verdammt, es begann sogar schon lange vor

Jillian, obwohl ich versucht habe, es ihr in die Schuhe zu schieben.«

Wes raufte sich die Haare und sah nun noch zerzauster aus, obwohl der Mann normalerweise gepflegter wirkte als alle anderen. Storm sagte nichts, denn er wusste, Wes musste sich zuerst alles von der Seele reden. So funktionierten die beiden … zumindest hatten sie früher so funktioniert.

»Ich weiß nicht, warum alles durcheinandergerät, aber verdammt, Storm, du arbeitest nicht wie früher, du kommst nicht mehr so oft auf die Baustelle, um auszuhelfen, du bist mehr und mehr in Gedanken versunken und du hast Geheimnisse.« Er stieß den Atem aus. »Wenn du nicht mehr im Familienbetrieb arbeiten willst, gut, aber sag es mir. Ich werde nicht behaupten, es zu verstehen und dass alles gut werden wird, denn dann würde ich lügen, aber ich kann nicht im Hintergrund stehen und zusehen, wie du dir und uns das antust, weil du mich nicht wissen lässt, was in deinem Kopf vor sich geht.«

Storms Brauen schnellten in die Höhe. »Verdammt. Ich werde die Firma nicht verlassen. Mom und Dad haben sie uns übergeben, als sie sich zur Ruhe gesetzt haben. Sie gehört uns. Uns zusammen. Nur weil ich nicht mehr so oft deine Arbeit erledige, heißt das noch lange nicht, dass ich nicht mehr an dem teilhaben will, was unsere Familie aufgebaut hat.«

»Warum tust du dann nicht das, was du früher auch getan hast? Warum bist du nicht bei uns?«

»Weil mein Rücken das nicht aushält!«, schrie Storm

Wes runzelte die Stirn. »Was? Was ist los mit deinem Rücken? Du hast nie erwähnt, dass du dir den Rücken verletzt hast. War es auf der Baustelle? Zu Hause?«

Storm fuhr sich mit der Hand übers Gesicht und versuchte, sich zu beruhigen. Niemand konnte bei einem Streit sein Blut so in Wallung bringen wie sein Zwillingsbruder. Sie ähnelten sich so sehr, obwohl es auch große Unterschiede zwischen ihnen gab.

»Du solltest dich setzen, Wes. Ich muss dir etwas erzählen.« Angst überfiel ihn, aber er unterdrückte das Gefühl. Er musste sich alles von der Seele reden, und verdammt, das hätte er schon vor Jahren tun müssen und nicht erst kurz bevor ihnen alles um die Ohren flog.

Wes runzelte die Stirn und setzte sich. Randy kam herbeigetapst und schmiegte sich an Storms Beine. Er streichelte den Kopf des Welpen, um Trost zu finden.

»Ich wurde vor zwanzig Jahren in einen Verkehrsunfall verwickelt«, platzte Storm heraus. Und dann erzählte er die ganze Geschichte von dem Unfall und Clay – ohne Rachel zu erwähnen, denn das war nicht seine Angelegenheit –, während Wes mit weit aufgerissenen Augen und einem Ausdruck des Schmerzes im Gesicht dasaß und zuhörte.

»Mein Gott, Storm. Du weißt, dass es nicht deine Schuld war, richtig? Es war ein Unfall. Aber du hast dir die ganze Zeit Vorwürfe gemacht, habe ich recht?«

Storm ließ den Kopf hängen und barg ihn in den Händen. »Ein Mann hat den Tod gefunden, Wes. Clays Vater ist gestorben und es war mein Wagen, mit dem er zusammengestoßen ist.« Er schmeckte Galle auf der Zunge und er versuchte, sich zu konzentrieren, doch er bekam den Klang von aufeinanderprallendem Metall einfach nicht aus dem Kopf. Er zählte bis zehn, während Randy sich gegen seine Beine presste.

Das Gewicht des kleinen Körpers an seiner Wade ermöglichte es ihm, wieder zu atmen. Aus diesem Grund hatte er Randy und bildete die anderen Hunde aus.

»Nein, andersherum. Sein Wagen ist auf deinen geprallt.« Wes' Stimme riss ihn aus seinen Gedanken. »Es war ein tragischer Unfall und es tut mir leid, dass du daran beteiligt warst, aber es war nicht deine Schuld.« Er machte eine Pause. »Warum habe ich an so etwas nicht gedacht? Warum habe ich es nicht geahnt? Verdammt, ich wünschte, du hättest es mir erzählt. Du hast es Dad, Austin und Jackson erzählt, aber nicht mir.«

Storm blickte auf. Das alte Gewicht auf seinen Schultern war jetzt durch ein neues ersetzt worden. Schuldgefühle. Noch mehr Schuldgefühle. Verdammt, er musste erwachsen sein und zu seinen Fehlern stehen. Er mochte vielleicht nicht den Unfall verursacht haben, aber er hatte ihn so lange vor Wes geheim gehalten. Das war definitiv seine Schuld.

»Jackson war ein Arschloch«, stieß er hervor. »Mehr kann ich dir dazu nicht sagen. Noch nicht. Es liegt nicht an mir, dieses Geheimnis zu lüften, aber ich werde es noch lange bereuen, dass er damals an meinem Leben teilhatte. Und warum ich es dir nicht erzählt habe? Ich hatte solche Angst, Mann. Ich war ein verdammter Feig-

tun sollen, aber es schien nie der richtige Zeitpunkt zu sein und irgendwie vergingen zwanzig Jahre und immer noch lauerte diese große Sache im Hintergrund … und doch wusste ich nicht, wie ich es dir sagen sollte.«

»Hättest du es mir erzählt, wenn ich dich heute nicht darauf angesprochen hätte? Ich finde es nicht gut, dass du dein Geheimnis für dich behalten hast, aber ich verstehe es. Es war eine große Sache und es geht mir nicht um mich. Ich bin froh, dass du mit Austin reden konntest, wenn es nötig war.«

Storm seufzte. »Ich hätte es dir erzählt.« Er machte eine Pause. Seine Hände spannten sich an. »Ich habe es Everly erzählt. Vor Kurzem. Und ich glaube, das hat den Damm gebrochen, sodass es mir immer schwerer fiel, es für mich zu behalten.«

»Ich bin froh, dass du sie hast«, sagte Wes nach einem Moment, bevor er aufstöhnte. »Ich kann nicht glauben, dass ich ein solches Arschloch war und zusah, wie du unter Schmerzen auf Baustellen arbeitest. Du hattest Schmerzen und ich habe es nicht gesehen.«

»Ich habe es gut verborgen. Das ist nicht deine Schuld.«

Wes seufzte. »Deine aber auch nicht.« Er blickte auf und Storm in die Augen. »Dies ist nicht vorbei und ich möchte mehr darüber reden, aber ich muss erst einmal alles verarbeiten. Ich möchte, dass es zwischen uns keine Geheimnisse mehr gibt. Ich hasse es, dass wir früher Freunde waren und es jetzt nicht mehr sind.«

Sie standen auf und schlossen einander fest in die Arme. Endlich hatte sich die Anspannung in Storms Brust und Schultern ein wenig gelöst. Zwanzig Jahre.

Zwanzig verdammte Jahre, in denen er alles in sich hineingefressen hatte. Und jetzt kannte sein Zwillings-bruder sein Geheimnis.

Es tat nicht so weh, wie er gedacht hatte … und doch wusste er, es hätte viel schlimmer sein können. Sie hatten noch einen langen Weg vor sich, aber er hatte den ersten Schritt getan. Ein Montgomery zu sein war nicht leicht, aber wenn es darauf ankam, waren sie füreinander da. Das hatte er vergessen und er betete, dass dies nicht noch einmal geschah.

Als Wes schließlich gegangen war und Storm Randy gefüttert hatte, klingelte es und Storm ging zur Haustür, um Everly hereinzulassen. Er zitterte immer noch ein bisschen, aber er hoffte, das Schlimmste wäre vorüber.

Sie warf einen Blick auf sein Gesicht und warf sich in seine Arme. »Ich dachte, heute Abend könnte niemand blasser sein als ich. Was ist los?«

Er küsste sie, denn er musste sie schmecken, um atmen zu können, um leben zu können. »Ich habe es Wes erzählt«, flüsterte er und das Gewicht auf seiner Brust fühlte sich wieder ein wenig leichter an.

Sie lehnte sich zurück und ihre Augen weiteten sich. »Alles über den Unfall?«

Er schob ihr eine Haarsträhne hinters Ohr, denn er musste sie berühren. »Ja. Es ist … gut gelaufen, besser als ich dachte, aber es ist noch nicht vorbei. Ich hätte es

sie die Stirn runzelte. »Du warst noch nicht so weit. Ich habe es gehasst, dass du dir selbst wehgetan hast, indem du alles für dich behalten hast, aber jetzt kannst du mehr darüber reden.«

Er küsste sie wieder. Er fühlte sich so jung und frei wie lange nicht mehr. »Du hast mir dabei geholfen. Und wie geht es dir?«

Sie zuckte mit den Schultern. Er zog sie zur Couch, wo Randy es schaffte, ihnen auf den Schoß zu hüpfen, um mit ihnen zu kuscheln. Der Anblick brachte sie zum Lächeln und es fiel ihm umso schwerer, den Welpen von der Couch zu scheuchen. Aber er musste es tun, weil Randy noch ausgebildet wurde. Der kleine Kerl mochte jetzt noch klein sein, aber das würde sich bald ändern.

»Rede mit mir.«

»Ich fühle mich nicht so gut. Der abschließende Bericht über die Brandstiftung wird bald fertig sein und mir wurde gesagt, ich darf eine Runde durch den Laden machen, aber ich habe Angst.«

Er nahm ihre Hand. »Möchtest du, dass ich dich begleite?«

Sie nickte. »Das habe ich gehofft. Ich meine, bevor du …« Sie holte tief Luft. »Bevor du und ich zusammen waren, hätte ich es allein getan. Aber ich hätte dich gern dabei. Ist das okay?«

Er beugte sich vor und umfasste ihr Gesicht. »Es ist mehr als okay.« Dann küsste er sie, zuerst sanft und langsam, dann ein wenig heißer und ein wenig tiefer. »Ich will dich«, stöhnte er. »Ich weiß, es gibt so vieles, worüber wir reden müssen, aber ich brauche dich.«

»Willst du mich lieben?«, fragte sie atemlos.

Statt einer Antwort drückte er ihr den Kopf in den Nacken und küsste sie noch einmal.

Dann zog er sie enger an sich und sie setzte sich mit gespreizten Beinen auf seinen Schoß. Sein Schwanz drückte gegen den Reißverschluss seiner Hose und er stöhnte auf, als sie sich an ihn presste. »Du bist so verdammt heiß, Ev.«

Sie warf sich die Haare über die Schulter und zog sich das Oberteil über den Kopf. »Du gibst mir dieses Gefühl. Ich war immer eher der Sex-im-Bett-auf-dem-Rücken-liegend Typ Frau, aber offensichtlich bin ich in der Stimmung, mehr auszuprobieren.«

»Und ich bin ein glücklicher Schweinehund.« Er küsste sie wieder und sie begannen, sich langsam den Rest ihrer Kleidung auszuziehen. Er ließ die Hände über sie gleiten und drang dann mit einem Finger in sie ein. Sie war weich, feucht und oh, so heiß. Wenn er nicht vorsichtig wäre, würde er sie über die Couch beugen und in sie hineinhämmern, bis sie beide gesättigt und erschöpft wären, doch das brauchte keiner von beiden in diesem Augenblick.

Am Ende lagen sie auf der Seite, sie mit dem Rücken an seiner Vorderseite. Er hob ihren Oberschenkel an und schob seinen mit einem Kondom bekleideten Schwanz in ihre Hitze. Sie drehte den Kopf zu ihm und er küsste sie leidenschaftlich, während er gleichzeitig mit ihren Nippeln spielte und in sie hinein- und wieder hinausglitt.

»... ... ... Winkel gehst du so tief.«

indem er ihn mit der Handfläche nach unten presste. »Dann lass uns mal das ausprobieren.«

»Oh?« Sie stöhnte. »Oh …«, stieß sie hervor, als er hart und schnell von hinten zwischen ihren fest zusammengedrückten Schenkeln in sie drang. Er war so kurz vor dem Orgasmus, dass sie nur leicht ihre inneren Muskeln zusammenziehen musste und er würde sich in sie ergießen. Und weil er nicht kommen wollte, bevor sie zum Höhepunkt kam, ließ er ihren Schenkel los und glitt mit der Hand zu ihrer Muschi, um mit den Fingern ihre Klitoris zu reizen.

»Oh Gott«, stöhnte sie, als sie kam. »Storm.«

Er stieß noch zweimal fest in sie hinein, bevor er mit ihr kam. Er zitterte am ganzen Körper und sein Rücken brannte. Später konnte er sich dem Schmerz überlassen, denn die Lust war die Schmerzen wert. Seine Frau war ihm alles wert.

Danach lagen sie in einem Wirrwarr von Gliedmaßen auf dem Bett und atmeten keuchend. Er versuchte gerade, seine Gedanken zu ordnen, als sie hervorstieß: »Ich liebe dich.«

Er erstarrte, dann drehte er sie in seinen Armen herum, sodass er ihr ins Gesicht blicken konnte.

»Oh mein Gott. Ich kann kaum glauben, dass du das laut gesagt hast.«

Sein Herz schlug schneller und er versuchte, jeden Duft, jeden Geschmack und jeden Laut in sich aufzunehmen. Er hatte noch niemals eine Frau geliebt, nicht so, wie es hätte sein sollen, aber mit Everly war alles anders. Immer schon. Und er nahm an, auch in Zukunft.

»Ich liebe dich auch«, sagte er leise.

Ihre Augen füllten sich mit Tränen und sie blinzelte. »Wie werden wir damit umgehen? Beim letzten Mal war alles falsch und das möchte ich nicht wiederholen.«

Er fuhr ihr mit dem Daumen übers Gesicht. Er wusste, jetzt musste er etwas Bedeutendes sagen, aber es fiel ihm nichts ein. »Ich weiß nicht, was die Zukunft bringt, aber wir beide haben so lange in die Vergangenheit geblickt und vielleicht ist es an der Zeit, das Hier und Jetzt wahrzunehmen und nach vorn zu schauen. Ich werde dich nicht verlassen, Everly.« Er küsste sie. »Aber wir müssen im Augenblick nicht alles planen.« Er küsste sie noch einmal. »Ich liebe dich.«

Sie lächelte zärtlich. »Ich liebe dich auch.«

Er grinste und rollte sich auf sie. »Lass mich dir zeigen, wie sehr ich dich liebe.«

Sie lachte und wölbte sich ihm entgegen. »Ich dachte, du wärst ein alter Mann, der Zeit zum Erholen braucht.«

»Halt den Mund.« Er senkte den Kopf, um sie zu küssen, doch in diesem Augenblick klingelte ihr Telefon. Seufzend griff er danach, weil seine Arme länger waren. Er reichte es ihr und half ihr, sich mit einer Wolldecke zuzudecken, sodass sie nicht nackt telefonieren musste.

Als sie sich versteifte, nachdem sie das Gespräch entgegengenommen hatte, legte er einen Arm um sie. Randy presste sich an ihre Beine und kuschelte sich an sie, als wollte er sie beruhigen.

»... ... ...len?« keuchte sie. »Sind

Danke.« Sie beendete das Gespräch; ihre Hände zitterten, als sie sich zu ihm herumdrehte.

»Was ist los?«

Sie stieß den Atem aus; ihre Augen waren weit aufgerissen. »Es ist Rachel.«

»Was? Sie hat angerufen? Was wollte sie?« Everly hatte bezüglich der Frau immer noch keine Entscheidung getroffen und Storm verübelte es ihr nicht bei allem, was sonst noch vor sich ging. Zuerst kamen ihre Kinder und der Laden. Jetzt und immer.

»Nein, sie war nicht am Telefon. Es war der Ermittler in Sachen Brandstiftung. Offensichtlich hat es so lange gedauert, bis sie mich informieren konnten, weil sie DNA gefunden haben und diese erst analysieren mussten.« Sie blickte Storm mit bleichem Gesicht an. »Es war Rachel. Sie hat den Brand gelegt. Ich weiß nicht, woher sie das wissen, aber sie wissen es. Sie war aufgrund einer Anklage wegen Körperverletzung im System, aus einer Zeit, als sie noch jünger war oder so. Gott, Storm. Rachel hat meine Buchhandlung niedergebrannt. Ich weiß nicht warum, aber es hat alles mit Jackson zu tun, nicht wahr? Wie konnte sie so etwas tun?« Tränen flossen über ihr Gesicht. Er zog sie an sich.

»Sie werden sie finden«, versprach er. Inzwischen hatte sein Verstand die neuen Informationen verarbeitet. »Wir werden dafür sorgen, dass alle in Sicherheit sind.«

Everly löste sich von ihm. »Die Kinder! Ich muss Tabby und Alex anrufen. Was ist, wenn Rachel noch einmal bei mir zu Hause auftaucht?«

Er nickte und versuchte, ruhig zu bleiben. »Komm, wir kleiden uns an und rufen sie an, um sie zu warnen. Dann fahren wir zu dir und nehmen Randy mit. Wir werden nicht zulassen, dass noch jemand verletzt wird, Baby.«

Everly schüttelte den Kopf, während sie hastig in ihre Kleider schlüpfte. »Alles führt auf Jacksons Lügerei zurück. Alles. Ich … ich kann es nicht glauben.«

Ihm erging es ebenso, aber das war nun einmal die Realität. Irgendwie würden sie alle Probleme lösen. Die Einzelteile fügten sich langsam wie bei einem Puzzle zu einem Bild zusammen, das er noch nicht erkennen konnte, aber am Ende spielte es keine Rolle. Solange er für die Sicherheit von Everly und ihren Jungs sorgte, würden sie das Problem lösen können.

Das musste einfach so sein.

Kapitel Neunzehn

EVERLY VERSUCHTE, tief Luft zu holen, aber die Luft erreichte ihre Lunge einfach nicht. Die Behörden hatten ihr gestattet, an diesem Morgen Beneath the Cover zu betreten. Und während sich die Jungs bei den Montgomerys aufhielten, die nun die ganze Geschichte mit Rachel kannten – noch so eine unangenehme Sache, die sie hatte hinter sich bringen müssen –, konnten sie und Storm einen Rundgang machen.

Sie hatte mit dem Schlimmsten gerechnet.

Doch mit dem hier hatte sie nicht gerechnet.

Es war so viel schlimmer, als sie gedacht hatte.

»Alles ist weg«, flüsterte sie in die Dunkelheit. »Nichts ist übrig geblieben.«

Storm legte von hinten die Arme um sie, doch sie lehnte sich nicht an ihn. Sie konnte es nicht. Doch die Gewissheit, dass er da war, falls sie zusammenbräche, gab ihr Halt. Was noch von den Wänden übrig war, ̣ ̣ ̣ ̣ ̣ Streifen und Brandspu-

zenden Gebäude übergesprungen. Obwohl die Rauchmelder nicht angesprungen waren, um sie und die Feuerwehr rechtzeitig zu warnen, hatten ein paar Leute gleich den Notruf gewählt und man hatte das Feuer leicht unter Kontrolle bringen können.

Nur nicht schnell genug, um irgendetwas von ihrem Eigentum zu retten.

Sie war zwar versichert und jetzt, da der Täter einen Namen hatte und nicht mehr unbekannt war, konnte ihre Versicherung die Hilfe auszahlen. Es hatte zwar keinen weiteren Anruf von *Unbekannt* mehr gegeben, aber sie wusste immer noch nicht, ob alles miteinander in Beziehung stand. Sie wusste auch nicht, ob der Brief von Rachel stammte oder warum er an Jackson adressiert war, aber sie hatte das Gefühl, das alles miteinander verbunden war. So musste es sein.

Sie war in der Lage, alles von Grund auf neu aufzubauen, aber sie hatte so viel verloren. Auch mit der Hilfe der Montgomerys konnte ein Wiederaufbau nicht die Atmosphäre wiederherstellen, die von dem Kontrast der alten Steine zu dem blassen Cremeweiß der Wände hervorgerufen worden war. Auch die vielen Stunden Arbeit, die sie investiert hatte, um die Regale zu bauen und das Inventar auszusuchen, waren verloren. Verloren waren die zarten Dekorationen, die an das Feenreich erinnerten, dessen Existenz die Kinder sich so gern in ihrem Laden vorstellten. Verloren waren die Erinnerungen an all die kleinen Augenblicke, die sie mit ihren Kindern zwischen diesen Wänden verbracht hatte.

Alles war verloren.

Sogar ihre Angestellten waren gezwungen gewesen,

sich einen anderen Job zu suchen, während Everly auf die Wiedereröffnung wartete. Ohne Einkommen konnte sie sie nicht mehr bezahlen, und das hatten sie verstanden. Aber jetzt fühlte sie sich umso einsamer in den Überresten ihres zweiten Zuhauses.

Storm küsste sie auf den Scheitel, was sie daran erinnerte, dass das nicht richtig war. Sie war nicht wirklich allein, auch wenn ihr die mit Asche überzogenen Wände das Gefühl gaben.

»Mein Gott«, murmelte Austin vor sich hin.

»Es tut mir so leid, Everly«, fügte Sierra, Austins Frau, hinzu. Ihr gehörte die Boutique namens Eden nur ein paar Türen weiter unten in der Straße und auch sie hätte ihren Laden verlieren können, wenn das Feuer sich ausgebreitet hätte.

Alle Montgomerys mit Ausnahme von Marie und Harry, die sich entschieden hatten, mit all ihren kleinen Enkelkindern – einschließlich der Zwillinge – bei sich zu Hause zu bleiben, waren hier bei ihr in ihrem Laden, sodass sie sich nicht allein fühlen musste. Sogar Jillian war gekommen, um ihr die Hand zu halten, und verdammt, sie hatte es nötig gehabt. Während der letzten paar Wochen waren die beiden sich nähergekommen, was sie vollkommen überraschte. Aber beide liebten Storm – wenn auch auf unterschiedliche Weise –, und das verband sie.

Wes und Decker wanderten vor ihr durch die Räume und betrachteten den Schaden mit den Augen von Bauhandwerkern. Die anderen liefen auch herum

da gewesen; er würde sie nicht übervorteilen. Tabby hatte für alle Kaffee gebracht und nahm Everly immer wieder in den Arm, als sie beide versuchten, die Tränen zurückzuhalten. Es war einfach alles zu viel.

Aber die Tatsache, dass Rachel die Täterin war, hatte den Kreis geschlossen. Sie suchten immer noch nach ihr, da sie sie nicht zu Hause angetroffen hatten. Clay war untröstlich und hatte sie angerufen, um sich immer wieder zu entschuldigen. Sie hatte Clay niemals vorgeworfen, auf welchem Weg ihrer beider Leben durch Storm verbunden war, und hatte ihm niemals die Tat seiner Tante angelastet. Aber da nun Rachels grausame Ader zu Tage getreten war, wusste Everly auch, was sie bezüglich Jacksons anderer Kinder unternehmen musste.

Auf keinen Fall durften ihre Kinder mit Rachel in Kontakt kommen, aber mit Clay und seinen Großeltern würde sie einen Weg finden, wie die fünf Geschwister einander kennenlernen konnten. Das würde erst nach einiger Zeit geschehen, denn zuerst … zuerst musste sie dafür sorgen, dass ihre Buchhandlung überlebte.

Storm küsste sie auf die Schläfe und sie seufzte. »Ich liebe dich.«

»Ich liebe dich auch«, flüsterte sie. Sie konnte nicht fassen, dass sie Storm Montgomery liebte und dass seine ganze Familie sich um sie versammelt hatte, als sie sie brauchte. Irgendwie war sie von der winzigen Insel ihres bisherigen Lebens zu dem Kontinent gelangt, der den Montgomerys gehörte.

Zu behaupten, sie wäre geschockt, kam ihren Gefühlen nicht im Geringsten nahe.

Aber sie war nicht allein. Sie hatte ihre Söhne und den Mann, den sie liebte … und vielleicht eine Zukunft, auf die sie bauen konnte. Noch vor ein paar Monaten hatte sie das nicht für möglich gehalten, aber nun stand sie hier, in Storms Armen. Sie war sogar glücklich, trotz des Ortes, an dem sie stand. Denn schließlich konnte sie den Laden wiederaufbauen.

Und das würde sie auch tun.

»Ich werde wiederaufbauen«, stellte sie leise fest. Nur, dass sie es nicht so leise gesagt hatte, wie sie dachte, denn alle unterbrachen ihre jeweilige Tätigkeit und blickten sie mit einer Mischung aus Stolz und Verständnis an.

»Wir werden es genau so machen, wie du es willst. Wir können nicht ersetzen, was du hattest, aber wir können dir eine funktionierende Buchhandlung bauen.«

Sie drehte sich in Storms Armen herum und küsste ihn auf sein Kinn. »Ja, das können wir.« Sie war sich nicht sicher, wann es zu diesem *wir* gekommen war, aber sie würde es gegen nichts eintauschen. *Wir können es schaffen*, sagte sie sich. Solange sie Storm und die Montgomerys hatte, konnte sie alles schaffen.

Storm war ein glücklicher Mann. Er wusste nicht, wie es dazu gekommen war, aber er lebte ein Leben, von dem er nicht einmal geträumt hatte. Das, was er mit Everly und den Zwillingen hatte, hatte er sich nicht annähernd

Er liebte eine Frau, die so tapfer und stark war, dass sie ihn in den Schatten stellte, und das brachte ihn dazu, ein besserer Mann sein zu wollen. Er wusste nicht genau, was als Nächstes geschähe, da sie beide nicht für eine Hochzeit bereit waren, aber sie hatten einen Weg gefunden, die neue Ebene ihrer Beziehung zu leben, und sie genossen es.

Zumindest konnte er das von sich selbst behaupten.

Und an ihrem glücklichen Lächeln in eben diesem Moment glaubte er zu sehen, dass sie es auch genoss.

»Okay, dann fahren wir also zum Imbiss, um zu Abend zu essen?«, fragte Storm, als er und Everly die Jungen in ihren Kindersitzen anschnallten.

»Ich bin ganz gierig auf die frittierten Hühnchen mit Soße«, erwiderte sie lachend. »Ich weiß, sie werden sich direkt auf meine Hüften setzen, aber ich habe von dieser Sahnesoße mit schwarzem Pfeffer geträumt.«

Storm lief das Wasser im Mund zusammen. Er schnaufte. »Das hört sich großartig an. Ich glaube, dann müssen wir heute Abend wohl trainieren, nachdem wir so viel Frittiertes gegessen haben.«

Ihre Augen verdunkelten sich und er zwinkerte ihr zu. Verdammt, wie er diese Frau liebte!

James grinste aus seinem Sitz zu ihm auf und Storm schnallte ihn an. »Bist du bereit zum Abendessen, Kumpel?«

»Pommes frites!«, kreischte James. In dieser Woche klang seine Stimme klarer. Die Sprachtherapie schlug an und sein Körper hatte das Ohrimplantat erstaunlich gut angenommen.

»Ja! Pommes!« Nathan klatschte in die Hände, seine

Stimme klang laut und hell. Seiner Lunge ging es in dieser Woche gut, ein weiterer Pluspunkt auf der sich vergrößernden Liste der positiven Dinge.

»Darf Randy mitkommen?«, fragte James. Die Kinder liebten seinen Hund und betrachteten ihn bereits als ihren eigenen.

»Nicht ins Restaurant, aber er darf heute Nacht bei dir sein, wenn du schläfst.«

»Gut«, sagte Nathan ernst. »Er sollte sich nicht allein fühlen.«

»Niemand sollte sich allein fühlen, Kumpel.«

Als Storm sich auf den Fahrersitz begab und Everlys Hand ergriff, als diese zu ihnen in den Pick-up einstieg, lächelte er. In ihrem Leben hatten sich die negativen Aspekte immer mehr gehäuft, doch mittlerweile häuften sich auch die positiven. Er und seine Familie redeten über den Unfall und nichts wurde mehr verheimlicht. Die Zwillinge wurden gesünder und liebten es, dass Storm immer öfter bei ihnen war. Everlys Laden mochte zwar im Augenblick noch ein heilloses Durcheinander sein, aber das würde sich ändern. Die Montgomerys würden beim Wiederaufbau helfen und hatten sich alle um sie versammelt, als sie Unterstützung gebraucht hatte – wahrscheinlich bevor sie es überhaupt wahrgenommen hatte.

Die einzige dunkle Wolke, die noch über ihnen schwebte, war Rachel. Er musste sich beherrschen, um bei diesem Gedanken nicht ein böses Gesicht zu machen. Die Polizei hatte sie bis jetzt noch nicht gefun-

wusste, sie würden sie finden. Es gab kein anderes akzeptables Ergebnis.

»Du runzelst die Stirn«, flüsterte Everly. »Was ist los?«

Storm hielt die Aufmerksamkeit weiter auf die Straße gerichtet, führte aber ihre ineinander verschlungenen Hände an seine Lippen, um einen zarten Kuss auf ihrer noch zarteren Hand zu hinterlassen. »Ich denke nur nach, aber ich werde diese Gedanken beiseiteschieben und mich auf die Soße konzentrieren.«

Everly warf ihm einen besorgten Blick zu, den er aus dem Augenwinkel aufschnappte. Doch sie lächelte. »Und Kartoffelbrei. Und vielleicht Apfelpastete.«

Storm stöhnte. »All das gute Essen, Ev. All das Essen.«

»All das Essen«, wiederholte James.

»Essen! Essen! Essen!«, sang Nathan.

Everly lachte und schaltete das Radio ein. »Wie wäre es mit einem Lied?«

Sie beugte sich näher zu Storm und senkte die Stimme. »Sie sind ziemlich überdreht, also lassen wir sie doch lieber ein Lied singen als herumzuschreien.«

»Das hört sich nach einem Plan an.«

Sie ließ das Lied laufen, das sie schon ungefähr hundertmal abgespielt hatten, seitdem er und Everly begonnen hatten, sich zu verabreden. Und die Jungs sangen laut mit; es ging um Tanzen und Gefühle. Da James und Nathan auch süchtig nach dem schillernden, farbigen Film waren, dem das Lied entstammte, kannte Storm den Text in- und auswendig.

Die Kinder waren so begeistert bei der Sache, wenn

nicht gar süchtig nach Singen, dass Storm mit den Schultern zuckte und mitsang. Everly lachte und schloss sich ihnen an. Und bald schon waren die vier singend und lachend auf dem Weg zum Abendessen als ... nun, als Familie. Er war zwar nicht ihr Vater und würde es auch niemals sein, aber er liebte die Jungs und die Frau neben ihm. Mehr brauchte er nicht.

Storm drückte Everlys Hand und war so glücklich wie schon lange nicht mehr. Und wenn er nicht den Blick auf die Straße gerichtet hätte, so hätte er die hellen Scheinwerfer des entgegenkommenden Wagens nicht bemerkt.

Nur dass er keine Zeit hatte, auszuweichen oder die Bremse zu betätigen. Everly schrie auf und die Jungs kreischten. Metall knirschte und Gummi brannte. Glasscherben flogen um sie herum und für einen Augenblick glaubte er, er wäre dorthin zurückgekehrt, wo alles begonnen hatte. Doch so war es nicht. Er war hier ... mit seiner Familie ... mit Ev und den Jungs ... und die Welt um sie herum war zersprungen.

Ein scharfer Schmerz schoss ihm in die Arme, in die Beine, dann nichts.

Da war nichts.

Nur Taubheit.

Und Dunkelheit.

Und Nichts.

Kapitel Zwanzig

EVERLY SCHLUG BLINZELND die Augen auf; ihre Sicht war ein wenig verschwommen und etwas Klebriges bedeckte ihre Hände, aber sie konnte atmen und sie konnte fühlen. Und wenn sie sich konzentrierte, konnte sie auch sehen.

Alles.

Etwas war mit ihrem Wagen zusammengestoßen. Etwas hatte einen Unfall verursacht.

Ihre Jungs.

»Mommy!« James weinte und Nathan auch. Sie ignorierte den Schmerz in ihrem Kopf, als sie sich herumdrehte und sah, dass ihre Jungen noch in ihren Kindersitzen saßen und, soweit sie es beurteilen konnte, weder einen Kratzer noch eine Prellung davongetragen hatten. Doch das konnte sich jeden Augenblick ändern.

»Alles ist gut, Babys. Schon bald wird jemand kommen und uns helfen. Tut euch etwas weh? Sagt der

»Nimm mich in den Arm«, schluchzte James mit ihm.

Sie versuchte, sie zu beruhigen, doch sie reichte nicht an ihre Kinder heran. Es musste ihnen gut gehen. Es musste einfach.

Als sie eine Hand auf ihren Kopf presste, zuckte sie zusammen. Sie musste eine Schnittwunde haben. Um sie herum schrien Leute, aber es war, als befänden sie sich in einem Vakuum. Sie musste ihre Familie in Sicherheit bringen.

Storm.

Sie drehte sich auf dem Beifahrersitz zu ihm um. Er saß still. Seine Augen waren geschlossen und er atmete mühsam. Tränen strömten ihr über das Gesicht und sie versuchte, ihn zu berühren, doch es gelang ihr nicht, da der Sicherheitsgurt sie einengte. Sie konnte ihre Hände nicht dazu zwingen, den Gurt zu lösen, und sie zuckte bei jeder Bewegung zusammen.

»Storm«, keuchte sie.

Langsam öffnete er die Augen, sein Blick dunkel vor Schmerz. »Hey, Baby. Bist du in Ordnung? Die Kinder?«

»Es geht mir gut«, log sie. Es ging ihr überhaupt nicht gut und solange sie ihre Familie nicht in den Armen hielt, würde es ihr auch nicht besser gehen. »Kannst du dich bewegen? Kannst du mir helfen, die Jungs aus dem Wagen zu holen?«

»Storm?«, schrie Nathan. »Ich will zu Storm.«

»Mommy!«, jammerte James.

Es schüttelte sie am ganzen Körper, als sie zu schluchzen begann. Sie versuchte, stark zu sein, aber sie war so müde. Nein, erinnerte sie sich, ihre Erschöpfung war nicht wichtig. Nur ihre Kinder und Storm waren wichtig. Sobald sie in Sicherheit und gesund wären, könnte sie zusammenbrechen. Nicht jetzt. Nicht so bald.

»Ich bin hier, Jungs«, sagte Storm ruhig, obwohl sie wusste, er musste alles andere als ruhig sein. Er blickte Everly direkt an und senkte die Stimme. »Ich kann an die Jungs nicht herankommen.« Er holte tief und zitternd Luft. »Ich kann meine Beine im Augenblick nicht spüren, Baby, aber wir werden hier herauskommen. Alles wird gut. Ich liebe dich, Everly. Ich liebe dich über alles.«

Nun flossen die Tränen und sie konnte einen Schluchzer nicht unterdrücken. Er konnte seine Beine nicht spüren? Oh Gott, sein Rücken. »Ich liebe dich auch.«

So wie der Pick-up an Storms Seite eingedrückt war, war sie gerade so weit von ihm entfernt, dass sie an niemanden herankam. Noch nie hatte sie sich so hilflos gefühlt.

»Wir werden hier herauskommen«, versprach sie, während ihre Hände zitterten, Galle ihre Kehle füllte und ihr Kopf pochte. »Das werden wir.«

»Ich weiß, Baby. Ich weiß.«

Sirenen nährten sich und sie blickte sich nach ihren Jungs um, wobei sie sich nach allen Kräften bemühte, wach zu bleiben. Menschen kamen, um ihnen zu helfen. Sie würden nicht allein sein.

Sie würde nicht alles verlieren.

Sie hatte eine partielle Gehirnerschütterung erlitten und den Jungen fehlte nichts. Es ging ihnen so gut, dass sie auf Maries und Harrys Schoß saßen und mit ihnen kuschelten, nachdem sie das Gleiche mit Nancy und Peter getan hatten. Ihre Schwiegereltern waren im Krankenhaus erschienen, nachdem Marie sie angerufen hatte – irgendwie hatte sie die Telefonnummer aufgetrieben. Sie hatten sich nicht nur vergewissern wollen, dass ihre Enkel wohlauf waren, sondern sich auch um Storm und Everly gesorgt. Nancy war sogar so weit gegangen, sie sanft zu umarmen und an ihrer Schulter zu weinen.

Offensichtlich hatte Nancy ihre Denkweise geändert, nachdem sie beinahe die letzten Mitglieder ihrer Familie verloren hätte. Everly wusste nicht, was sie davon halten sollte, weil sie sich im Augenblick über Wichtigeres sorgen musste, doch sie würde das im Hinterkopf behalten.

»Er wird gesund werden«, flüsterte Jillian ihr zu, die neben ihr saß. Die Frau war mit dem Rest der Montgomerys erschienen – minus den wenigen, die zu Hause geblieben waren, um auf die Kinder aufzupassen – und war seitdem nicht mehr von Everlys Seite gewichen. Sie hielt Everlys Hand und nahm sie von Zeit zu Zeit in den Arm, auch wenn sie kein Wort sprachen.

»Ich weiß.« Sie legte ihre ganze Kraft in diese Worte, um sie zu zwingen, wahr zu werden. »Er ist nur schon so lange im OP.«

»Und wird wieder herauskommen, wenn die Ärzte

mit ihm fertig sind«, sagte Wes mit hohler Stimme. »Denn er hat keine andere Wahl. Er wird mürrisch und brummig sein, wenn er herauskommt, aber es wird ihm gut gehen.«

»Chirurgische Eingriffe brauchen ihre Zeit«, bemerkte Austin, der neben Sierra saß. »Aber ich bin es verdammt noch mal leid, das ständig in einem Warte-zimmer erfahren zu müssen, das so aussieht wie dieses.« Er zuckte zusammen und blickte zu Jacksons Eltern und den Jungs hinüber.

Peter winkte ab, denn die Zwillinge waren einge-schlafen. Wenn Everly noch Energie übriggehabt hätte, so hätte sie wahrscheinlich gelächelt. Aber sie konnte nicht lächeln, nicht solange sie nicht wusste, ob Storm gesund werden würde oder nicht.

Aufgrund der Größe der Familie Montgomery hatten sie das ganze Wartezimmer für sich. Doch auf dem Flur der Chirurgie standen noch ein paar andere Leute herum und daran sah sie, dass auch andere Menschen jemanden hatten, der sich um sie kümmerte, aber sie versuchte immer noch zu verstehen, dass sie nicht allein war. Die Familie hatte nicht nur für Storm alles stehen und liegen lassen, sondern auch für sie.

Wie ihr Leben so geworden war, wusste sie nicht, aber später würde sie sich mit der Frage beschäftigen und sich für diese Gnade bedanken. Doch vorerst war sie voller Sorge und versuchte, nicht an ihren pochenden Kopf zu denken. Die Ärzte hatten sie nur aus dem Bett gelassen, weil der ganze Montgomery-Clan versichert — — nicht übertrieb. Aber

sie alle gemeinsam in ihr Krankenhausbett zurückscheu-
chen, wo sie nicht mitbekommen würde, was mit Storm
geschah. Das konnte sie nicht zulassen.

Als die Türen sich öffneten, standen alle auf, nur um
zwei Kriminalbeamte hereinmarschieren zu sehen, aber
keinen Arzt. »Mrs. Law?«, fragte der Ältere. »Haben Sie
einen Moment Zeit für uns?«

Everly blickte sich nach den Leuten im Zimmer um
und wusste, alle waren genau dort, wo sie sein sollten.
»Die können bleiben. Falls es Sie nicht stört. Wie kann
ich Ihnen helfen?«

Die Beamten warfen noch einen Blick in die Runde,
bevor sie ihr zunickten. »Wir haben den anderen Fahrer
identifiziert. Leider hat sie es nicht geschafft.«

Everly verschlug es den Atem. »Sie ist tot? Was ist
geschehen?«

»So wie wir es sehen, ist sie frontal auf sie geprallt
und hat absichtlich nicht gebremst. Und wie sich
herausstellte, steht sie in Verbindung mit einer anderen
Ermittlung, in die Sie involviert sind. Es scheint so, als
wäre dieselbe Frau, die Ihrem verstorbenen Ehemann
den Brief, den Sie uns gegeben haben, in Ihre Buchhandlung geschickt hat, auch diejenige, die heute Abend
mit ihrem Wagen gegen Sie geprallt ist. Dieselbe Frau,
die auch Ihren Laden angezündet hat. Der Ermittler in
Sachen Brandstiftung wird in Kürze Kontakt mit uns
aufnehmen, aber basierend auf der Analyse der Finger-
abdrücke wissen wir, dass sie Mr. Jackson Law den Brief
geschickt hat. Wir nehmen an, sie wollte Sie veranlassen,
den Brief zu öffnen, um Ihnen Angst einzujagen, da Mr.
Law kein Miteigentümer Ihres Ladens war. Doch bis

jetzt haben wir noch nicht herausgefunden, was die Botschaft bedeutet. Wir haben auch ein billiges Prepaidhandy in ihrem Fahrzeug gefunden, mit dem während der letzten Wochen nur eine Nummer angewählt wurde, nämlich Ihre. Und jetzt, da wir wissen, dass es ihre DNA war, die wir zeitgleich mit dem Brand in Ihrer Buchhandlung gefunden haben, wissen wir, dass alles miteinander in Zusammenhang steht.«

Sie blinzelte. »Rachel? Rachel hat das getan?« Und jetzt war sie tot. Everlys erster Gedanke galt Rachels Kindern, doch der zweite ... der zweite erfüllte sie mit rasendem Zorn, der ihr nur noch mehr Kopfschmerzen bereitete. Warum hatte sie das getan? Für Geld? Wie konnte sie etwas dabei gewinnen, wenn sie Everly die Existenzgrundlage raubte oder versuchte, sie und ihre Familie umzubringen? Das ergab keinen Sinn. Da steckte keine Logik dahinter. Was ... was stimmte nicht mit dieser Frau? Nein, was hatte mit dieser Frau nicht gestimmt? Sie musste verrückt gewesen sein. Das war die einzige vernünftige Erklärung.

»Rachel hat es getan«, wiederholte sie.

»Ja, Ma'am. Wir haben noch ein paar Fragen an Sie.«

»Kann das warten?«, schaltete Wes sich ein. Seine Stimme klang diesmal kräftiger und dafür war sie dankbar. »Sie ist verletzt und wir warten immer noch auf Neuigkeiten bezüglich Storm. Außerdem mögen ihre Kinder vielleicht schlafen, aber sie sind immerhin noch hier im Zimmer. Und Rachel läuft nicht mehr davon«,

sie bald wieder aufsuchen würden, bevor sie das Wartezimmer verließen. Alle atmeten gleichzeitig auf und
Everly hätte sich am liebsten zusammengerollt und
geweint. Stattdessen würgte sie ihre Gefühle hinunter,
stand langsam auf und ging zu ihren schlafenden Babys
hinüber.

»Danke, dass ihr sie im Arm haltet«, flüsterte sie
sowohl den älteren Montgomerys als auch Jacksons
Eltern zu. »Ich danke euch.«

Marie klopfte auf den Sitz neben sich und Everly
ließ sich seufzend darauf sinken. »Du musst dich ausruhen, Liebes. Und sag mir nicht, das kannst du nicht, weil
ich es weiß. Sobald Storm die Operation überstanden
hat und wir wissen, dass es ihm gut geht, ruhst du dich
aus und wirst gesund.« Im Tonfall der anderen Frau
bemerkte Everly eine Festigkeit, die ihr verriet, dass
Storms Mutter ebensolche Angst hatte wie sie selbst, es
aber wegen ihrer Kinder nicht zeigte. Die Frau war so
stark und Everly wollte wie sie sein, wenn sie älter
würde.

Als ihr dieser Gedanke durch den Kopf ging,
öffneten sich die Türen wieder und diesmal trat Storms
Arzt hindurch. Im Raum wurde es still und sie erhob
sich mit zitternden Beinen.

»Die Familie Montgomery?«

»Das sind wir alle«, erklärte Griffin trocken, obwohl
sie die Sorge in seiner Stimme hörte.

»Nun denn«, begann der Arzt und fuhr sich mit der
Hand durchs Haar.

»Wie geht es ihm?«, fragte Everly. Es überraschte sie,
wie kräftig ihre Stimme klang.

»Er wird gesund werden. Er hat ein paar Schnitt- und Platzwunden sowie eine Gehirnerschütterung, aber er wird gesund werden. Vor diesem Unfall wurden die Wirbel L1 und L2 miteinander verschmolzen und im Augenblick hat er einen Haarriss in L1. Das Rückenmark ist unverletzt, aber er wird für eine gewisse Zeitspanne seine Beine nicht belasten dürfen. Mit Physiotherapie und viel Zeit wird er wieder gehen können und ganz gesund werden.«

Everly wusste nicht einmal, dass sie weinte, bis Wes sie in den Arm nahm und sie sein Hemd durchnässte. Die anderen stellten Fragen und sie hörte die Antworten wie aus weiter Ferne. Sie war sich bewusst, dass ihre Jungs wach waren und plapperten und fragten, warum ihre Mommy weinte, aber sie hätte beinahe hyperventiliert und konnte nicht aufhören zu weinen, um ihnen zu sagen, es ginge ihr gut.

Denn es würde ihr gut gehen.

Denn Storm würde gesund werden.

Er lebte. Er war verletzt, aber er lebte.

Als die Erleichterung ihr die Brust sprengte, wusste sie, sie konnte sich allem anderen stellen. Sie hatte die Montgomerys und ihre eigene, kleine Familie. Ihre Jungs und Storm.

Das Leben würde weitergehen, denn endlich, endlich hatte sie ihre Zukunft gefunden ... mit ihrem Architekten.

Epilog

»WIR BRINGEN RANDY BEI, vornüber zu rollen«, erklärte James ernst und Storm grinste. Er saß in seinem neuen Memory-Foam-Sessel, dessen Füllung sich an Körperwärme und Druck anpasste und für einen orthopädisch richtig gelagerten Körper sorgte.

»Und wie klappt es?«, fragte Storm und lachte, als er sah, wie Nathan vor dem verwirrt wirkenden Welpen eine Vorwärtsrolle machte, als zeigte er dem Hund einen neuen Trick.

»Nicht gut, aber wir werden es ihn lernen«, meinte Nathan lächelnd.

»Ihr werdet es ihn lehren«, verbesserte Everly, bevor sie sich in das riesige Kissen neben Storm sinken ließ.

»Das habe ich doch gesagt«, beschwerte Nathan sich, bevor er eine neue Vorwärtsrolle probierte. Randy ließ sich auf dem Bauch nieder und legte den Kopf auf die Vorderpfoten.

»Wir werden Wes holen, um zu helfen, da ich im Augenblick nicht mit euch auf dem Boden herumkriechen kann.«

»Übertreibt es nicht. Keiner von euch.« Everly klang ruhig, aber er hörte die Spannung in ihrem Tonfall. Storm hob langsam einen Arm und Everly lehnte sich vorsichtig an ihn. Seit dem Unfall waren sie immer so vorsichtig, doch er nahm es niemandem übel. Er war noch lange nicht so weit, sie in den Armen zu halten oder sich auf sie zu legen ... oder unter sie ... oder hinter sie.

Everly biss ihn ins Ohrläppchen und er stöhnte. »Hör auf, daran zu denken, Mister.«

Er blickte auf seine Trainingshose hinab und zog sich schnell eine Decke über den Schoß. »Ups. Nun, wenigstens funktioniert das noch.«

»Mach bitte keine solchen Witze«, flüsterte Everly. »Okay, Jungs, zeigt uns, wie weit ihr mit Randy bis jetzt gekommen seid.«

Die Jungen begannen, sich vornüber zu rollen, und Randy ließ sich auf sein Hinterteil fallen. Storm sah darin einen Erfolg. »Gute Arbeit.« Er bewegte sich vorsichtig, um Everly auf den Scheitel zu küssen, und war verdammt froh, dass ihm nichts wehtat. Es war merkwürdig, aber die Operation, die er über sich hatte ergehen lassen, hatte tatsächlich seine früheren Rückenschmerzen gelindert. Er würde nie wieder hundertprozentig schmerzfrei sein, aber in ein paar Monaten, wenn nicht sogar Wochen, würde er besser herumlaufen können als früher.

Storm versuchte, nicht darüber nachzudenken, wie

schnell sich alles in den letzten Monaten, ja Wochen verändert hatte. Er hatte zuvor mit Clay gesprochen, während die Jungs in der Wanne gesessen hatten und Everly auf sie aufgepasst hatte. Er konnte dieses Gespräch einfach nicht aus dem Kopf bekommen. Der Junge war wegen der Geschehnisse am Boden zerstört.

Es war nicht nur der Tod seiner Tante, und verdammt, Storm hatte Mitleid für den Jungen, sondern es gab auch noch die drei Kinder, die jetzt Waisen waren. Clay würde für sie da sein und versuchen müssen zu helfen, wo er konnte. Laut Clay kümmerten sich seine Großeltern um die Kinder und Clay würde ihnen helfen, wenn es ihm möglich war. Storm wusste keine Antwort auf das Problem. Er wusste lediglich, dass es zuerst härter werden würde, bevor es wieder leichter werden konnte.

Everly wusste, James und Nathan mussten Zeit mit ihren Brüdern und ihrer Schwester verbringen, obwohl sie im Augenblick noch zu jung waren, um das zu verstehen. Niemand wusste, wie sich alles entwickeln und wie viel Schaden dabei entstehen würde, aber Storm und Everly würden für lange Zeit an Clays Leben teilhaben.

Das Leben hatte sich verändert und war nicht leichter geworden, aber jetzt war er nicht mehr allein.

»Ich sollte noch mehr Kartons auspacken«, sagte Everly nach ein paar Minuten.

Storm schüttelte den Kopf. »Warte, bis meine Schwester hier ist und dir hilft. Dann kann ich dich

bei ihm eingezogen war. Aufgrund seiner Genesungszeit und der Tatsache, dass die Erinnerung an Jackson in jedem Zimmer ihres eigenen Hauses auf Everly lauerte, hatten sie sich entschlossen, dass Everly und die Jungs bei ihm einziehen sollten, um zu sehen, wie es funktionierte. *So weit, so gut,* dachte er. Er wusste, sobald er in der Lage wäre, sich auf ein Knie niederzulassen, würde er ihr einen Heiratsantrag machen.

Alles war sehr schnell gegangen, doch in Wahrheit hatten sie Jahre gebraucht, um zu erkennen, was sie einander bedeuteten. Er hatte sich in die Frau seines Freundes verliebt und hatte es nicht bemerkt. Everly bedeutete ihm alles, sie und die Jungs. Er hatte sich von einem überzeugten Junggesellen, der einen Schmerz im Herzen trug, den er nie zu überwinden geglaubt hatte, zu einem Mann gemausert, der eine Frau hatte, die er liebte, und zwei Kinder, an deren Leben er teilhaben durfte, was er als eine Ehre empfand.

»Also …«

Er blickte auf Everly hinab und lächelte. »Was?«

»Ich weiß, wir sind nicht verlobt, aber deine Mutter hat mich quasi adoptiert … kann ich ein Montgomery Ink Tattoo bekommen?« Sie klimperte mit den Wimpern und er verliebte sich noch mehr in sie.

»Du willst unser MI Tattoo?«, fragte er überrascht. »Ich hätte nicht gedacht, dass du dich tätowieren lassen möchtest.«

»Es ist doch irgendwie Brauch in eurer Familie und deine Tattoos sind heiß. Nur um es einmal gesagt zu haben.« Sie küsste ihn auf die Wange und er veränderte seine Position, um sie auf den Mund zu küssen.

»Ich denke, du wirst mit unserem Tattoo verdammt heiß aussehen. Also ja, hol dir das Tattoo, und danach bekommst du auch einen Ring.«

Sie küsste ihn noch einmal. Die Jungs klatschten in die Hände und Randy bellte. Der Lärm wurde immer schlimmer, doch Storm hätte sich nichts anderes gewünscht. Sein Leben hatte sich so schnell verändert, dass er kaum mitkam, aber er war ein verdammt glücklicher Mann.

»Du bist so romantisch.«

»Ach ja? Nun, später, wenn die Jungs im Bett sind, werde ich dir genau zeigen, wie romantisch ich sein kann.« Er biss sie in die Lippe, bevor er mit der Zunge darüber leckte. »Du musst natürlich oben sein.«

Sie verdrehte die Augen. »Ich werde langsam machen, Baby. Keine Sorge.«

»Das hört sich doch nach einem Plan an.« Er küsste sie noch einmal. Er wusste, gleichgültig, was auch geschehen mochte, er hatte alles, was er wollte.

Er hatte lediglich nicht gewusst, dass er sich so heftig wie alle anderen Montgomerys verlieben musste, um es zu bekommen.

Weiter in der Montgomery Ink Reihe:
Inked Memories (Buch 8)

Die Gallagher-Brüder:
Love Restored – Geheilte Liebe (Buch 1)

Bücher von Carrie Ann Ryan

Montgomery Ink Reihe:
Delicate Ink – Tattoos und Überraschungen (Buch 1)
Tempting Boundaries – Tattoos und Grenzen (Buch 2)
Harder than Words – Tattoos und harte Worte (Buch 3)
Written in Ink – Tattoos und Erzählungen (Buch 4)
Ink Enduring – Tattoos und Leid (Buch 5)
Ink Exposed – Tattoos und Genesung (Buch 6)
Inked Expressions – Tattoos und Zusammenhalt -
(Buch 7)
Inked Memories (Buch 8)

Novellas:
Ink Inspired - Tattoos und Inspiration (Buch 0.5)
Ink Reunited – Wieder vereint (Buch 0.6)
Forever Ink - Tattoos und für immer (Buch 1.5)
Hidden Ink – Tattoos und Geheimnisse (Buch 4.5)

Passion Restored – Geheilte Leidenschaft (Buch 2)
Hope Restored – Geheilte Hoffnung (Buch 3)

Und auch die folgenden Bücher von Carrie Ann Ryan werden in Kürze auf Deutsch erhältlich sein:

Aus der »Montgomery Ink Reihe«:
Fallen Ink (Buch 9)
Restless Ink (Buch 10)
Jagged Ink (Buch 11)
Wrapped in Ink (Buch 12)
Sated in Ink (Buch 13)
Embraced in Ink (Buch 14)
Seduced in Ink (Buch 15)
Inked Persuasion (Buch 16)
Inked Obsession (Buch 17)
Inked Devotion (Buch 18)
Inked Craving (Buch 19)
Inked Temptation (Buch 20)

Biografie

Carrie Ann Ryan ist eine *New York Times* und USA Today Bestsellerautorin moderner und übersinnlicher Liebesromane. Außerdem schreibt sie Literatur für junge Erwachsene. Ihre Arbeit umfasst die »Montgomery Ink Reihe«, »Redwood Pack«, »Fractured Connections« und die »Elements of Five«-Reihe. Weltweit hat sie über vier Millionen Bücher verkauft.

Sie hat bereits während ihres Chemiestudiums mit dem Schreiben begonnen und hat seitdem nicht mehr aufgehört. Inzwischen hat Carrie Ann mehr als fünfundsiebzig Romane und Novellen fertiggestellt – und ein Ende ist nicht in Sicht. Carrie Ann wurde in Deutschland geboren und hat schon überall auf der Welt gelebt. Wenn sie sich nicht gerade in ihrer emotionalen und aktionsgeladenen Welt verliert, liest sie gern, während sie sich um ihr Katzenrudel kümmert, das mehr Anhänger hat als sie selbst.

Besuchen Sie Carrie Ann im Netz!
carrieannryan.com/country/germany/
www.facebook.com/CarrieAnnRyandeutsch/
twitter.com/CarrieAnnRyan
www.instagram.com/carrieannryanauthor/